青松合唱团在贵阳市新年
音乐会上

散文学会采风合影
2012

社科宣传周"乡村振兴 从我做起"
2022

作协会员东北采风合影
2013

写作学会贵阳联络处成立合影

写作学会年终表彰
2018

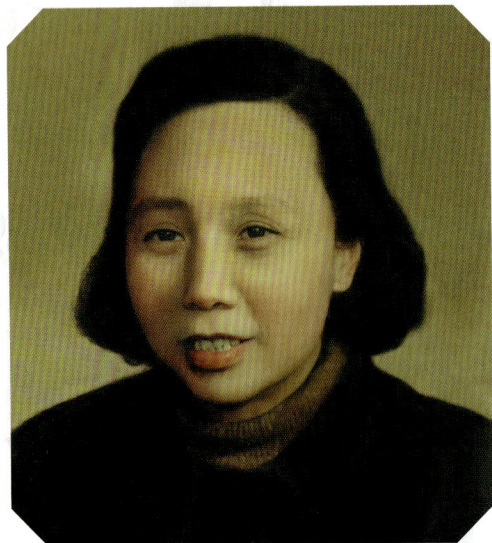

母亲

童年

手足情深

含饴弄孙

峨嵋戏猴

全家福

小珍珠

兰心涟漪

朱淑因 著

中国文联出版社

图书在版编目（CIP）数据

兰心涟漪 / 朱淑因著 . -- 北京：中国文联出版社，
2024.7. -- ISBN 978 - 7 - 5190 - 5527 - 1

Ⅰ. I267

中国国家版本馆 CIP 数据核字第 2024RB4433 号

著　　者　朱淑因
责任编辑　王　斐
责任校对　贾　丹
装帧设计　中联华文

出版发行　中国文联出版社
地　　址　北京市朝阳区农展馆南里 10 号　　　　邮编　100125
电　　话　010 - 85923025（发行部）　　　　　85923091（总编室）
经　　销　全国新华书店等
印　　刷　三河市华东印刷有限公司

开　　本　710 毫米×1000 毫米　　　1/16
印　　张　15.5
字　　数　246 千字
版　　次　2024 年 7 月第 1 版第 1 次印刷
定　　价　78.00 元

与爱同行的美和痛

——序《兰心涟漪》

张　兴

与爱同行，是我阅读朱淑因文集《兰心涟漪》后想说的第一句话，而真正郑重其事地把这四个字写下来的时候，我却正与沉重而复杂的心情相伴。

还是春节的前几日吧，我不止一次与平常接触不算多的女作家朱淑因在文化活动中相遇，她将拟正式出版的文集稿本交给我，希望我能为之写篇序。

我把这看作一件很重要的事情。

因为作品就是作者心路的轨迹，写序先要真正读懂作品，如此，你就走进了一个人的心灵世界。在这里，你会得到预想之外的启示，能引发求之已久的共鸣。的确，初初浏览交到我手上的这些文字，作者的心境、作者的才情，也真的让我心中一次次荡起涟漪。

始料未及的是，一场突如其来的疫情风暴，无情地打乱了我们的生活秩序，整个中国面临着大考：什么是爱？什么是痛？大爱最终能不能抚平大痛？大爱究竟应该怎样去跨越大痛？这是必答题，没有谁可以回避。在严峻的现实面前，爱，从全新的角度被发现和诠释；痛，也因此有了前所未有的含义。

在这样的背景下，再把《兰心涟漪》细细读上一遍，我得到的启示和收获始料未及。所以才说，我对这本书写下"与爱同行"的观后感，绝非轻而易举。我品读《兰心涟漪》里的一篇篇文章，心中荡漾的已经不只是涟漪。

朱淑因是个善于发现和表达生活、自然、人性中美和痛的人。这里说的"美"，其实是爱的一种载体。与爱同行，是作者善于发现和表达美和痛的前提。

　　文如其人，从作品中我们可以看出，她的生命轨迹中并没有过多的大起大落，但"美"和"痛"却一直如影随形，从来没有错位，也不需要修饰和隐匿。怎样坚持与爱同行？如何让美和痛的故事能更深地打动人心？她始终想把考题回答得尽量好一些，不过答案往往带着浓烈的个性色彩。她所要表现的美和痛，因为差异性，经常能够得人之所不得，作品除了特定的文学价值，还有一定的思想价值。她眼中、心里和笔下的爱，不再是一个简单的词语，不再是一种模糊的悬念，也不仅仅是一支轻柔、浪漫的心曲。一直与她同行的"爱"，杂糅了丰富的人生阅历和生命感悟，穿越着历史、人文、社会的烟雨，透射出对生活、对自然的一片深情和无限珍惜，鲜活、深邃，生动而具体。这样的爱，有高度、有深度、有厚度、有重量。因如此之爱，《兰心涟漪》中若干篇什，是值得人们反复咀嚼，以解获个中三昧的。

　　言及此，《峡谷的秩序》这篇散文不能不提。

　　站在自己的角度，发现美、审视美、剖析美、表现美，区区几千字，让我们看得清楚，作者怎样将这一切升华到既具独特性、个性化，又能被大众所接受的文字新境地。

　　你看，她惊叹于南江大峡谷之美，但又不愿人云亦云，重复地去描写缺乏新意的风光旖旎。于是，她调整角度，变换笔法，硬是让旷古深峡有了思想，有了情感，有了性格。它最想让人类知道的，竟然是自己用山，用石头，用树木、藤蔓和草，更用流水，为打造个性形象、建立美的秩序所进行的持之以恒的努力。大自然本来就是有生命、有灵性的，有人对此视而不见，有人却听懂了它的话语，朱淑因当然属于后者。她不但从自己的特定角度，用自己的特有笔法，去发现、审视和表现峡谷有生命、有灵性的美，而且像久未谋面的朋友一样，坐下来与峡谷娓娓而谈，生生把风景读成了一本书。我想，作者是要从这亦真亦幻的氛围中，委婉而巧妙地告诉人们一些必须理解自然、善待自然的道理。

　　爱和美不仅此而已。看毕山水石林草，作者突然发现，有个"他"正在山顶上悄悄看自己。原来是一棵"孤零零地站在对岸高高的崖顶边"，不去凑热闹扎堆，不想被人关注的树，然而，"我"偏就注意到了"他"。河那边，一个笃定"愿者上钩"的钓鱼人，正与那棵孤树相对而视。何等云淡风轻，又是何等意韵幽远。

这是一幅画？或这是一则寓言？都像，但又都不是。

其实就是作者用缜密的构思、精巧的文字，言说着对维护自然生态秩序、遵循自然发展规律信念的坚守，诠释着自己对人与自然之间关系、人与人之间关系的特殊理解和感悟。因为独特，"爱"在这里能够接地气地扎稳生活根基，"美"找到了直刺人心的表现角度和手法，文章一脱浮华缥缈夸张气，让人想读，而且耐读。

这般文字，在《兰心涟漪》里绝非一例。

多少人状写贞丰双乳峰，落笔点无非是天工竞秀、造化神奇。朱淑因写双乳峰，写得出其不意，篇名叫作《千秋一爱》。

凝望双乳峰，她眼前闪回的是"母亲"这个崇高的称号。终生忆念和呼唤的母爱，成为她在双乳峰下发现的一道独特风景。作者在文章中转述了一段轶闻：来自某个宗教色彩浓厚的国家的游客，面对双乳峰，竟虔诚地三叩九拜，口中念念有词——"大地母亲"。我想，她的用意应该是愿母爱和对母亲的爱，成为人性美、道德美一座永远神圣的峰顶。一篇散文，发挥出让我们对自然景观的审美意念实现跨越的功用。

不一样的用心，不一样的目光，朱淑因发现和写出来的美各个不同。

四月的百宜梨园里，新引进的树种大都个矮，可作者偏偏看出它们"不愿攀高附贵，只求洒脱自由"的品性。——《流连清白》

一位双手"似乎载满了思想，能读懂顾客身体语言"的美容师，讲述了某个挑剔的大姐，在接受护理的过程中一言不发，最后竟会因美容师护理得体贴入微而失声恸哭的故事。这个故事让作者产生美的联想：优秀的美容师手捧温煦的阳光，把尊重生命、爱护和享受生命的理念，植入人们的头脑，融入日常生活中。——《捧起阳光的人》

作者将一群朋友鼓动到花溪十里河滩湿地公园，想品尝早春，岂料水寒山瘦的画面，让同伴们满脸失望。这样尴尬的时分，一只恬适安然的小狗，一位心无旁骛引领孩子蹒跚学步的母亲，一队打着红旗迎面走来的学生，一曲远处传来的《学习雷锋好榜样》的歌声，使她顿时释怀，她觉得自己手上已然握着一张春天的书签。在一片苍茫中看懂了春天，作者发出"春天已经

来了，寒冷还会永远长久吗?"的感慨就很容易获得认同。——《春天的书签》

一位哲人说过，美是无处不在的，你需要一双找寻美的眼睛。朱淑因一直想让自己具有这样一双眼睛，为此她始终在努力。

但生活除了美，还有痛。

她6岁丧父，姐弟5人全靠母亲一人养活，在她的心目中，妈妈就是这个凄怆又充满苦难的家庭的土地和天空。为了让孩子有尊严地活着，为了让姊妹们春节前穿上一件新衣，为了让他们在饥肠辘辘时勉强吃上一顿饱饭，母亲含辛茹苦、负重而行，用怎样悲情的词语形容那段岁月都不算过分。可是，作者也在告诉我们，在这种"痛"中，却蕴含着"美"的成分。母亲的坚强和韧性，深深地震撼和影响着孩子们。孩子们的孝顺和懂事，也成为母亲顽强生活下去的动能。换个角度看，这同样是一幅大爱大美的画卷，只不过带着太浓太浓的凄美色彩。

凄美也是美丽。朱淑因笔下的凄美，既让我们为生活中曾经的痛潸然泪下，也因凄美中展示出的人性美、道德美的光辉，让我们受到鼓舞，得到启迪。我想，这或许正是作者向我们展示生命和生活中"痛"的一个初始目的。

在最艰难的时日里，母亲还硬从牙缝里挤出钱买来一把二胡，让姐弟们学习演奏。有时，母亲还会抽空一起参加合唱，为孩子们加油鼓劲。——《母亲》

每年春节，作者姐弟可以尽情享受母亲拿出来的"开心果"——既有一年到头罕见的美味佳肴，也有充满乐趣的家庭新年文艺晚会。母亲担任晚会导演和评委，她让孩子们轮番即兴表演歌舞和演奏器乐，演出获得的最高奖赏就是她的搂抱、亲吻。这个奖赏，在作者姐弟心中胜过世上所有的金杯银杯。——《冬天的礼物》

在这些凄美的故事里，挺立着一个有大爱、有大美、有大痛、有大担当的母亲形象。当然，她的言行举止也许只是出于一种质朴的自为，可却在昭示一个深刻的哲理：人生有难，但不允许人性人格的底线坐标有丝毫游移。前路坎坷，我们应该坚守的一定要坚守，坚守是因为我们有爱，美和痛一直在与爱同行。千难万险，对美的向往、找寻、追求和实现都不能轻言放弃。

相较绚丽、壮阔、一路高歌的美，这更是一种不同凡响的美丽。

疫情的阴霾还没有从中国的大地散去，我们的国家、我们的民族正在磨难中接受一场前所未有的大爱、大美的洗礼。严控宅家，反倒让我有机会认真思考一些问题。放下手中的书掩卷而思，我真心希望《兰心涟漪》激起的涟漪乃至浪花，在更大范围延伸扩展，有更多的人看懂作者的心路历程，学着去爱，学着去发现美，学着去剖析和反思痛。这样生活，会有更多新意。

2020.2.6 于贵阳

（作者系享受国务院特殊津贴专家、贵州省管专家、二级教授、原贵州日报报业集团副总编辑）

目　录
CONTENTS

第一章　多棱镜 ···················· 1

捧起阳光的人 ···················· 3

古树·仙鹤·凡人 ···················· 5

渡口 ···················· 8

春天的书签 ···················· 11

这个贼 ···················· 14

一个让你为她梳妆的地方 ···················· 17

最稳的靠山 ···················· 20

回归自然的洗礼 ···················· 22

老百姓的"刘主任" ···················· 24

那朵当阳那朵红 ···················· 27

喇叭花开幸福来 ···················· 31

系满乡愁的节日 ···················· 34

"此方水亭子，作意定留侬" ···················· 36

金酱世家 ···················· 39

好一张贺年片 ···················· 42

2014 国际科技 4D 空间展贵阳馆观后感 ···················· 44

花溪之夏"哟嘎迷笛"音乐节小记 ···················· 46

《第三线·变异公共空间》多媒体情景戏剧观后感 ···················· 48

话剧《简·爱》一首优美的格律诗 ···················· 50

早春二月

　　——公交车上的感叹号 ·· 53

春寒 ·· 56

隽永的鹊桥

　　——写于玉屏大龙经济开发区 ······························ 58

心路如枫 ·· 61

"你"在心上　便是天堂 ·· 64

情人 ·· 67

第二章　山水情 ·· 69

峡谷的秩序 ·· 71

在茂兰聆听森林小夜曲 ·· 73

人间三月天　遇见桃花源 ·· 76

且兰有朵石做的云

　　——写在贵州黄平飞云崖 ···································· 79

舌尖上的郎岱 ··· 82

读你

　　——给神奇的韭菜坪 ·· 84

奇哉，野洞河 ··· 87

青青爱情树 ·· 90

桃之夭夭　灼灼其华 ·· 93

山根写意

　　——老王山下记行 ·· 95

千秋一爱

　　——贞丰双乳峰记行 ·· 97

梨韵 ·· 100

流连清白 ·· 102

一炷心香

　　——开阳禾丰乡香火岩峡谷景区游记 ···················· 104

小城故事 ·· 106

这河，这鼓，这鸽子

　　——写在遵义县龙坑镇金鼓村 ···················· 108

诗乡望月 ···················· 111

美丽而高贵的大眼睛 ···················· 114

多少年的追寻

　　——写在中国长寿之乡罗甸 ···················· 116

奢华中的深沉

　　——游阿联酋谢赫扎伊德清真寺有感 ···················· 119

张扬的帆船

　　——游阿联酋"帆船酒店"有感 ···················· 122

品茗观海清芬远 ···················· 126

遐思，飞扬在酒瓶山上 ···················· 129

甜美的乡村酒窝 ···················· 132

第三章　五味瓶 ···················· 135

母亲 ···················· 137

冬天的礼物 ···················· 147

屋檐水，点点滴 ···················· 150

守望 ···················· 153

如果 ···················· 157

秋风词 ···················· 159

相亲 ···················· 161

小路 ···················· 165

月亮书 ···················· 178

生命里的阴丹蓝 ···················· 182

母亲六周年祭 ···················· 185

我的灰姑娘 ···················· 192

夜风中那缕橘香 ···················· 195

芳草碧连天 ···················· 197

石头城里"石头记"

　　——写在遵义县平正仡佬族乡 ·············· 201

琴弦上的月光 ·············· 205

今夜有人等你吗 ·············· 207

黑与红 ·············· 209

变脸 ·············· 215

死神的味道 ·············· 218

翻船 ·············· 222

简爱 ·············· 228

爱的真谛 ·············· 230

后记 ·············· 232

第一章
多棱镜

捧起阳光的人 *

　　我静静地躺在美容院雅洁的小包房内，聆听着班得瑞唯美、宁静的轻音乐。乳白色的天花板上，陶醉在音乐中的灯光，若明若暗，它把站着为我做护理的美容师秋婉，朦胧成一条波动的弧线。

　　秋婉的那双巧手，似乎载满了思想，能读懂顾客身体的语言。她熨帖的推揉和玫瑰精油的芬芳，相伴着清新自然的《安妮的仙境》，一点一滴地渗入了我的身心。

　　我如新生儿般简单的身体，逐渐变得空灵，它乘着音乐的翅膀，轻盈地飞向鸟语花香的原野，飞到一片遥远静谧的、苍翠欲滴的幽谷里。

　　我被深度催眠了。直至秋婉那柔和的声音，在耳边连续地轻呼，我才极不情愿地从芳馨的梦境中返回。

　　不过，梦境仍在现实社会中蔓延。人们都喜欢如花似水的女人，认为她们柔软了悬崖峭壁，边缘了荒漠沙丘，因而，所有的视线，都喜欢追逐年轻美丽的女人。于是，成年的女人们几乎都在做着同一个梦，尽可能拖延时光，让它走得轻浅一些、缓慢一些——尤其是那些被夹在内忧外困中的女人。

　　身为女人，我自然不能超凡脱俗，自打不惑之年以后，便把一部分美的希冀，托付给了美容师。然而，鱼目混珠的美容院中，美容师也是良莠不齐的。几经周折，是眼前这位秋婉，把我送到了那个步步莲花的地方。

　　正值花信之年的秋婉，有着和她的名字一般的优雅、睿智。她干净的单眼皮下的眼神，明亮而柔和，传播着温馨安恬的气息。白皙、祥和的鸭蛋脸

---

* 2021 年 11 月 29 日载于《贵州都市报》副刊，收录于《山高月小——贵州省散文学会 2013 年度散文作品选》（中国文联出版社，2014 年）。

上，一张丰满红润的嘴唇，徐徐地吐出温婉可人的话语。

她的手，像一把温存的雕刀，让顾客感受到，自己的身体正被微雕细琢成一件精美绝伦的艺术品。再有她柔和的表情和眼神，让你似乎能听到自己绷紧的神经，正释放出"吧嗒吧嗒"的欢呼，而且能够看见业已渐行渐远的自信心，在阡陌纵横的田间小路上，完成了一个180度的优美回旋后，正朝着自己飞奔回来。

她给我的印象实在太完美了，我不禁发问：其他人是否也有同感？这时，秋婉轻声对我讲起了一件往事：

"此前我在深圳工作时，曾遇到过一位挑剔的顾客。她在接受护理过程中一言不发，谁知护理刚一结束，她就失声恸哭起来。当时，惊恐的我赶紧上前，小心翼翼地询问：姐，怎么了，是我哪儿没做好？还是需要什么帮助？可她却仍是哭声不止。哭声惊动了全院的美容师们，大家面面相觑地挤作一团。此刻的我，犹如一只立在冰天雪地里的企鹅，呆滞且茫然不知所措。

过了好一阵子，那位大姐终于平息了情绪，然后径直去到前台，一次办了多张美容卡，打那以后，我们俩便亲如姐妹了。尽管，至今我都还不知道那位大姐悲伤的缘由，但我揣测，可能是我体贴入微的精心护理，加上班得瑞超凡脱俗的轻音乐，舒缓了那位大姐不堪重负的身心，释放了其经年难言的愁苦和忧郁吧！"

听完秋婉的轻声诉说，回想起她刚才的护理带给我那超脱的愉悦，我不觉对秋婉又多了一层敬意。年纪轻轻的她，居然能用自己的纤纤玉手，驱散顾客心中的阴霾，不仅扭转了人们只知道使用生命的习惯，还把尊重生命、爱护和享受生命的理念，植入人们的头脑，融入人们的日常生活，这是何等的可贵！

这一切的一切，化解了此前我对美容行业以偏概全的看法，我真切地感受到，规范的、到位的美容保健，是一个颇具人文关怀的行业，优秀的美容师，更是一个捧起温煦阳光的爱心天使！

古树·仙鹤·凡人[*]

我一想到能观看数百只白鹤齐栖于两棵黄葛树的情景，就激动不已！

黄葛树生长的地方叫蔡家湾，是仁怀合马镇的一个美丽村落。我们中午从仁怀出发到蔡家湾，大约一个半小时的车程，一路上景色斑斓，不知不觉间，车就停在了蔡家湾的村道上。一下车，我便看见道旁耸立着两棵身高十几米的大树，苍劲伟岸，好似两位古稀长者，走近才发现树干上的牌子，名曰"古树名木保护"，上面介绍说，这两棵大树名黄葛树，树龄200余岁。

这便是我们此行要找的景色，它自清代以来便在这片土地上开枝散叶，成为鸟类栖息的家园。尤其令人惊叹的是，它今时"百鹤来朝"的盛况。

这两棵大树如今依旧郁郁葱葱，自然离不开生态的优越和人们对环境的守护。守护者一代一代继往开来，如今接力棒已传到蔡家湾村民的手中。正在大家对守护者充满敬意的时候，罗昌旭这位守护自然的忠诚卫士，就笑容满面地出现在我们面前。原来距离大树20余米处就是罗昌旭的家。

我坐在他家门前，观赏着坡上这两棵上下对生的姊妹黄葛树，见其古风盎然，且在冬季仍披满油绿光亮的树叶，不觉想起唐代诗人刘兼在《万葛树》中的描写，"叶如羽盖岂堪论，百步清阴锁绿云。善政已闻思召伯，英风偏称号将军。静铺讲席麟经润，高拂口枝兔影分。更有岁寒霜雪操，莫将樗栎拟相群"。顿时，我对自己刚才想在树下拍全景，前后左右均无果的举动哑然失笑。

聊起白鹤，罗昌旭的话匣子很快便打开了。原来在20世纪70年代，位于长江支流——赤水河边的蔡家湾，有大小不一近千块水田，号称千丘塝。

* 2020年12月27日载于《遵义日报》数字报。

这对大型涉禽白鹤很有吸引力，因为田里的田螺、鱼鳅、黄鳝等 50 多种水生动物，都是白鹤喜爱的美食，再有这两棵高大的、枝繁叶茂的黄葛树，这里便成了白鹤繁衍生息的上乘之地。

1974 年的某一天，两家共 6 只白鹤沿长江水系觅食，它们惊喜地发现了这片藏匿深谷鸟未识的宝地，便赶紧收拢洁白的双翅，投入黄葛树宽阔的怀抱。闻讯而来的白鹤群，不多时便高雅地立满了枝头。须臾间，一部又一部见所未见的鹤舞绿荫大片，让蔡家湾的村民们高兴得合不拢嘴！

然而，好景不长，温柔的白鹤被凶猛的原住鸟岩鹰打跑了。但是蔡家湾的村民，与这些恍如从仙与佛的幻境中飞来的白鹤，已结下了不解之缘。当白鹤再度返回并勇敢地与岩鹰激战时，全村 200 余名男女老少，立即闻声而动，有的拿竹竿打岩鹰，有的放鞭炮，有的则大声呐喊为白鹤助战。

这场人鹤同心之战，打得岩鹰落荒而逃，再无妄想。

从此，白鹤便将美丽洒向这片土地。在蔡家湾的林中和田间，白鹤常常扬起比芭蕾舞演员还修长、漂亮的双腿和脖颈，张开让天上白云也自叹弗如的双翼，为村民们翩翩起舞。高雅的艺术表演和清远的鹤歌熏陶，还有亭亭玉立的鹤望，牵起的故事和向往……让村民们原本单调、枯燥的日子，变得多姿多彩。

又名西伯利亚鹤、黑袖鹤、修女鹤、雪鹤的白鹤，被誉为鸟类"活化石"，全球不到 4000 只。1996 年列入《中国濒危动物红皮书》，2016 年列入《世界自然保护联盟濒危物种红色名录》。

珍稀的白鹤，引来了两类嗅觉灵敏的"寻鸟人"：一是想将其仙风道骨流传于世的摄影师；二是专门以猎取国家禁猎动物牟取暴利的盗猎者。

蔡家湾民风淳朴，他们对追求美好的摄影师呈现的是一副古道热肠。多年来，家在树下的罗昌旭，经常为那些慕名从天南海北，开着小轿车、越野车甚至房车，来拍摄白鹤的陌生人免费送水、送饭。千方百计地，为他们提供便利和满足他们的需求。这么多年来，仅有一次，未能让摄影师如愿以偿，因这位摄影师，想买下山坡上的其中一棵大树，在上面搭篷架机，以便随时捕捉白鹤的千姿百态。显然，这有违村规，村民没有答应。

对那些以身试法的牟取暴利者，村民们往往给予的是当头棒喝。5 年前，一个寒冬腊月的深夜，已进入梦乡的罗昌旭被一阵手机铃声惊醒。侄儿急促地告诉他，发现有 4 个盗猎者，开着一辆小面包车来打鸟。罗昌旭迅速掀开温暖的被子，操起一根棍子，就朝着坡上的盗猎者猛追。留守的两人见状立即开车逃之夭夭，叔侄俩旋即转身，朝尚在树下沙坡地里寻找受伤白鹤的两个盗猎者追过去。

叔侄俩顶着赤水河谷中呼啸而来的刺骨寒风，在黑得伸手不见五指的深夜里，高一脚低一脚地，约莫追了 1 千米。由于年近花甲的罗昌旭逐渐体力不支，两个盗猎者侥幸逃脱。回到家中，罗昌旭守着火炉烤了大半夜，几乎冻僵的四肢才慢慢回暖。

说起这件事，罗昌旭至今还心有余悸，因为那两个盗猎者，既年轻力壮又十分凶狠，即使赶上，叔侄俩也没有多少胜算。不过，当时他们已忘乎生死。

突然，同行的小顺顺一阵"快看、快看！来了、来了！"的欢呼，让罗昌旭的话戛然而止。我抬眼望去，看见 1 只仿佛从天边翩然飞来的白鹤，飘逸地落在坡上的黄葛树上。尽管只有 1 只，但在我看来已属一饱眼福，我有些激动。不过，接下来罗昌旭那不咸不淡的语气，让这份激动只存在了 1 分钟。他说："白鹤外出觅食，要傍晚才回窝，这是与白鹤同栖此树的老鹳。"我好奇地追问怎么区分它们，他说老鹳的体量比白鹤大，毛色呈灰色。

隔着 20 多米远、十几米高，罗昌旭居然一眼就能识别，看来白鹤在他心中已经神化！

因行程不可逆，我只好带着未能观赏"百鹤朝树"的遗憾，离开了蔡家湾。

随想，岁月会改变许多许多……而这里的黄葛树、白鹤和村民们的"恋情"，已然神化，不会随岁月的流逝而被抹去！

渡　口[*]

在仁怀市合马镇沙坪村有一古渡口，据说很有些来历。我怀着一份寻幽探胜的好奇心，乘兴而来。然而，迎接我的却是一片冷清的景象。怪石嶙峋的河岸边，一艘锈迹斑斑的铁船，孤零零地泊在那里，河水悠悠，衰草依依。难道这就是曾经舟楫往来频繁，人声鼎沸、远近闻名的大渡口吗？

就在我思绪胶着之际，一阵如水般清漪的"罗爷爷、罗爷爷"的呼叫，忽然从对岸传来，那声音越过宽 40 余米的河面，脆脆地荡漾开来。我寻声望去，看见一个"小不点儿"的身影出现在河边的石阶码头。

不一会儿，一位身材精悍的白发老人，踩着碎石铺就的毛路，轻快地向岸边走来。同行的顺顺笑着对我说，他是年近七旬仍坚守渡口的摆渡人罗远生。

老人精神矍铄，一边客气地打招呼，一边快步上船，然后，迅速地穿上橙色的救生衣，点篙撑船，摇橹转向，一气呵成。

随着宽约 2 米、长近 10 米的铁船逐渐向对岸靠近，我慢慢看清，呼渡的"小不点儿"，是一个 8 岁左右、身背书包的小女孩。看见我们，小女孩很是局促不安，即便我不断柔声安抚，并搂着她合影，她仍像只受惊的小鹿。老人家说，她是对岸茅习公路边海联小学的学生。

小女孩上岸后，老人家便坐下来与我们闲聊。老人家自曾祖父起，便以摆渡为生，至今，子承父业已有 4 代，老人自己从 15 岁起，便随父亲在船上奔波。

沙坪村大渡口承担着方圆 30 千米、合马镇 22 个村落，甚至于四川的几

---

[*] 2021 年载于《贵州纪实文学》第 2 期。

千人的摆渡任务。每天过渡的村民和学生近百人次，逢上秋季送公粮时，甚至有数百人次。老人声调不觉上扬，满是皱纹的脸，笑得像一朵盛开的菊花，我的脑海也同时出现农人们欢天喜地送公粮，热火朝天的画面。

老人接着又说，有一年学生高考时，偏逢赤水河涨大水。骤然展宽200余米的河道，浩浩荡荡的流水，像一群脱缰的野马，发疯似的呼啸着狂奔，见者均不寒而栗。为保护人民的生命财产安全，镇上明文禁止过渡。可是，看着考生们绝望的眼神，想着他们12年的苦读和梦想即将付诸东流，老人着实于心不忍，便决定，凭自己与河水多年的深交，豁出去，为学生们拼一回。学生们安全上岸后，老人才发现，自己的后背，甚至于裤头，都被冷汗浸透了。

至今，那年参加高考的学生，见到老人还十分感谢，其中，有一位大学毕业后在县机关任职的学生，还经常帮助村民和老人解决困难。

看着不远处的一座横跨赤水河的大桥，老人说，自河马大桥建成以后，渡口就失去了往日的辉煌，光顾渡口的，就仅余海联小学的几十名学生和方圆3千米以内的零星客人了。罗家摆渡人的祖业，也因此在老人这一辈，画上了句号。说到这里，老人的声调不觉降低，目光也有些黯淡。

片刻，老人眼睛又开始发亮，他说，以前渡口的木船，均由船家出资打造，年末，船家挨家挨户收缴过渡费，以此度日。如今，政府出资，将木船换成安全系数高、承载量大的铁船，免除了所有人的过渡费，还按时发给老人月工资1800元。老人每天只需早晚两次接送学生，不用再守在渡口忍受日晒雨淋的煎熬。时间和经济空前富裕，日子过得越来越好。

此时，一旁的村民老周抢过话头说："现在党的政策太好了，我们不但不用交公粮，而且每种一亩（0.067公顷）地，政府还会补贴350元，以此返还以前无偿上交的公粮。"

听到这里，我轻松地走上船头，欣赏起渡口旖旎的山光水色来。眼前，俏皮的清风，吹得翡翠般的河水，荡起万顷碧波，争相与两岸绿油油的果树争妍斗奇，逗得金色的柚子和许多我叫不出名的果子，接二连三地推开浓密的绿荫，翘首张望。一只超尘脱俗的白鹤，忽然飞来点水，转眼又直上蓝天，飘逸地在高空中书写着它特有的优雅和清白。

岸边的一群让村民们得以在家门口脱贫致富的、声名远播的合马黑山羊，却不为之所动。它们心无旁骛地"亲吻"着足下的草地，一对骄傲地撇向两边的犄角，随时准备着，挑翻来犯之敌。我不禁想起，之前在养殖基地逗弄圈中种羊时，它愤怒地用犄角来顶并站立起来朝我们一阵猛踢的狠劲。

远处的河道和山坡上，似有人影在晃动。老人告诉我，这是环保站委派的护林员和巡河员在工作。以前，这里大部分为沙坡地，一下暴雨，山洪便张开血盆大口，无情地吞噬房屋、庄稼，甚至生命；洪水退后，河滩两岸，尽是白色垃圾。

村民老周又争着说，为改变恶劣的生态环境，帮助村民们脱贫致富，2015 年以来，仁怀市退耕还林 26 万亩（17 333.33 公顷），森林覆盖率提高近10 个百分点。现在，村民们不再担心山洪的肆虐，因为，每当山洪扑来时，满山遍坡的树木，就像无数投身脱贫攻坚战役的党员干部一样，用自己强劲的躯干，把汹涌的山洪裁得<u>丝丝缕缕</u>，无力作恶。它们再用自己扎实深入的根部，牢牢地抓住四周的土地，让苟延残喘的洪水，抢不去更带不走村民的生命和财产！

不仅如此，政府还分别委派镇、村两级主要负责人，担任本辖区河流、溪沟的"河长"，从贫困户中选聘护林员、环保巡河员等，年发放工资约 2 万元/人。经过系列大手笔整治，今天的渡口，才有了这如诗画般美好的景色。

村民老周不住地夸耀今天的幸福，连失去世代祖业的老人也在赞不绝口！我不由得从古渡口的今夕变化领悟到，在他们的生活中，以"为人民服务"为宗旨的中国共产党，已带领大家开创了一个坚强可靠的大渡口；脱贫致富奔小康的人们，正从渡口扬帆起航！

春天的书签*

漫长的冬天像个懒觉睡过了头的流浪汉，总是捂着 0 度左右的被子，不肯起身离去。它那双播撒寒意的巨手，挽着细雨冷风，跨年越岁，肆无忌惮地从 2011 年伸向了 2012 年早春。

3 月的一天，老天终于将阴郁的长脸换成了快乐的圆脸。明媚的阳光登高一呼，在家蛰伏了百余日的人们纷纷欣喜地走出蜗居，兴奋地扑向大自然。我们一行人，也急不可耐地直奔贵阳市的"绿肺"——花溪十里河滩湿地公园。

一路上，我回忆着去年曾在湿地公园见到过的翠柳写诗、红花填词、碧水吟哦、绿草如茵、山峦施黛……看不尽的远村近树，品不完的淡妆浓抹，我禁不住心驰神往，眼睛发亮，于是不停地埋怨车速太慢。

然而到达目的地后，我的情绪，却一瞬间从高高的山顶跌落到了深深的谷底。那些曾让我沉醉的树影花容，曾让我遐思无限的山光水色，如今全被淫冬侵蚀得面目全非了。

明镜般动人的花溪河，眼前已似大病未愈的姑娘，消瘦、憔悴、肤色灰暗。曾骄傲地满头披着如婀娜多姿的维吾尔族姑娘的长辫的岸柳，那迎风起舞时撩人心弦的倩影，如今只剩下光秃秃的枝丫，像无数只瘦骨嶙峋的枯手，伸向天空求索自己的青春。去年定格在我镜头中的盘虬卧龙般的突兀大树，如今也沮丧地横斜在水面上，裸露的全身，青筋暴起，尽显荒芜、疲惫、沧桑……

---

* 2012 年 4 月 18 日载于《贵阳日报》副刊。入选"山东博文天下·博客优秀诗歌/散文作品选"，收录于《部落格·心灵牧场（散文卷）》（线装书局，2012 年）。

面对被我鼓动而来的同伴们的满脸失望，我尴尬得一塌糊涂，只好解嘲式地调侃道："上次我看到的是浓墨重彩的油画，这次大家看到的是水瘦山寒的国画，两种艺术都欣赏到了，幸运啊！"

沿着河边蜿蜒的小路信步而行，突然，一只小狗闯入我的视线。它短小而匀称的身材，配着油光发亮的棕黄色的皮毛，简直可爱极了。此刻，它正一动不动地趴在地上，心无旁骛地注视着前方，像一尊凝然不动的小小雕塑。

明丽的春阳，悉心地把它的恬适、安然的身影剪下来，轻轻地贴在地上，使它的身形自由地摆成一个半躺着的 Y 字。我的兴奋感瞬间被这画面激活，于是轻声欢呼着蹑手蹑脚地跑上去，"啪啪啪"地连续拍了三张照片。

拍完后，我观察到这小东西居然还浑然不觉，不由得又跟着它的视线前移。原来，不远处的草坪上，小狗的主人——一位年轻的母亲，正在低头弯腰引导自己周岁左右的小宝宝蹒跚学步，她那份专注，更是心无旁骛。此情此景，其乐融融，我不由得忆起一句诗来："长恨春归无觅处，不知转入此中来。"啊，春天的书签，原来就安静而又醒目地夹在这一页里。

人与狗的忘我投入，便使我又联想起当前社会由于世风日下，某些子女因钱财私欲而对母亲的无忠、无孝甚至无耻，作为狗无限忠诚的对象——人类，却是那样地自轻自贱和相互欺诈残害，我心里的感慨，真是如同乍暖还寒、阴晴难料的早春，五味杂陈。

正感慨间，我们又遇上一队中学生打着红旗，迎面走来。他们欢笑着，似小鸟出窝，叽叽喳喳地说个没完，原本落寞的小路，被踩得喧哗、拥挤起来。

阳光总爱与阳光的事物为伍。轻松活泼的少年们，像春天的风一样涌动着希望，青春而又热烈，他们的所到之处，不久后便会百花争艳、万紫千红。

目送着这支阳光的队伍，我猛然想起今天是学雷锋纪念日。不觉又回想起自己童年时学习雷锋的纯真日子，那也是我心中美好的"十里河滩"。那些日子，无处不彰显着乐于助人的美德与和谐的社会风尚，无处不充满着开心的笑脸和真心的话语。不管是上学还是放学，不管是在家还是在校，一双双亮晶晶的、清澈见底的眼睛，一双双热情的、干净无私的小手总是争着互相帮助，个别同学甚至宁愿饿着肚子，也要将早点钱省下来交班费……半个世纪后的今天，历经"文化大革命"和商品经济大潮的冲击，不少人良知的河流已经变浅了、变窄了、变混浊了。清澈的道德之波，孱弱的已近似于这严冬后的十里河滩，掀不起多少浪花来了。

风雪严冬里，人们常爱引用英国诗人雪莱的那句名诗："冬天来了，春天还会远吗？"

那么现在，我还想续上一句："春天已经来了，寒冷还会永远长久吗？"

远处有《学习雷锋好榜样》的歌声断断续续地随风传来，我心中又有喜悦的涟漪荡起。若再有几日晴天，公园草地上就会有更多春姑娘似的书签——一大批风筝在蓝天上飞扬了。

春天已经来了，寒冷还会永远长久吗？

这个贼

当 2012 年 12 月 22 日的黎明依然迈着轻快的步履如期来临时，人们瞬时撂下了满挑子"世界末日预言"的负累，又像鸟儿一样，欢快地在水泥丛林间往返啁啾了。

不过，异常的天气，却仍似末日的阴魂一样，困扰着这个蓝色星球。享有"公园省"美誉的黔地，虽未罹难于地震、泥石流和洪涝灾害，但终未逃脱旱灾的魔掌。2013 年入夏以来，它就一直高烧不退。

在 S 店做完美容的梅韵，一出门，便见火爆的太阳翻着白眼，粗暴地把一棵棵枝繁叶茂的行道树烤得蔫头耷脑，平素那些总是潇洒凉爽的清风兄弟姐妹们，已被剿杀得片甲不留。

以往总给梅韵带来清凉的遮阳伞，也早已不是时下日头的对手了。毒辣的白太阳，灼得梅韵的柳眉拧成了两个呆板的"一"字，眼角也被挤出了几道深浅不一的鱼尾纹。

被白太阳烤得发烫的路面，烘得梅韵汗流浃背，她想赶紧到停靠点打车回家，可刚一抬脚就一个趔趄，险些摔倒。原来足底的精油和着汗水，湿漉漉地在鞋子内捣乱。穿着这滑溜溜的凉拖，别说是快走了，就是慢慢走也很艰难。

梅韵想，目前唯一能解救自己的办法，就是赶紧擦净足底的油和汗。可要在火爆的太阳底下，在众目睽睽之下俯身脱鞋擦脚，身着短裙的梅韵，实在是没有勇气尝试。

正窘迫中，街边一鞋店蓦然跃入眼帘，大喜过望的梅韵，赶紧走一步滑三下地拐进了鞋店。进店后，梅韵便用"我自己看看"的托词，支开了殷勤的导购员，然后从坤包中拿出纸巾来，坐在长椅上仔细擦拭双足和凉拖。

擦拭中，梅韵似乎觉得背后有点轻微的、断断续续的摩擦感，心想，店的里侧左右无人，很清静，整张长椅又只有自己一人独坐，这或许是自己的动作摩擦衣裙而产生的吧，于是便又继续俯身擦拭。

突然，一阵较大的摩擦掠过背部。梅韵迅即直起腰来查看贴着身体右边放置的红色坤包，只见一只从左上方伸过来的手，从自己打开的红色坤包内，抓出花格子钱包，正欲撤离。梅韵的视线和身体，紧跟着这只手转至左后方时，一个陌生的男人，已将自己的花格子钱包放入黑挎包内，并故作镇静地看着梅韵。

梅韵果断地揪住窃贼的手，大声呵斥："你这小偷，偷我的钱包！"在梅韵凛然正气的威慑下，窃贼的心理防线在片刻间决堤，他随即慌作一团，用颤抖的声音说："我还给你嘛，我还给你……"

收回钱包后，梅韵本想报警，但被窃贼那乞怜的眼神和畏缩的形态软化，心想反正自己也没有什么损失，便松开了窃贼的手，轻蔑地说了声："你走吧！"转身便抱起坤包，俯身继续擦鞋。

梅韵以为，被自己放过的窃贼一定会立马溜之大吉，谁知，这窃贼却静静地站在原地，丝毫没有半点准备离开的意思，梅韵不由得抬起头来，用冷峻的目光打量着窃贼。这窃贼，40 岁上下，身着蓝 T 恤、黑西裤，干瘦的身躯顶着一张粗黑的脸，皱巴巴的神情，让梅韵感觉像是一片被太阳烤焦了的行道树叶。

此刻，他温和地面对着梅韵凌厉眼神的剜刮，一脸真诚地看着梅韵，用缓慢的语调轻声说："大姐，你今后真的要小心点，真的……"他说话时的认真神态和语气，俨然就是一位正人君子。这太出人意料了！梅韵诧异地说了一声"你"后，便不禁哑然失笑。心想，你这鸡鸣狗盗的东西，居然还有脸皮来说教，实在是太滑稽可笑了！

面对梅韵的嘲笑，窃贼却仍然执着地重复着："大姐，真的，你以后一定要小心点……"梅韵强烈地感觉到窃贼眼神中传递出来的真实和恳切，面部表情和笑声不觉由尖刻变为爽朗。这清亮的笑声，似乎也感染了窃贼，他如释重负地一边笑着抬腿向外走，一边回头看着梅韵，并重复着此前的叮咛。临出门时，又驻足对着梅韵，朋友似的开心地笑了几声，这才转身扎进了炽热的阳光里。

爽朗的笑声惊动了店内的导购和顾客，她们齐刷刷地抬起头来，迷惑不解地看着梅韵。梅韵嘴上回复导购"怎么啦"的询问，心里却在想：他或许是被生活逼上了绝路而铤而走险？抑或是在险恶的人际关系中，遇到了迈不过的坎儿而出此下策？当然他也还有好逸恶劳的可能，或见风使舵的狡猾……

尽管有一连串走马灯似的问号在心中盘旋，不过，梅韵却宁愿希望——希望今天这事，他实在是出于一时糊涂，且从此以后，他不会重蹈覆辙。

2013 年 9 月于贵阳

一个让你为她梳妆的地方[*]

　　深秋，随贵州财经大学文法学院联合贵州省写作学会组织的，"2016 美丽传统村落·台江南宫旅游扶贫考察"活动，前往帮扶地南宫镇交密村时，我惊喜地得知，交密村地处我自小就向往的雷公山腹地。

　　小时候，我特别醉心于《你见过雷公山的山顶吗》这首民歌，它那如蒙古长调般高亢悠远又舒缓自由的调式，让我每每听到它，总是恨不能倏忽生出双翼，须臾便飞到神秘巍峨的雷公山顶。

　　可当我随车跟着羊肠九曲的公路，转进雷公山腹地时，最终却因无日程安排，不能得识苗语意为雷公居住的地方——雷公山顶的真容。可想而知的沮丧，让我感觉这盘山路，实在漫长难耐，我便索性阖上双目，一会儿，便猫进了颓唐的"睡神"辖区。

　　大约两个小时，一阵"到了、到了"的呼声，把我从梦中唤醒。我睡眼惺忪地一瞅，眼前富有苗族浓郁色彩的"交密"寨门旁，近百名喜鹊般的、戴满银饰的苗族妇女，和寨门上悬挂的"热烈欢迎省作家、媒体人士、文化学者莅临云水交密"的大红横幅，好似两双既热情又夸张的大手，给我们来了一个轰轰烈烈的激情拥抱。这大写的银晃晃、红彤彤的强劲臂力，刹那间逼退了萎靡不振的"睡神"。一眨眼工夫，考察团成员便全部精神抖擞地汇入到欢迎队伍中，踩着洪亮深沉的高排芦笙韵律，跟着手捧拦门酒的队伍，碎步进入美妙而神秘的交密村里。

　　国家级传统村落交密村，位于雷公山国家自然保护区内，距省会贵阳 290 千米，距南宫镇政府驻地 23 千米，森林覆盖率达 88.79%，是雷公山自然保

＊ 2016 年 12 月 30 日载于《贵州财经大学校报》总第 275 期。

护区站点。全村 274 户 1165 人，苗族占总人数的 99%。

寨子内，发源于"人类疲惫心灵的最后家园"——国家级自然保护区雷公山深箐的翁密河水，清凌凌地绕村而流；依山傍水的吊脚楼，错落有致地在白色的水汽中若隐若现。那种如海市蜃楼般的美妙，是任何笔墨都无法描绘的。不过最令我难忘的还是寨子里的人们，他们身上的绣花衣裳和黑布衫，已是交密生动迷人的名片，更醉人的还有他们和太阳一样热情大方的性情。那天，我们在山顶观赏完如八卦图般神秘的交密村全景回来，走着走着就少了两位队友。大家胡乱地猜测了好一阵子后，正准备派人去寻找，却见他俩满脸绯红地走了回来。一问方知，他们路过一个吊脚楼时，恰好被屋内的主人看见，便被不容分说地拉进家中畅饮……

幽静秀丽的交密村，不曾接待过文学考察团队，我们的到来，全村犹如过春节般的喜庆。隆重的夹道欢迎仪式结束后，全村男女老少都聚集在踩鼓广场上，大人们欢天喜地，又是打糍粑，又是摆长桌宴；小孩子们像燕子般，你追我赶地在人群中穿梭。置身于这些动人的笑脸和热糍粑的团团包围中，大家的心都被感动得骤然沸腾。正不知如何倾泻满腔激情的我，突然看见同行队友已换上的苗族服饰，瞬间茅塞顿开。

身旁一位水灵灵的苗家阿妹，听见我也要扮成她们的模样，高兴得立即拨开众人，领着我一个劲地往家跑。刚走出 10 余米，我们便被几个阿妹堵在了广场出口，我听不懂苗族语言，但从她们的表情和语气来判断，我感觉她们似乎在激烈地争论着什么。想着即将开始的欢迎晚宴，不便催促的我心中有些焦急，大约延误了 10 分钟，才得以继续出发。途中，我们感觉阿妹家离广场有些距离，于是几番欲返，但都被阿妹明媚的笑容和暖洋洋的话语打断。

在阿妹家的吊脚木楼上，我们再次感受到交密人炽热的温度。一进家门，坐在火塘边用餐的阿爸，便立即举起酒杯再三相邀；闻声从里屋赶出来的阿妈，也迭声请我们一起共用晚餐。在明白了我们必须及时归队的理由后，一张脸笑得似盛开菊花的阿妈，才翻箱倒柜地找出所有服饰，给我梳妆打扮。

我接过阿妈递给我的一面圆镜，看着为我悉心梳妆的阿妈。她先将我的头发用胶圈全部扎在头顶，然后用一大把黑线做的长马尾，套在我的头发上梳理。梳着梳着，阿妈可能感觉头发不够光亮，便叫阿妹取来发油，一边抹油一边说："你们城里人天天洗发，把头发都洗干了。"头发梳顺后，阿妈将我的头发和黑线马尾，一起绾在头顶，盘成一个圆形的发髻，然后用发卡固定。夹发卡时，阿妈明明白白地听见了我说"不痛、不痛"的回复，但她那双夹发卡的手，却仍然下得很轻、很慢。约莫30分钟，发髻终于成型了，阿妈前后左右地端详了一阵后，又拿出一根丝线，沾着发油从下至上的在我的头发上，一遍又一遍地扫过。看着从未如此油亮光洁过的头发和喜滋滋的阿妈，我似乎找到了一份失落已久的温情。

此时，旁观的文友突然出声笑道："你看你，活像一位等待出嫁的新娘！"猛一听，此话有些突兀，不过似乎也有点靠谱。因为此时，我身上穿着阿妹的绣花黑丝绒斜开襟衣裳，头上梳着交密人高耸的发髻，戴着从阿妹头上取下来的银发钗、发卡，还有阿妈挑选的一朵最衬我的大红牡丹花。按理说，这么多惊艳的元素云集一身的，也就只能是新娘了，更何况身后还站着一位慈爱的阿妈。

离开阿妈家时，母女俩在我们的一再劝回声中，停下了脚步。临别时，母女俩亲昵地挽着我合影，照片中，我们仨，一样的打扮、一样的笑容，俨然是一家人。我穿着这身装束赶到踩鼓广场时，苍茫的暮色已然如笼如罩，欢迎晚宴自然也是尾声了。看到匆忙找一席就座的我，另一位前来议事的村干部，迟疑了好久，才试探着用问句与我对话，如此这般，还真不枉阿妈的一番美意。

在长桌宴与欢迎晚会中间的空档，不知是有意还是无意，我又邂逅了在广场口与阿妹激烈争论的另一个阿妹，一见面她就上前拉着我的手说："之前是说阿妹家太远，想请你到我家去梳妆，但阿妹就是不肯……"听着她那质朴的语言，想着阿妈殷切的情谊，我全身仿佛浸泡在一池天然暖人的温泉里。

晚上8时，民族文化表演欢迎晚会浓墨重彩地开始了。热情奔放的笙鼓舞蹈、遐迩闻名的"东方迪斯科"——反排木鼓舞等，让我享受了一场原生态的视听盛宴。此间，我以一个交密人的模样登场，清唱了一首《相逢是首歌》，我把对云水交密，特别是对交密人的祝福，全部融进了歌词里，我希望能像歌词那样，相逢是首歌，歌手是你（交密人）和我。

我们在交密仅逗留了一天时间，这片歌与舞的海洋、情与爱的世界，我感动得几次三番地想表达些什么，但总不知花开哪枝为好。思忖良久，唯有把我此生头一回的经历，以为她打扮、为她改妆作为主题，献给这些生活在雷公腹地、和太阳一样热情大方的交密乡亲们。

最稳的靠山*

  2019 年 1 月 2 日下午，凄厉的北风在马家庄嘶吼，人们都躲在家里烤火，只有被冻得透明的冰凌和光秃秃的树木，兀自与寒风对峙。突然，一阵比冬寒还肃杀的哭喊，在阴沉沉的村庄上空爆发开来。

  只有一张床的卧室内，任晓琴和孩子们扑在丈夫身上号啕大哭。丈夫李江涛患癌症过世了，公公、婆婆也在这两年内因癌症相继离世。失去至亲的痛苦、贫困生活的压迫、养育孩子的艰辛，让任晓琴哭得声声啼血。3 个女儿拉着爸爸冰凉的手，5 岁的幺儿扯着爸爸的衣襟，可任凭妻儿怎样千呼万唤，李江涛都无声地放任凛冽的寒风，在这个穷得连门都装不上的家中，抽打着孤儿寡母的脸。

  闻讯赶来的村民们，听着凄惨的哭声，看着这连一张像样桌椅也没有的家，均泪如雨下，但对李家的困境却都无能为力。马家村所在县是贫困县，几千块的棺材费对李家是雪上加霜，对贫困的村民们亦是个天文数字。

  为了给家人治病，任晓琴花光了积蓄还借了不少外债，望着四个嗷嗷待哺的孩子和空空的四壁，任晓琴感觉已坠入万丈深渊。正在大家一筹莫展之时，一个村民突然说："嗨，找攻坚队嘛！"顿时，一石激起千层浪，村民中这个说起大雪封山的时候，攻坚队翻山越岭为孤寡老人送棉被、棉衣，扫雪除凌、挑水劈柴；那个说三伏天里攻坚队顶着烈日，在接近 40 度的高温天气里，为大家改造危房，修通道路、水路、电路。任晓琴更是想起了丈夫住院时，攻坚队长置其在同一所幼儿园上课的女儿于不顾，来帮她接送小孩。于是，她马上给攻坚队长打了电话。

---

  * 收录于《决战沙子坡：一个乡镇的脱贫攻坚纪实》（新华出版社，2019 年）。

　　还在看望贫困户途中的攻坚队长，立即调出一份《我想为我的帮扶人募捐一口棺材》的倡议书，署上日期，发到朋友圈和沙子坡镇脱贫攻坚工作群。原来，1月前攻坚队长去探病时，李江涛曾对他说："这些年我治病花光了所有的钱，要死了，棺材都买不起，还有4个幼儿……"

　　处理完冗繁的工作已是第二天凌晨，攻坚队长却在床上辗转反侧。他的眼前总是浮现出李江涛被病魔折磨得只剩皮包骨的脸，耳边总有李江涛令人掉泪的话。他想，棺材是人们俗称的"老家"。如不能将逝者装棺入殓，不仅逝者丧失尊严和归宿，而且更为可怕的是，亲属一辈子都要遭受良心的鞭笞。想到这些，攻坚队长决定要让李江涛"有家可归"。但扶贫攻坚工作接近尾声，财政、民政已无多余的款项，怎样才能为李江涛弄到一口棺材呢？左思右想，只有众筹这条路了，于是，他连夜拟制了这份众筹倡议书。

　　李家的悲惨遭遇，让攻坚队员们十分揪心，仅仅4小时就募到了棺材款3800元。次日，早起的村民看见李家门口，有一口凝聚着沙子坡镇96颗脱贫攻坚队员爱心的大棺材和慰问金1400元，以及连夜为李家治丧申请到的大米、木炭等物，还有前来代理治丧的攻坚队员。

　　李江涛去世当月，攻坚队便帮任晓琴申领治理跑风漏雨补短板补助3000元，安装4扇卧室门，理赔顶梁柱保险费651余元，还为她申请到镇林管员这个能兼顾带小孩的公益性岗位，月工资600元，让她家除每月日常花销外，还有点零花钱。

　　如今，任晓琴已不再蜷缩在"我走过的孤独和黑，你拿什么体会"的困苦里以泪洗面了。重燃生活希望的她，总对关心她的人说，党的脱贫攻坚政策，就是我最稳的靠山！

回归自然的洗礼[*]

"仁者乐山，智者乐水"，我乐荔波联山湾！

农历六月六，是布依族的传统佳节。节日的由来，据清乾隆年间李节昌编纂的《南龙志·地理志》记载，"六月六栽秧已毕，其宰分食如三月然，呼为六月六。汉语曰过六月六也。其用意无非攘灾祈祷，预祝五谷丰盈"。布依同胞为隆重庆祝这个等同于"小年"的节日，往往要举办一场盛大的歌节。也就是在这个喜庆的日子里，我与十余名文友结伴来到联山湾村，遇见了最真、最美的你。

我们到达荔波的当晚，一夜听雨。次日，来自四面八方的宾客让县乡的交通保障，一时间捉襟见肘。上午 9 时，一位如当地空气般清新宜人的县委宣传部干部，主动自驾私车送我们前往。沿途，联山湾的母亲——清亮如碧玉的淇江河，温柔地环抱着蜿蜒的乡村公路。还记得，当我一眼望见在她明镜似的心中，两岸亭亭的枫杨树随风摆动，来往少女衣裙上的蜡染图案缤纷绚丽时，便对这高峡出平湖的联山湾，生出了几许唯美的期冀。

约 30 分钟车程，我们抵达了联山湾。眼前，雨后初霁的联山湾，貌似蓝水翡翠的河面波光粼粼，美得不可方物。裹在一层薄如蝉翼的雾气里的山峦，近的淡了，远的白了，缥缈得让人恍如进入期许的幻梦。泊在河边的游船一字排开，恰似纯净的漳江河张开双臂，给了我们一个真心的拥抱。这山、这水、这感觉，让才一头扎进苏轼"水光潋滟晴方好，山色空蒙雨亦奇"意境的一干文友，均置斯文于不顾，争相登船搔首弄姿地摆 pose（姿势）留影。刹那间，一阵阵开怀的笑声，在如丝绸般诱人的水面，在众人的心里，荡起

---

* 收录于散文集《心上荔波》（贵州人民出版社，2019 年）。

了一圈又一圈的涟漪。

下午2时，以"弘扬民族文化，唱响布依民歌，建设美好家园"为主题的第二届联山湾"六月六"布依歌节，在喜庆威猛的双狮舞中拉开帷幕。开幕式上，县乡领导热情洋溢的贺词和回村过节的游子们声情并茂的歌声，为狂欢的节日增添了不少缤纷花絮。再有从四面八方赶来过节的布依同胞，用映山映水的悠扬山歌和优美的舞蹈，纵情地展演着本民族神秘多彩的民风民俗。更有联山湾男女老少们真诚的笑脸和像月光一样明净的眼神，让同行的文友们都有些乐不可支了。

我想留住这份美好，便打算在会场外拍一组全景图，不经意间却发现，不远处身着节日服装的男女老少们，正重重叠叠地推搡着向前挤，我好奇地上前打探，原来，这是本次歌节的捐款点。只见挤到收款台前的人们，笑呵呵地从贴身衣袋里掏出钱来，争先恐后地递给收款人。若干带着体温的50元、100元，甚至好几百元涌到面前，让两位收款的村民忙得不亦乐乎。这场景，让熟知"提起钱就不亲热"的风气的我眼前一亮，如同陶翁笔下闯入桃花源的渔人一样，感觉新奇不已！

我信步走进一户农舍，想了解这些予我感动的人们，是怎样的一种生活方式。这是一幢位于路边的干栏式木楼，我进屋后连着喊了几声均无回应，独自站在空无一人的堂屋中间，看着蹲在地上、替主人忠厚待客的凳子，站在桌上、代主人热忱待客的茶壶和坦诚敞开的大门，忽地感觉到古今文人墨客们崇尚的"种春风二顷田，远红尘千丈波"的意境。

活动结束时已近晚餐时分，一时间，到处是村民们忙着邀请来客的身影。只见这些村民不分对象、不问来处，一味笑盈盈地邀请着每一位来客，再想起村民都已捐过款，我便认为承包晚餐的家庭或许会得到些好处。直到滋味鲜美的鸡鸭鱼肉只剩下残汤时，我才得知这餐饭乃是村民自费而为的，不觉汗发于颜。

暮色四合时分，我们离开了联山湾。归途中，我总在回味，这些在21世纪的今天仍居住在老旧木屋里的村民，他们急公好义、慷慨解囊，倾其所有杀鸡、宰鸭待客，向所有人敞开大门的真诚生活……继而再想起《庄子·渔父》一文中"真在内者，神动于外，是所以贵真也"的句子，我忽然醒悟，这些比美得不可方物的联山湾更美、更动人的村民们，已让我接受了一场"持守其真"、还归自然的洗礼！

老百姓的"刘主任"*

2020 年 3 月，明媚的春光温情地拥抱着大地，春风和煦，春树葱茏。一条洁净如洗的乡村公路，舒展着匀称的腰身，悠悠然地向远方延伸。

一位浓眉阔面的大叔站在铺满春光的路上，微笑着问一位满脸皱纹、身材瘦小的老奶奶："你好不好？还有钱用没有？给你 100 元钱够不够？"老奶奶憨笑着回答："再多给点嘛。"大叔立即把裤兜翻了个底朝天，搜出来 200 元，全给了老奶奶。老奶奶接过钱后又担心地问："你把钱都给了我，你用什么呢？"大叔笑着说："你先用，我会想办法。"老奶奶看着大叔笑得合不拢嘴，嘴里仅有的一颗侧切牙，在春光的照耀下闪闪发光。

这水乳交融的情景，如不知情，一定会认为是一个母慈子孝的生活片段。殊不知，这只是毕节市工业和信息化局下派的驻村干部刘秩刚帮扶贫困户赵贵秀老人的一个小插曲。

2016 年 3 月，初到纳雍县锅圈岩乡深度贫困村治安村的刘秩刚，一进村公所，就被其脏乱差的程度吓得倒吸了一口冷气。黑不拉几的村公所，似蜘蛛精的盘丝洞，乱七八糟的电线像蜘蛛网一样布满旮旮旯旯。充当办公桌的条桌上，摆放着一台不能联网的旧电脑和一台破旧不堪的复印机。地上，小卖部寄存的啤酒和空酒瓶，堆积成山。看着这代表全村形象的村公所，刘秩刚顿时明白了村民的贫困度有多深，自己肩头的担子有多重！

当日，刘秩刚连行装都还未打开，便铆足劲干了两件事：一是召开村干部会议，与村支"两委"达成治理村容村貌的共识；二是上报情况申领工作经费。仅 4 天的工夫，刘秩刚就利用 1 万元工作经费，为全村治理出一个环

---

* 2020 年载于《贵州纪实文学》第 4 期。

境卫生和办公设施双达标的村公所。

想着习近平总书记关于"精准扶贫，关键的关键是要把扶贫对象摸清搞准"的嘱托，刚完成对村公所的治理，刘秩刚便和村支"两委"的干部一起，马不停蹄地对全村446户人家，2137人，挨家挨户地进行走访。当时，治安村还没有公路，出行只能走田埂或翻山越岭。村民们看着这位新来的干部，成天穿着一双长胶鞋，在田间泥水和山上的刺蓬中跋涉，就给他取了一个形象而亲切的外号——"胶鞋"干部。

走访赵贵秀老人的那天，刚下过雨，刘秩刚一行三人踩着"晴天不让人，雨天不放人"的烂泥路，走访了8户人家。当三人挪一步陷一步地爬上坡顶，来到赵贵秀老人门前，天已擦黑，看着早该亮灯的屋内一片漆黑，刘秩刚感觉有些纳闷，连喊了好几声，屋内才亮起一盏灯光如豆的煤油灯。三人走进屋内，只见这间被柴火熏得黑乎乎的屋内，除了一张简易的木板床和一口充当灶具的破铁锅外，什么都没有，而且，这间大约25平方米的屋子，还到处都是脏乱的杂物和垃圾。

刘秩刚随即就问："老人家你咋个不点电灯？"老人说，去年儿子外出务工没有了消息，自己每月只有社保部门发放的98元养老金，没有钱缴电费……听到这位78岁的老人连电灯都用不起，为了维持生计，还得拖着矮小佝偻的身躯，去套种两亩（0.13公顷）苞谷和洋芋糊口。看着这位与自己母亲年纪相仿的老人，刘秩刚不由得鼻子一阵发酸，立即联系电工上门接电安灯，并亲自动手为老人打扫卫生，直到明晃晃的电灯光将屋内的每个阴暗角落照亮，并替老人付清一应费用后，他才放心地拖着又累又饿的身子离开。

在刘秩刚的记忆中，那晚的夜色像墨汁一样漆黑，但自己的心中，却有一团"决战脱贫攻坚，决胜全面小康"的烈焰，把脚下坑坑洼洼的路和扶贫的决心、思路，照得里外通明！

从那以后，刘秩刚便经常去看老人，嘘寒问暖、送钱送物，为老人解决生活困难。他还为老人申请到367元/月的低保金，为老人办理了低保卡和存折；帮老人申请了危房改造工程款，修建了42平方米两居室的新房，还为老人添置了桌椅、板凳、床等新家具；又把老人列入村委的扶贫重点，凡有粮油衣被等救济物资，都给予优先考虑。除此之外，4年来，每半个月，他就从自己的工资中抽出一二百元补贴老人。在村民看来，俩人虽不是母子却胜似母子。

连续 4 个月，刘秩刚对全村建档立卡的 204 户贫困户 1086 人的基本情况，进行了全面摸排，并依据掌握的贫困发生原因和程度，对 204 户贫困户再次划分为赤贫、深贫和贫困三种。他把 11 户留守的、烧柴火吃苞谷饭和喝老酸汤菜的老弱病残户，定为赤贫户。对这 11 户，他除了不厌其烦地帮助落实和争取扶贫优惠政策外，还规定至少半个月家访一次；每次家访，他都要详细询问并查看生活物资等情况，如有短缺，但又暂无政府救济物资时，刘秩刚就自己出钱帮助购买补齐。他把子女多且没有脱贫思路和门道的 45 户人家，定为深度贫困户。对这 45 户，除了全力落实帮扶政策外，刘秩刚还积极地帮他们出点子、找门路，努力帮他们拓展脱贫的渠道。对其余的 148 户贫困户，他想方设法精准施策，帮扶到位。

四年来，刘秩刚陆续从自己 3000 元/月的菲薄工资中，每年抽出 1.5 万元，为赤贫和深贫户送医、送药，买米、油、被褥，或直接送钱，帮助他们解决生活困难。

村民们在刘秩刚的身上，切实感受到党和国家的政策滋养，对党政干部的态度发生了 180 度的大转变。大学生村官丰银颇有感触地说："刘秩刚来之前，村民对我们要么冷嘲热讽，要么视而不见。如今，一见面就三番五次地拉我们到家中去喝酒谈心。过去，爱国卫生运动无法推进，村容村貌脏乱差劣。现在，村民们严格按照锅圈岩乡推行的'十户联动'责任制，对区域卫生进行认真管护和治理，村容村貌冠压全市。2019 年，毕节市在锅圈岩乡召开农村环境卫生整治观摩会议，组织各县、乡、村干部集体参观学习。如春柳生发的赞语中，赤贫户安小树老人的话最掏心窝：'全靠你喽，你做好事太多，你长命百岁。'俗话说'人心换人心'，村民们拿你当主心骨，大物小事都来找你，口口声声喊你'刘主任'，其实，你刘秩刚只是一名普通的驻村干部。"

不过，人心就是一杆秤！

那朵当阳那朵红[*]

走上好花红村的乡间小路，清亮如水的布依族民歌《好花红》"好花红哎好花红呦，好花生在刺梨蓬哎，好花生在刺梨树哎，哪朵向阳哪朵红哎……"的旋律，便会明快地走进你的心头。

我们这帮热衷于听歌溯源的外来客，在初冬的风寒里，沿着静水深流的涟江河，走过令人怀古思幽的辉岩廊桥，来到国家级非遗项目布依族民歌《好花红》的故乡——惠水县好花红村。

我们入座于《好花红》民歌第二代传承人杨光英家中，得知1981年在国家民族事务委员会批准，省、州文化局协办的布依族"六月六"歌会上，杨光英曾勇敢地站在惠水县董朗大桥上放歌《好花红》，让优美亲切的音韵渗透现场数万人心，继而引得全国男女老少，即使唱不完整，也能哼上一两句《好花红》调。她拙朴的笑脸上，岁月的足迹如秋天盛开的菊花，但因语言交流不甚通畅，她推辞说，自己多年未唱歌，连歌词都记不清了。

乘兴而来的我们，骤然似霜打的茄子——蔫了，于是我们开始与坐在她身边的一位身穿黑色皮夹克、热情健谈的"中年"男歌手闲聊。聊过一阵子，我们还是抵挡不了想在《好花红》民歌原生地，听第二代传承人现场演唱的执念，便又再三邀请杨光英演唱。在一双双满含期待的目光合围下，她只得请"中年"男歌手帮助提词。开唱的一瞬间，古稀之年的她宛若"返老还童"，音色圆润，情感丰沛，歌声悠扬婉转，脸上还露出少女般的娇美，她似乎又站上了40年前的董朗桥头！

继而我们得知，帮她提词的"中年"男歌手，就是国家级非遗项目布依

---

[*] 2022年原载于《贵州纪实文学》第1期。

族民歌《好花红》的第三代传承人王科国。大喜过望的我心想，难怪刚才他为杨光英伴唱时，神色自如，歌声清朗。我们深受感染合唱《好花红》时，他不仅专注地听，还不时地向我们点头示意，我们立即邀请王科国叙说他心中的《好花红》。

"仁者乐山，智者乐水"，依山傍水而居的布依人酷爱音乐。一间间水墨丹青般清新淡雅的民居里，妇女们和着音律轻拍婴儿，哼着山歌送宝贝入梦。涓涓细流般的歌声，让村边的涟江微波荡漾，水中的月亮也随波荡漾。听着山歌成长的儿童，刚学会说话便会唱歌。红遍全国的《好花红》调，便是清代贵州省惠水县毛家苑乡辉岩寨的布依人集体创作的。《好花红》调旋律简单，属羽调式民歌，包括四句两个乐段；歌词采用比兴手法创作，共分为两段，每段七字四句；曲调悠扬婉转、悦耳动听，歌词清新简练、朗朗上口，形象地展现了布依族传统文化的变迁。不久便在惠水、青岩、花溪、龙里、贵定等布依地区民众中广泛流传，经久不衰！

在布依族村寨的田间地头，你会看到劳作之余的人们，搬块石头坐在田坎或水边，两人或多人组合即兴对唱。他们用优美、形象的音乐语言来抒情达意、消疲除乏，看花就唱花，见山就唱山，近水便唱水，依树便唱树，能在10—60秒内，用《好花红》调编出一首表现布依族生活情趣和亲山近水性情的歌词。歌曲结尾一般拖3拍，对唱时，如果一时想不出合适的歌词，便采取增加结尾拍数的办法来延长时间，但最多不得超过16拍。

叙说中，王科国外出片刻，回来时，精明的他边笑边拍脑壳说，之前总是想不起自编的一段歌词，这会儿看见门边的煤炭想起来了，"高坡树叶堆摞堆，掐得木叶不会吹，儿时吹得木叶叫，多用木叶少用煤"。

与玫瑰同属蔷薇科植物的刺梨花，遍布于布依村寨的沟谷、灌木丛、路边及田间地头的刺蓬中，它不仅有着与玫瑰相似的美丽和胜过玫瑰的个性和生命力，还会让浅薄的采摘者付出痛苦的代价，一如自尊、淳朴的布依人，因而深得布依人喜爱。流传200多年的《好花红》调中的"好花"，指的就是刺梨花。

倏忽间，我穿越到少年时代。

初夏，一帮中学生雀跃地来到乡野，见崖边一簇粉红色的"玫瑰"开得十分美丽，心生欢喜的中学生便猴子捞月般牵成一串，俯身去摘花。好奇的村民见状，十分好笑地告知这是刺梨花。记得当时排头的我，硬生生地收回了被刺扎得生痛的手。时光逝去多年，如今的我，仍会为那时的痛和那簇在崖壁上迎风摇曳的花走神！

愣神之际，健谈的王科国略做停顿，接着说，1953年，解放军文艺工作者、我国著名作曲家罗宗贤（时为贵州省军区文工团团员）和贵州省歌舞团文艺工作者，响应文艺为工农兵服务的号召，深入民间采集原始音乐素材，先后来到惠水县毛家苑乡。他刚走上乡间小路，便被男女老少都挂在嘴边哼唱且优美动人的《好花红》山歌所吸引，于是他立即请辉油寨歌手王昌吉、伍政权、谢世平等人，在乡政府进行了正式演唱。热爱生活的布依人，人人心中都有首《好花红》，再加上"五里不同音"之故，据说有近100个调。演唱中，贵州省歌舞团的文艺工作者逐字逐句地记录、整理音调，写好歌谱之后又做了数次修改。

军地文艺工作者这次历时15天的采风成果，让布依人这朵养在深闺人未识的"好花"，逐步走出了深闺。

1956年11月"好花"出省，《好花红》在惠水县举办的第一届工农业余文艺汇演上获得一等奖，观演的贵州省歌舞团专家对《好花红》进行了二度创作，省广播电台转播。1957年"好花"轰动全国，布依"百灵鸟"秦跃珍、王琴惠，满怀深情地代表贵州省在全国第二届民间音乐舞蹈艺术会演舞台上，把布依族最美的歌儿《好花红》唱给毛主席、朱德等中央领导，赢得了毛主席亲切接见的幸福和荣耀！中央人民广播电台进行了实况转播。1984年，"好花"跨出国门，中央民族歌舞团、海政文工团、著名女高音歌唱家罗秀英（惠水人），在海外唱响了《好花红》。2012年，"好花"焕新颜，年轻的音乐人源泽用《好花红》作为引子，采用流行音乐元素和流水般的旋律，全新创作《好花红》，通过贵州本土青年歌手阿妙和玺儿的"美妙印迹"组合的演唱，更多人知道并爱上了这朵"好花"。

不仅如此，全国文化人还选用《好花红》民歌的音乐元素，创作出不少文艺精品。据说，与《好花红》一样风靡全国，深受人民大众喜爱的民歌《桂花开放幸福来》，便是解放军文艺工作者罗宗贤采风回去后，以《好花红》为基调创作的。此外，电影《山寨火种》和电视连续剧《二十四道拐》的主题音乐，均采用《好花红》的旋律……

一阵悠扬的《好花红》手机铃声,让王科国的话头戛然而止。

同行的小云不禁发出"哟,连手机铃声都是《好花红》"的感叹。这感叹,瞬时如五彩缤纷的焰火,热烈地在我的星空里绽放!不过,《好花红》的魅力远不止此。

1998年12月,贵州省布依学会将《好花红》作为会歌,将刺梨花作为会徽;2003年,毛家苑乡以《好花红》冠名,更名为好花红乡;2008年,《好花红》民歌荣列国家级非物质文化遗产保护名录。至此,《好花红》这首古老的布依山歌调,完成了从民间流传到载入国家民歌史册的涅槃,从路边的"野花",升级为国家非遗保护的"国花"!

2017年11月,好花红乡村旅游区正式获批为国家AAAA级景区。承载布依族古朴厚重文化的《好花红》调,与国家发展旅游的新声交融,让好花红乡村旅游区的人民群众获得了巨大的红利。王科国为我们送行时,之前视政府每年3万元传承费为重金的他,笑指路边鳞次栉比的农家乐说,这些餐馆都是本村人开的,其中,有500平方米是他自己的,30多间包房连吃带住,年利润40万元左右。说起这些,被我们误认为"中年"人、实则年近花甲的他高兴得眉飞色舞,让我们这帮城里的外来客,好一番"羡慕嫉妒恨"。

村口,一块近10米高,刻着"祝乡亲们的生活好花红"10个朱红大字的艺术石碑赫然入目。底座的文字介绍说,这是十二届全国人大二次会议期间,习近平总书记称赞贵州代表团王菁唱的布依民歌《好花红》好听,并请她向乡亲们转达的良好祝愿和问候!

"好花红哎好花红呦,好花生在刺梨蓬哎,好花生在刺梨树哎,哪朵向阳哪朵红哎……"

此刻,我感觉这优美的音韵,源远流长,香远益清。

喇叭花开幸福来*

　　自 2011 年 12 月以来，每天清晨 7 时，锅圈岩苗族彝族乡土补村的小喇叭，就会争先恐后地用汉苗双语传送着一条又一条党和政府带领人民脱贫致富奔小康的佳音。源源不断的喜讯像春天的细雨一样，在村民们贫瘠而荒芜的心田里，滋养出"听党话，跟政府走，没有吃没有穿，政府来帮忙"的参天大树。

　　乌蒙山脉层峦叠嶂、千山一碧的美景让人流连忘返，然而胜景却没能为土补村带来富裕。由于山高路险、交通阻塞、认知落后，村民们世世代代都在温饱线上挣扎，贫困人口占比高达 63.5%。衣不蔽体、食不果腹的日子，让村民们把渴求幸福生活的希望，全部托付给虚无的"主耶稣"。仅有 8.38 平方千米的土补村，就有两座名为"土补"和"土期"的教堂。每逢周日和周三，村民们便纷纷前往村教堂诵经，虔诚地求"主"赐福。

　　年复一年的信教活动，非但没有给村民带来一丝好运，反而因一味认"命"服输，求"神"赐福，村民们彻底丧失了创造财富的动力。只诵经、不读书，导致村民认知滞后，观念陈旧，早婚早育等陋习成风，形成越不读书越落后、越生孩子越贫穷的恶性循环。这一切的一切，让时任村党支部书记的王江文深为痛心，急得寝食难安。

　　当党和国家脱贫攻坚的阳光穿透乌蒙山系的云遮雾盖时，万分激动的王支书，第一时间撸起袖子，准备尽快让党和政府的惠民政策家喻户晓，同心合力地为土补村脱贫致富奔小康大干一场。可是，土补村苗族人民占 70% 以上，大多数不懂汉语，且村民居住分散，一家一户地传达消息，耗时费力，

＊《喇叭花开幸福来》一文，载于《决胜乌蒙》散文集，2020 年 6 月团结出版社出版。

事倍功半。为了能把党脱贫攻坚的好政策及时传达出去，让村民们凝神聚气、全力以赴地投入脱贫致富奔小康的阳光工程中来，王支书绞尽脑汁，终于想出了在电力部门的高压电杆上，加装一组低压电线，给全村6个村民组安装小喇叭，并采取汉苗双语的方式进行播报的好办法。

这办法完美克服了语言不通、人员居住分散的障碍，得到了2名党员和6个村民组长的积极响应，劳动力问题也得以顺利解决。但谁知1600元材料款又难倒了众人，面对一贫如洗的村委和村民，一筹莫展的王书记想来想去，决定用自己1800元/月的工资来解决。虽然家中老父母和两个儿子，生活读书还指望着这1800元，可王支书丝毫没有犹疑，他深刻明白，自己不仅肩负着家人的希望，更肩负着一村老小的希望，他有责任、有义务带领全村人民脱贫致富。次日，王支书将仅余的200元工资交给妻子时，想到因此给一家老小带来的生活窘迫，想起自己2010年10月担任村党支部书记以后，原本外出务工的妻子辞工回来，成天独自忙完农活忙家事，忙完家务忙三餐，累得连说话都打不起精神。更为内疚的是，作为家中主要劳动力的自己，不仅在精力上无暇顾家，甚至还时常用自己的工资——全家唯一的生活费来源，来补贴村里的道路等基建工程，逼得妻子四处举债，60多岁的父母天天上山采药卖钱，为两个孙子上初中凑学费。想起这些，王支书面带愧色地向妻子由衷地说了声"对不起"，随后就带着8人上了山。

对王支书等8个门外汉而言，将喇叭线架设在崇山峻岭中的高压电杆上，是一项充满艰难险阻的大工程。为了帮村民连通这条接收真实福音的天线，8人下定越是艰险越向前的决心。每天清晨，8人就背起安装喇叭的电线和工具，沿着行走条件十分恶劣的高压线路，翻山越岭、蹚水跨沟，无论刮风下雨，他们始终坚持天亮就开工，天黑才收工，晴天一身土，雨天一身泥。连续苦战了半个月，他们终于拉通了长7千米的喇叭线，给全村6个村民组都装上了小喇叭。

从那以后，每天早、中、晚，土补村的上空都会准时响起为时90分钟的苗汉双语播报。通过小喇叭的宣传，村民们对党和政府的脱贫攻坚政策逐渐了解，态度从起初的怀疑观望，转变成坚定不移跟党走，心服口服听政府话，脱贫致富的愿望空前高涨。村民们彻底摒弃基督教的"宿命论"，积极配合移风易俗，树立起人定胜天和多读书、晚婚育等正确观念，文化、经济得到了质的飞跃。

　　崭新的砖瓦房替换了破旧的木板房；14条宽4.5米的水泥村组公路，取代了坑坑洼洼的泥巴羊肠小道；4000亩（266.67公顷）杨梅树常青的枝叶托着像红珍珠一样让人口舌生津的果实；1200亩（80公顷）南瓜像千万个金色的大灯笼，照得人心暖洋洋的。

　　截至2019年末，土补村贫困人口比例从2016年的63.5%降低为7.12%，根据中央和地方的安排，尚余的7.12%贫困人口，也将于2020年全部清零。村内还培养出108名大学生，最令人狂喜的是，其中还有4名苗族村民，这是苗族村民们史无前例的特大喜讯，因为之前苗族村民连一个初中毕业生都没有。村民们交口称赞"党的政策好，村干部好，好得找不到话来讲"。2020年3月，土补村脱贫攻坚工作，荣获锅圈岩苗族彝族乡颁发的"脱贫攻坚挂牌督战"蓝牌（全乡第一名）。

　　如今，小喇叭这个把党和村民联结在一起的红色信使，已遍布锅圈岩苗族彝族乡的17个村寨和2个移民安置点。每天准时收听小喇叭"福音"，已成为乡民们雷打不动的生活习惯。2019年12月31日晚上7点，小喇叭里传来习近平总书记暖心的新年贺词："2020年也是脱贫攻坚决战决胜之年。冲锋号已经吹响。我们要万众一心加油干，越是艰险越向前，把短板补得再扎实一些，把基础打得再牢靠一些，坚决打赢脱贫攻坚战，如期实现现行标准下农村贫困人口全部脱贫、贫困县全部摘帽。"

　　激动人心的话语，在锅圈岩乡的天地间经久不息，一幅美丽生动、幸福和谐的新农村画卷，唰啦啦地从磅礴的乌蒙山峰直垂到山脚。

系满乡愁的节日[*]

当我明白了国内"丁克"种子泛滥成灾，我泱泱中华的饭碗，公然端在异国之手时，不觉惊出一身冷汗，溯古源今，细思极恐。但作为一名平头百姓，我除了平添许多烦忧外，别无他法。

忽闻开阳县冯三镇金龙村农民，不仅仍采取中国传统的"自留种"方式，还为传承和弘扬中华优秀传统农耕文化，连续举办了两届"开秧门农耕文化节"，且第三届即将在 5 月 29 日召开。欣喜万分的我，立即随写作学会师友一行五人，驱车直入以"迎建党百年·助乡村振兴"为主题的 2021 年"开秧门农耕文化节"会场。

上午 10 时，隆重的祭拜仪式吸引了许多初见此种习俗的城里人和众多摄影爱好者，一时间只见四处人头攒动。其中，最为兴奋的莫过于摄影师，只见几十支"长枪短炮"，瞄准庄重的手捧土地神、谷神、水神牌位，身披蓑衣，头戴斗笠的主、副祭师，"咔嚓、咔嚓"的好一阵"狂轰滥炸"！

上午 10 时 40 分，主祭师宣布，"开秧门"活动开始。众人立即前呼后拥地跟随主祭师来到水田边。主祭师在一块明镜般动人的水田中，率先插下的第一株秧苗，如引信般点爆了喧天的锣鼓，两条彩虹般镶在田边的女子舞龙队，被激烈的鼓声催得上下左右腾越翻飞，直舞得两条长龙喜庆的红舌中似有"风调雨顺、五谷丰登"的祝福送出。

水田的女主妇，不时从田坎上将青翠欲滴的秧苗，一束一束地射向水田的四面八方，四溅的水花，遭来插秧汉的一片"嗔怪"，在他们的脚下，绿意盎然的秧苗，开始整齐划一地站成一行又一行。田间施肥的农夫，扬手将黑

---

* 2021 年 6 月 11 日载于《贵州写作天地》。

色的农家肥，撒得像张开的渔网，均匀地铺在周围的水田里。

坡上，紧盯田间插秧手和女子舞龙队动向的摄影师们，一边来回奔跑着寻找最佳摄影点，一边朝着在泥泞狭窄的田坎上舞龙的女子们大喊："小心跌倒！"一边又小声地戏谑："其实你们跌倒，是我们最想看到的。"

看得忘乎所以的我，丝毫不觉稀泥已糊满双脚，甚至还爬上了裤腿，直到突然发现同行的师友均已不见踪影，肚子也饿得咕咕叫时，才悻悻然地回程。

招待来宾的午餐，设在冯三镇金龙村关口组近百平方米的院坝里，我们到达时，第一轮已座无虚席。我饥肠辘辘地候在人声鼎沸的院坝边时，竟意外得知在里间就餐的安排，瞬间如沐春风。新鲜可口的原生态菜肴和当地特产的红花稻米饭，让久受化肥、农药戕害的肠胃，好一阵欢呼雀跃，从不添饭的我，竟也吃了两碗！

下午，参加会议的领导、学者及各界人士，就"开秧门"农耕文化进行了专题研讨。洋溢着保护和弘扬优秀传统农耕文化的激情和爱心，言辞和着欢乐热烈的打糍粑活动，又为节日增添了一笔厚重和喜庆的色彩。

距今，开阳县冯山镇金龙村"开秧门传统农耕文化节"已落幕十余天。但那系满乡愁的传统农耕文化和农友们有识有志的作为，好似那入口回甘的饭菜和又香又糯的热糍粑的味道，始终在我的心口萦绕。

"此方水亭子，作意定留侬"

多情的秋雨，殷勤地为翘首以盼于茅台镇中华村坛茅快线旁，一座空灵别致的迎客牌楼，披上了一层轻烟似的薄雾。烟雨中，躺卧于牌楼"金酱酒庄"门匾下的三个小酒坛，金色的小嘴里吐出几股涓涓细流，给牌楼加上了一挂晶莹剔透的"水酒帘"，让人见之依依。

不知这座别致得让人联想到"兰溪水亭子，作意定留侬"的小巧木牌楼，究竟挽留了多少游人。反正，我们一行17名文友随之正了正衣冠，揣着一腔诗情画意的遐想，叩访了它身后，颇有古老深厚历史文化底蕴的金酱生态酒庄。

典雅的迎客牌楼身后，约百米开外的酒庄接引道那头，有一座高大的灰白色石牌坊大门，向我们敞开了致虚守静的胸怀。牌坊石门上雕刻的浑厚朴茂的"金酱酒庄"匾额，满脸阳光地牵起左右门柱上，舒展有型的"忠厚传家久，诗书继世长"的对联，瞬间便让"儒商"一词，在我的脑海中清场。

越过古朴宽厚的牌坊大门，我立即走向矗立于文化广场左边的，那些令我在公路上便引颈翘望的大酒瓶。我静静地站在这些如地标般显赫的淡黄色大酒瓶面前，不去想采用数量21和3列是否别有深意，只感觉分列于第一排的7个酒瓶身上，"金酱酒业欢迎您"7个与瓶比肩的红色大字很有些温度！

更不承想这21个地标似的酒瓶，竟然是中国酒都茅台镇广告瓶中的绝品。因为，它们并非"腹中无才空自负"之物，而是满藏7500吨金酱美酒的酒瓶，最后1瓶居然藏酒1000吨！这份沉甸甸的真实，让我对金酱酒业的厚度很有感触。

尚在金酱酒庄温暖厚道的文化中徜徉的我又发现，许多墨色的大理石宣传栏，像一个个破折号似的，标注在宽敞的文化广场四周。

　　我浏览着4000多年前的夏人杜康因机缘巧合，将偶弃于树洞里的剩饭自然发酵成酒，因此荣获中国酿酒始祖桂冠的传说。联想起其传世的杜康酒，不仅位列中国十大历史名酒之一，享有"贡酒""仙酒"之誉，还令历代墨客文人留下了俯拾皆是的诗词歌赋。其中，东汉曹操"何以解忧，唯有杜康"的名句，最得人心。

　　继而我们得悉，这座古色古香的生态酒庄不仅外观惊艳，最为人称道的是其位于茅台镇7.5平方千米的经典产区，具有酿造优质酱香酒得天独厚的地理位置，且营销的金酱美酒，不仅与国酒茅台同根同源，还继承了茅台酒的古老酿酒工艺，在茅台镇上千家白酒企业排名中，位列前四。

　　自2016年酒庄开业以来，这座生态酒庄先后荣获"贵州十大旅游酒庄""四星级景区"等称号。庄主汪洪彬"酒+旅游"的创新发展理念，成功地在此引领了仁怀白酒产业的转型发展，金酱酒庄成为全国客商，特别是酒文化爱好者的旅游胜地。人们在此畅享观酒色、闻酒香、品酒味、购美酒乐趣之余，倚雕栏，转楼台，观飞檐，浏览古建筑神秘高雅的格调，了解悠久深厚的酒文化。

　　如今，金酱酒庄不仅每年接待游客近10万人，包装金酱美酒1200多万瓶，还令全国知名企业及明星们青眼有加。

　　位于酒庄后山坡上的罐区，有一片夺目的"明星罐林"，存放着我国名列《财富》世界500强的海尔、小米等王者企业及演艺明星封存的老酒。据了解，罐区共存有名企和明星们的封坛老酒30罐。这些笑纳30~180吨美酒的大肚"罗汉"们，占满了整座山坡，连成一片蔚为壮观的"明星罐林"。这让一组熠熠生辉的数字从我的识海中飞跃而出：2021年，金酱酒业年产量6000吨左右，储酒能力达万吨以上；截至8月份，已完税6000多万元，预计年收入10亿元，完税1.5亿元。

　　沿文化广场拾级而上，金酱酒庄主楼，一座应山川风景之灵气而生的青灰色仿古三合院，让我驻足良久。

　　眼前，这座与现代呆头呆脑的楼房大相径庭的，以峰峦叠翠的青山为背景，散发着浓郁的徽派建筑艺术魅力的主楼，呈30度斜角的屋面上，众多黛色的瓦片不偏不倚、不紧不慢地直上尖顶，形成一道鱼鳞般疏密有致的独特风景。托大的翘檐，无奈地放下请求福、禄、寿三仙亲临的奢求，私下与聪明拔尖的屋顶合谋，在主楼正、侧三面墙体上端，割据出一片三角领域。蝙蝠、梅花鹿和仙鹤，分别在这片三角区域中，自然得体地生成"福星高照"的愿景。

安静祥和的主楼也刻有一块门匾，不过与之前的两块门匾略有不同，这里是"金酱世家"。"世家"二字的隆重登场和这一路行来的所见所得，让我对金酱酒庄的高贵血统、历史文化底蕴和人文内涵，萌发出强烈的求知欲。

此时此刻，我似乎感觉路边那令人一见倾心的"作意定留侬"小牌楼露出了一个会心的微笑。

2021 年 9 月于遵义仁怀

金酱世家

作别"金酱世家"传人汪洪彬时，看着这位成功人士写满敦厚的国字脸，我不禁想起刻在金酱酒庄石牌坊门柱上的，"忠厚传家久，诗书继世长"这副对联。这副对联，尤其是上联，对现任贵州省仁怀市茅台镇金酱酒业董事长汪洪彬而言，已然于面于心！

初识汪洪彬，是在金酱酒庄文化采风座谈会上。面对一帮文化人，中学时便选择辍学从业的他，谈起金酱酒业的过去和未来时，真实的笑容和朴素的语言，似他身着的白衬衣一样干净简洁。

谈话间，金酱酒业的财务总监——汪洪彬之妻曾桂苹总是恰到好处地用数据说明。从夫妻俩的外形而言，男的壮实似山，女的秀美如水，再有两人默契贴心的对话和自然亲切的眼神，让人不由得对这对坐拥上亿资产，逾越"钻石婚期"仍恩爱有加的贤伉俪，发出"高山流水遇知音"的赞叹！

说实话，这在"男人有钱就变坏"，婚姻中一地鸡毛的不争现实面前，堪称凤毛麟角。对此，同行的一位教授禁不住笑着说："你们夫妻秀恩爱，给我们撒了一地狗粮。"另一位师友旋即说："我准备就其夫妻和美为题撰写文章，大家不要跟我抢哟！"话音刚落，汪洪彬就小声吐槽："她对我好凶的。"众人见他说话时面含忠厚温良的微笑，刹那间，全场笑声爆棚！

话题回转到金酱世家的源头，说起来，汪家酱酒与国酒茅台乃同根同源。

明朝天启年间，官拜都统要职的重庆荣昌人，汪氏家族第四代孙汪朝春，奉旨率兵平"奢安之乱"并镇兵驻守黔北。清朝中期，在茅台繁衍的汪氏子孙，利用古法酿酒自用。1909年，汪家先辈汪斗南，茅台镇著名的"酒师头"创办了汪家烧坊，即茅台镇第一家经营散酒的烧坊。彼时，"汪家烧坊"的酒并未贴牌冠名，但"汪家散酒"的名号，却随其酿酒和卖酒决不掺假、酒好量足、童叟无欺的信誉，变成了"民酒"。在回头客们的口口相传下，不仅汪家散酒声名远扬西南三省，就连其始创的小壶和敞口八边形的陶瓷牛眼杯，数十年后，也被加冕为品饮酱香美酒的"标准酒具"！

"酒师头"汪斗南，不仅酒品上乘，更有一副令人敬仰的赤胆衷肠。

即便以身许国，抑或与国际金奖擦肩而过，汪氏族人于家为国的初心不渝。1935 年，红军第三次在茅台镇渡赤水河时，汪家积极踊跃地支持红军，主动献酒给红军疗伤解乏。据《红星报》记载："仁怀的劳苦群众派了代表50 余人，其中一半是工人，抬了肥猪 3 只，茅台酒一大坛，送到总政治部慰劳红军。"此中提到的一大坛"茅台酒"，便是汪家烧坊的散酒。

1992 年，年轻的汪洪彬夫妻秉承祖辈"诚实守信、信誉第一"的立身之本，传承并发展汪家烧坊的酿酒技艺，让汪家散酒不仅成为茅台人的最爱之一，还逐渐变为刚需的"伴手礼"。

起初，市面上流行用容量 5 斤（2500 克）和 10 斤（5000 克）的塑料壶装酒，但实际装满却超重 1 斤（500 克）。他对人们笑他吃亏的言论充耳不闻，一门心思地琢磨如何解决塑料壶对酒质的不良影响。不久，他专门设计了一批手提的陶瓷酒坛，也因此适当调高了售价，这一操作，让受雇编织酒坛提手的篾匠都看不懂想辞职。谁知市场却读懂了汪洪彬的良苦用心，很快便给予了高额的回报，不久，手提的陶瓷坛坛酒便充满仁怀的大街小巷。篾匠起早贪黑地赶工都满足不了需求，忍不住发问："你怎么这么神，晓得这种坛坛酒会火？"汪洪彬摊开大手，爽朗大笑着说："我哪里有那么神嘛，只不过是想要给买酒人行个方便罢了。"

1996 年，24 岁的汪洪彬在汪家烧坊的基础上，组建了贵州省仁怀市茅台镇金酱酒业有限公司。

20 多年来，汪洪彬历久弥坚地用最忠厚的心来发展汪家祖业。他说："金酱的每一瓶酒，从原料的准备、生产、勾兑、出厂，都要严格按照传统的工艺要求，保证酱香品质。"在每个酿酒工期里（每年重阳分两次投料，同批原料要经 9 次蒸煮，8 次摊晾，加曲、高温堆积、入池发酵，7 次取酒，历时整整 1 年），身为董事长和"国家一级品酒师"的他，总是全公司最起早贪黑的人。当众人皆入梦时，偌大的车间里，总会出现他独自四处预检、预备的身影。每天酿出的酒，他都必须亲口品鉴，才放心送交酒库窖藏。

如今，金酱酒已名列中国酱酒品牌影响力之十大高端产品之一，公司年收入上10亿，仁怀市企业纳税前十强，生产车间规模仅次于誉满天下的国酒茅台。对纷至沓来的荣誉和称号，已是"中国酱香白酒酿造大师"的汪洪彬，总是敦厚地笑着说："我不是什么大师，只是想踏踏实实地做好酒而已。"

金酱酒的品性深得贵州省白酒专家鉴评委员的好评，他们一致认为"金酱老酒"具有"微黄透明，酱香突出，幽雅，醇厚丰满，味长，空杯留香久"的独特风格。

在我看来，这亦是以忠厚传家的"金酱世家"的品相。

2021年9月于遵义仁怀

好一张贺年片

　　这张"撒盐空中差可拟，未若柳絮因风起"的贺年片，让我苦苦等候了365个昼夜，可当她真的飘临到我面前时，我却良久不忍下足，只得支使双手，去迎接并捧起这晶莹纯洁的天使。

　　可转念又想起今天自己一清早就头顶风雪、足陷泥淖，气喘吁吁地赶到这"千树万树梨花开"的郊外的诸多不易，遂又板起了心肠，小心翼翼地落下了踮起的足尖。

　　瞬间，一股软绵绵的柔情，由末梢神经感应到中枢神经。欲借银雪三分光的我，正待满心欢喜地落下第二只足尖时，一声宛如白华之怨的"咔嚓"声，把我卡在了原地。我低头一看，自己在"白精灵"晶莹的胴体上，踩出了瘀青脚印，直觉，在一片纤尘不染的雪面上，刺眼得让人不忍目睹！

　　我胸中最柔软的地方，一时间陷于强烈的内疚感中。我不由得匍匐下身体，贴在她耳边羞愧地低语："对不起，我只是想走进你清白无瑕的心里；对不起，我只是想融入你银光闪闪的躯体。不承想，对唯美得只能观赏而不可坐拥的你而言，爱慕，是一把锋利的双刃剑。它不仅伤害了被爱者，也波及了爱慕者。"

　　尽管温柔的雪原用静如处子的风度接受了我的忏悔，可关乎唯美的事物，时常掉在污秽的地上，而腌臜的尘埃，却随着花飞六出纷纷扬扬，一发而不可收……

　　不经意间，我的视线又被不远处的一串色彩牵引。

　　白雪皑皑的斜坡上，几个攀上坡顶的蓝衣少年，正振臂欢呼着召唤坡下的伙伴。见状，一对红衣母女，也兴高采烈地开始向上攀爬，踩出一串像乌鸦般黑不溜秋的足迹。雪姑娘不堪践踏的泪水，浸湿了身躯，让踩在她身上的母亲滑了一跤，也折断了她身后的黑印。10岁上下的女儿，弯下身子、伸出双手，使劲去拽匍匐在雪地里，想挣扎着站立起来的母亲，可任由她俩怎样合力，母亲始终是长跪不起的姿势。

一眼望去，这对上叩下拜的母女，活像是在一个圣洁的大地坛上，做着净化心灵的祷告。我不禁遐想，这是饱受践踏者的意愿呢？还是人们的天性使然？

坡上的树木庄严地抬起被白雪装点得浑如白玉的头颅，挺直苍翠尚存的身板，忠诚地守护着身边宛似堆银的积雪……

这一幕，让有所触动的我，停止了前行的脚步。

归途中，一个约周岁左右的小囡萌翻了我。她身着一件粉红色的羽绒服，头戴大红棉帽，脚穿棉鞋，从头到脚包裹得像一个粉嘟嘟的大粽子。此时，她正撅起屁股，不管不顾地蹲在雪地上，拿着一把绿色塑料铲，使出吃奶的气力，一心一意地铲着脚下的积雪。

这场景，让我拾起了一张儿时的贺年片。这张贺年片上，有一个与眼前这个粉嘟嘟的"大粽子"年龄相仿的、憨态可掬的小囡囡和一扇被她推得半开的房门。小囡囡身穿一条花背带开裆裤，红红的腮帮子鼓得老高，光着小脚丫，翘起小屁股，伸出一双胖乎乎的小手，全身心地去推面前的那扇门，两根羊角小辫，在她的脑后蹦跶得好高。

当年的我很是纳闷，用这张既无"恭喜发财"等贺年字样，也无"喜鹊闹梅"等贺年色彩的素净图片，怎么贺年呢？可不知为何，儿时繁若春花的贺年片中，至今仍留在我岁月书笺上的，却唯余这一张……

贺岁的雪花，年复一年地带来了祥瑞，也带来了收成和期望。如今的我，终于领悟到了这张贺岁片的深长寓意，我想，它连接的应是用纯真的心和手，奋力去推开新年之门、知识之门、财富之门和生活之门！

2014 年 2 月于贵阳

2014 国际科技 4D 空间展贵阳馆观后感

年前，文友绘声绘色地描述国际科技 4D 空间展贵阳馆时，我便萌生出一睹为快之念，只因琐事缠身，月余才得以了结心愿。

当我迈入科技馆之门，展厅中琳琅满目的科技展品，瞬间便驱散了我被寒流冻得有些低落的情绪。

正厅中，一头冰河世纪的 3D 猛犸象，越俎代庖地独占了迎宾小姐的位置。这头 3 米高的猛犸象，俏皮地摆出一副悠然自得的神态，让人顿生亲近之心，我不禁上前去挽着它，好一番亲热。

大厅右边的旮旯里，有一块互动投影系统创造的"神奇土地"。为什么这样说呢？因为只要有人走上去，路过的地方，便会盛开一朵又一朵既艳丽又丰满的玫瑰花。此情此景，让瞬间被玫瑰花团簇拥的我，感觉满世界只有"步步玫瑰"的惊喜。惊喜之余我不禁又想，再过几天就是情人节了，这奇妙的创意，不就是为情侣们打造的一个无价的风水宝地吗！

离开这片足下生花的宝地，一幅又一幅极具立体感的 3D 魔幻艺术画撞入了我的眼帘，原本宽敞的大厅也被这些富有美感的艺术画分割成一间间奇异的小屋。这场景，顿时令平素喜欢摄影的我怦然心动，我立即像一只辛勤的蜜蜂，嗡嗡地在形色各异的艺术画屋中，飞进又飞出。一番忙碌后打开相机，一张又一张难得的成像，生动逼真得让我大喜过望，尤其是与一代伟人毛泽东的画像合影，一时间让我找到了无上荣光的感觉。

最后，我们随着解说员进入了全馆科技含量最高的 5D 影院。5D 电影是一项从听觉、视觉、嗅觉、触觉、动感电影的背景和效果这五个方面，让观众产生强烈现场感的高科技文化产品。

当我按照解说员的要求坐上动感座椅，戴上 3D 眼镜，系上安全带后，惊悚恐怖的冰川探险之旅便开始了。

我乘坐的飞艇，在险峻的冰川中高速飞行。进入冰谷时，一阵凛冽的寒风，吹得我打了一个冷噤，紧接着，漫天的冰雪，便冷生生地打在我的脸上。我正准备伸手擦拭，一座大冰山又扑面而来，动感座椅瞬间剧烈颠簸，吓得我急忙死死地抓紧座椅扶手，眼见飞艇就要撞上冰山了，突然，飞艇猛烈地来了个 180 度的拉升，侥幸躲过了这一劫难。

还未待我缓过神来，面前又出现了一堵巨大的、冷峻高耸的冰壁，别无选择的飞艇，只得向冰壁上的，一个杯口般大小的洞孔撞去。此刻，一幅惨不忍睹的机毁人亡的场面已在我脑海中显现。谁知，还真是天无绝人之路，来到冰壁前，那小孔原来是一个狭窄的、仅容艇身穿越的长洞。

历经两次劫后逢生，我紧张的心情逐渐开始松弛，开始悠然地欣赏身边这难得一见的冰雪世界。

眼前，是一片粉妆玉砌的银色王国，不论是静若处子的雪原，还是利如刀剑的雪峰，都散发着一股清新独特的寒香和纯净。这份耀眼的洁白和纯净，使天空万物黯然失色，我不禁想起《红楼梦》中"好一似食尽鸟投林，落了片白茫茫大地真干净"的醒世名言。

想到这，我原本有些纷扰的心，瞬间褪去铅华，变得空灵起来。衍生的纯净温和感，随着倏忽提升、俯冲，瞬间又急匆匆地 180 度大转弯的飞艇和随之前仰后合颠簸的动感座椅，化成一声声轻快的欢呼，争先恐后地跃过喉舌，在空中徜徉。

这份晶莹纯净的心情，久久盘桓心头，让此后的怪兽等惊悚情节，在我的印象中所存无几。

离开 4D 空间科技馆时，我仍留有遗憾，因为文友着重提及的"360 度幻影成像"的虚拟美女没有出来迎接我们，但就科技展带给我心灵上的清爽而言，此行足矣。

2014 年 2 月于贵阳

花溪之夏 "哟嘎迷笛" 音乐节小记

听说号称中国摇滚乐之父的崔健，2012 年 8 月 25 日晚，将莅临花溪之夏 "哟嘎迷笛" 音乐节，我不禁回忆起 20 世纪 80 年代被他那撕心裂肺的《一无所有》直击心窝的感觉，顿时，那些激情燃烧的青春岁月，仿佛又回到了眼前。惊喜之余，我立即邀约闺蜜，驱车直奔花溪。

第二届露营大会（贵州站）暨 "哟嘎迷笛" 音乐节露营地，设在贵阳花溪湿地公园十里河滩。音乐节主舞台，设在花溪公园内 200 亩（13.33 公顷）宽的开阔而平展的露天草坪上，共有 3 个乐坛，其中一个是电声乐坛。

"迷笛" 音乐节，最初是北京迷笛音乐学校为展示教学成果和学生才华所搭建的一个舞台。几年来，它以迅雷不及掩耳之势吸引了国内外几十支专业乐队自愿且免费地参加演出，还吸引了全国几万狂热的乐迷。每到一地演出，各地蜂拥而来的观众都达上万人。据说还有上百名来自全国各地的 "迷笛" 粉丝，长年追随着 "迷笛" 音乐节，南征北战。

目前，"迷笛" 音乐节音乐风格多元，场面恢宏，情景壮丽，国内尚无一家音乐盛会，能与之媲美。它不仅是国内现代音乐最响亮的品牌之一，还具备了全球摇滚音乐节 "伍德斯托克" 的特性，引起了国内外百余家知名媒体的高度关注和竞相追踪报道。

本次花溪之夏 "哟嘎迷笛" 音乐节，在继续保持原纯粹摇滚音乐节的基础上，结合贵州多民族文化元素，由主打世界音乐、原生态音乐及中国原创摇滚乐乐队组合而成。演出时间：中午 1 时至晚上 10 时。

晚上 7 时许，我们一行四人刚走到花溪公园大门约 100 米处，就听见劲爆的摇滚乐声和激越的歌声犹如隐隐的雷声滚滚传来，顿时，我们的精神为之一振，脚步如飞。

沿着音乐会场的指示牌，穿过两旁各色风味餐饮摊位，我们来到了音乐节会场。乐坛前，宽约 100 米、长约 180 米的草坪上，水泄不通地挤满了摇滚乐迷。我看不清台上的歌手，只看见黑压压的乐迷们，忘乎所以地随着台上歌手声嘶力竭的声音和挥汗如雨的动作，头和手极尽疯狂地左右摇摆着。

人们恍如置身于一个激烈的战场。乐坛上的歌手高举旗帜，擂动战鼓，吹响冲锋号，召唤出成千上万的勇士们，前赴后继、豪气干云地展开一场场短兵相接的精彩厮杀，一时间，我也开始热血奔涌。

当晚 8 点以后的节目，由 Other（美国）、王勇和崔健进行表演。晚上 9 时 30 分，崔健在乐迷的期盼中，来到了主会场。当他唱起那首曾经红遍大江南北的《一无所有》时，全场欢声雷动，舞台上下汇成一片摇滚的海洋！呐喊的海洋！欢乐的海洋！激情四射的海洋！

非常遗憾，由于现场太拥挤，太火爆，乐迷们一会儿激烈地相互乱撞，一会儿又狂热奔放地手拉手转圈，场面热烈得有些失控。虽然我也激动得心潮澎湃，但面对乐迷们的大动作，想起事前女儿"千万不能靠近"的叮嘱，为避免乐极生悲，我还是放弃了拍摄崔健现场照的初衷。

离开音乐会场时，我看见粉丝们的帐篷和露营的垫子，像无数盛开在草坪上的花朵，不由得连声赞叹摇滚音乐的强大震撼力和生命力！

2012 年 8 月于贵阳

《第三线·变异公共空间》 多媒体情景戏剧观后感

这边，一位优雅的、一身白衣的法国绅士，静静地站在约 50 平米见方的白布边上凝望。那边，在巨幅国画墙下，一位中国拳师正在仙鹤展翅。突然，一盆漆黑的墨汁兜头泼下，骤然倒地的法国绅士，趴在墨汁中不断地抽搐，像一只垂死挣扎的乌鸦。

这情景，是中法文化艺术交流工作坊《第三线·变异公共空间》多媒体情景戏剧汇报展演中的一个片段。

2013 年 1 月 19 日，由贵州城文工业遗产博物馆、法国专业发展学会、AFDAS 伊力密托福情景艺术创作与培训中心联合主办的情景戏剧，在贵阳和舍酒店 219 文化创意广场展演。其内容涵盖戏剧、装置、绘画、肢体剧场、影像、视频以及音乐等等，由 13 名中、法演员合作即兴演出。

当晚 8 时许，汇报演出在既没有主持人，也没有解说词和舞台及观众席的情况下，百余名观众随着一名男士"工人同胞们，请到这边来，看看我们厂的变化……"的朗声召唤，潮水般涌入了情景剧场。

第一场，13 名中、法演员手牵着手缓慢穿过比肩接踵的观众，走向画廊边上的一排座椅。在零距离的观众灼灼的目光和强烈的闪光灯下，面无表情的演员们，好像是一群梦游者。

演员们入座后，便开始逐一复制如下动作：前一位演员进行自我介绍，而后便将头伏在后一位演员的肩头，以此类推，最后是全体中、法演员相互依靠着连成一串。

第二场，两名正襟危坐的中、法演员，守着一个超大的、黑白两色国际象棋盘，一边对弈一边用双方的语言进行交流。此间，部分现场观众被法国女棋师含糊不清的中国话，引得忍俊不禁，使观众忘记了"观棋不语真君子"的古训，两位棋师都专心致志地走棋，气定神闲地朗声复读。最后，偌大的棋盘上，唯余中国的青花瓷瓶和法国的埃菲尔铁塔，醒目地在中央并列。

第三场，一名身着素色薄裙的法国女演员，在中国琴师悠扬的二胡乐曲的伴奏下，在既没有暖气也没有遮挡的露台上，将一条素色绸带系在银幕前，依附绸带即兴进行肢体表演。表演完毕，身材修长的她，赤足站在数九寒天里谢幕，此举引发了身着臃肿冬装的观众的连声惊呼和掌声。我身后两名女观众窃窃私语："真是多吃牛肉的民族，体质就是不一样！"

第四场，是三线工厂展演。被装置成三线工厂车间的墙上，写着"变化对你来说是什么……快来畅所欲言吧……"两行大字。下面一张老式的五斗柜上备有纸和笔。旁边的一棵树上，老式的白炽灯挂满枝头，照得枝上的留言"变化对我来说，是金属树里的风"十分醒目。

这情景，引发了观众的诸多思索，大家纷纷拿起了纸和笔，我也即兴写下了"变化就是美好"的留言。对面墙边的一棵亭亭玉立的梅树，笑逐颜开地欢迎着观众的到来。待我近前一看，那枝头怒放的花朵，竟然全部是用羽毛球装扮而成的。

第五场的开头部分，便是本文开篇提及的场景。这场情景剧对我来说，是一种全新的、怪异的震撼表演，它给我的感官造成了一种前所未有的冲击，让我自始至终在揪心的猜测、揣摩和难受中度过。眼前，那位全身墨汁的法国男青年，慢慢地挣扎着站了起来，他与白布那边的中国拳师一起，在忽而凝重、忽而高亢的琴声中即兴表演。他们时而相向、时而背离的肢体语言，表现得十分痛苦激越、触目惊心，赢得了全场观众一阵又一阵热烈的掌声。

此间，不时有一名不速之客闯进场景，毫不留情地冲着二人和地面，泼洒大量墨汁和咖啡色粉末……最后，原本洁白的地布，全部被墨汁和咖啡色粉末掩盖。

多媒体情景剧，与自己平时所熟悉的艺术大相径庭，再加上此次观演纯属偶然，我根本不了解剧情，所以剧中，媒体突然采访我，我一时间不知如何作答。事后想起，这应当是以"中外文化渴求自由交流、相互对话和世界人民渴望橄榄枝"为主题的一种别开生面的艺术呈现。我不禁由衷地为中、法行为艺术家们的思想境界赞叹不已！

2013 年 1 月于贵阳

话剧《简·爱》一首优美的格律诗*

　　《简·爱》这部家喻户晓、经久不衰的百年经典名著，在童年时分就渗进了我的身心。记得 10 岁那年暑假，我一动不动地坐在家中简易的小院里，捧着夏洛蒂·勃朗特这本经典著作反复阅读，任由阳光从紧贴房屋的山坡上横斜过来，热烘烘地掉到脚下潮湿的地上。清风从门缝中侧身而入，肆意触摸我融入故事情节时的泪水和笑容。这唯美纯粹的爱情故事和女主角黑白分明、决不容忍灰色地带的性格，直接影响了我的一生……

　　因而，当得知第十二届亚洲艺术节在重庆举办，由袁泉主演的国家大剧院首部原创话剧《简·爱》将于 2011 年 10 月 26 日至 27 日在渝演出两场时，我立即不管不顾地，第一时间携女儿前往观看。

　　话剧《简·爱》由国家话剧院著名导演王晓鹰执导，青年实力派演员袁泉和"百老汇第一人"王洛勇主演。剧情紧紧围绕简·爱和罗切斯特循序渐进的真爱跌宕起伏。关键时刻，简·爱的几段简短孤苦的童年片段同期"闪回"，把简·爱性格的形成，以及她对爱的忠诚和宽容等观点表达了出来，情节删繁就简异常紧凑。男女主角有柔有刚，把贵族的真爱、平民的气节演绎得出神入化，让人叹为观止，回味无穷。

　　女主角袁泉的表演来自心底，她内敛、自然，把简·爱外表柔弱，内心强大、孤独、渴望爱情，真诚善良地追求心灵自由和独立的个性，演绎得惟妙惟肖。一出场，着一袭灰蓝色冷色调衣裙和梳着简约发型的她，那独特的古典味、消瘦的身躯、怯生生的神态及对白，顿时让我感到书中的简·爱活灵活现地来到了我的眼前。我心想，即使夏洛蒂·勃朗特再世，也会认同：

＊ 2011 年 11 月 2 日载于新浪网博客平台首页。

袁泉是扮演简·爱独一无二的人选！尤其是当沉浸在婚礼幸福中的简·爱，突然得知罗切斯特是有妇之夫的噩耗时，众人纷纷离去，唯余孤单的她一动不动地站在舞台中央，没有只言片语，可她的眼睛和收缩的躯体，却让我深切地感受到简·爱当时的震惊和痛心，和许多观众都一起流下了同情的泪水。

王洛勇作为男一号——"百老汇传奇"与剧院的常青树，其表现力和掌控力也让人赞叹不已。他把罗切斯特这个有钱男人的桀骜和崩溃，表演得淋漓尽致，特别是在婚变后，简·爱伤心逃离时，罗切斯特那撕心裂肺的呼唤和伤痛欲绝的神情，征服了在座的每一个观众，赢得了全场热烈的掌声。

剧情尾声，灯光和舞美把荒凉和温暖的色调融为一体，烘托出爱和希望的主题。舞台上，两束橙色的追光分别照亮着舞台中央立着的一棵凋零的树和一张单调的长椅及左边摆放着的一架布满灰尘的钢琴。树下，双眼失明的罗切斯特孤单落寞地坐在长椅上，脚下，满地落叶铺就一个金黄色的三角形，身后，是夕阳西下的荒原。此时，回到桑菲尔德庄园的简·爱，轻轻地走近罗切斯特，饱含深情地、一字一句地说："我回家了，我回家了。"那声音，清纯美好得一如天籁，复苏了罗切斯特消沉颓废的心灵，感动了全场观众的心。当一对历尽沧桑的恋人相拥而泣时，这场童话般的爱情，在观众的心里，写了一个大写的感叹号，热烈的掌声经久不息。

话剧《简·爱》，让我再次体会到了名著的强大魅力，观后唇齿留香。其实，这个唯美纯粹的爱情故事的情节，我非常熟悉，好多名句早都在心中开枝散叶了。但当国家大剧院将故事搬上舞台时，其精彩绝伦的音乐、表演和舞美，使整个舞台自始至终都散发着浪漫沉静的唯美气氛，像一首优美的抒情格律诗，韵味无穷，牵着我的情感随之跌宕起伏。不只是我，全场观众的心都被剧情牵动，长达两个半小时的演出，除剧情掀起高潮时三次热烈的掌声外，全场鸦雀无声，自始至终观众无一杂音，也无人提前退场。

剧终后，我满耳都是观众对"真爱"的纯洁与高尚的热议，看来，不只是我一人感到欣喜。欣喜之余我想，《简·爱》这部名著的生命力之所以如此强大，源于生活在物欲横流时代的人们期盼和谐美好的社会风尚，崇尚超越时代的经典题材。《简·爱》感召了观众心底的美好，抚慰了人们浮躁不安的心灵，并告诉我们：高尚的精神，是支撑和谐文明社会的栋梁，是驱散黑夜令人身心温暖的阳光；丰盛的物质，是建设和谐文明社会的基础，是万物赖以生长的土壤。二者互补，缺一不可！

　　想到这里我不由得心生期待：诚望广大的文艺工作者创演更多、更好的剧目，让大众了解名著、享受名著、崇尚名著，把引领时代风尚、崇敬卓越的精神献给大众，让中华民族的优秀品质发扬光大，同心同德地建设和保卫祖国，共创一个像格律诗一般优美的明天！

早春二月

——公交车上的感叹号

2013年2月，一个春寒料峭的早晨，捱过上班高潮的公交车内，显得有些松散。坐在车上漫无目的地"看神仙过路"的我，忽然被身旁一个嗫嚅声音所吸引："请问，中山东路到了没有？"

我扭头一看，一个老实巴交的壮小伙正满眼期待地看着身旁的一位姑娘，那姑娘半晌才爱理不理地扔了句："我不知道！"壮小伙被噎得满脸通红。见状，我赶紧接过话茬："还远，到站时我叫你。"壮小伙顿时释然地向我投来了感激的目光。

车刚起步，就响起了一阵标准流利的普通话："亲爱的叔叔阿姨、兄弟姐妹们，大家好！我祝老年人健康长寿，晚年幸福。祝叔叔、阿姨、兄弟、姐妹工作顺利，生活美满。祝司机小哥身体健康，出入平安。"乍一听，我还以为是公交小广播，可又感觉这声音的质感很像真人，正诧异何以采用此种方式时，紧接着："大家好，我是一个残疾人。"原来，是乞丐在讨钱。真是"与时俱进"呀，丐帮的行乞术也推陈出新了！

我环顾满车乘客的表情，他们与我似乎均有同感。囿于车厢空间的逼仄，大家便纷纷用眼白和后脑勺来回避。

可乞讨者接下来的话，却深深地打动了我："大家都看见了，我是一个残疾人，我也十分不愿意行乞。可当下，大学生就业都那么艰难，何况我一个残疾妇女。我很希望得到大家的帮助，请伸出你们友好的手，帮帮我，我会真诚地为你们祝福。为了表达我对大家的感谢，我给大家唱首《打工难》。"话毕，车厢里就回荡起如同原唱的《打工难》。

歌中那如泣如诉的旋律和辛酸的歌词，被她演绎得淋漓尽致。平心而论，其炉火纯青的演唱，让我们许多人都自叹弗如。惊异之下，联想起古人宁死不吃"嗟来之食"的故事，我不由得为她的窘境倍感心酸。

我素来对街头残疾艺人比较怜悯，何况她还有那柔美凄婉的唱功，于是我便开始正视起这位乞讨者来。

这位妇女，40 岁左右，有着一张平平常常的圆脸，身高 1.6 米上下，偏胖的身上穿着一套藕荷色的棉衣，右腋下挂着一根金属拐杖。她一边唱，一边逐个向乘客们乞讨，其所到之处，人们都纷纷解囊。当然，也有个别稍作迟疑的，不过，当她那句"请伸出您友好的手，帮帮我"的话一出口，一元钱也就落袋为安了。

哀其不幸的我，未待她到面前，就赶紧掏出钱来。身旁那位壮小伙也抬了抬手，可随即又恢复了原状，我用眼光轻蔑地扫了他一下，便离座将两元钱递给了乞讨者。或许是我的态度略微与众不同，乞讨者稍作停顿，抬起低垂的眼睛，正视了我一下，说了声："谢谢!"便将手伸向我身边那位壮小伙。

对这只伸过来的手，壮小伙却佯装看不见。最终，他还是顶不住周围蔑视的眼光和那妇女再三重复的"请伸出您友好的手，帮帮我"的乞求，低头摸出粗糙的仿皮钱夹，看着仅有的一张十元钞票，犹豫不决地磨蹭着。

此刻，我读懂了壮小伙的难处，又开始为他犯起愁来。然而乞讨者的眼光却变得贪婪又坚定，乞讨声如紧箍咒般一遍紧过一遍，摊开的手，直接伸到了壮小伙的胸前，被逼无奈的壮小伙只得将仅有的十元钱给了她。

目睹壮小伙那十分憋屈的神情，再看乞讨者那不依不饶地伸向下一个人的手，霎时间，我的心猛地一震。突然感觉，她是在挟持公众的善心——貌似乞求，实则强取，我的心开始有些惴惴不安了……

只一站路，乞讨者便满揣乘客们的善款，心满意足地下了车。一位老者紧跟着下车送钱给她，抱歉地说："我刚才没找到零钱。"乞讨者愣了一下，便连声道谢，满脸堆笑地接过钱去。

我心情复杂地打量着坐在公交候车椅上悠然自得的乞讨者。忽然，她探询的目光也迎了上来，可很快又冷漠地移开了。

这漠然，让我有些意外。正思量间，车上响起了"中山东路到了"的报站声，经我点头确认，壮小伙憨厚地道了声"谢谢"，便抱起两岁左右的女儿下了车。

一下车，壮小伙便让小女孩自己走。小女孩很像她的父亲，有着憨态可掬的圆脸和壮实的身板，她的头上，见不到当今同龄儿童比比皆是的、五颜六色的发卡和绸带等发饰，只是用普通胶圈扎成两条小辫。身上的碎花棉袄，已洗得看不出原本的花色，她向父亲伸出小手要抱。不知是因刚才众人的轻蔑，还是因为乞讨者的巧取强索造成的心累，壮小伙只是俯首对小女孩轻声说了句什么，便牵着女儿匆匆向前走了。

我看着父女俩的背影，想起他皮夹里如今已无分文，想着十元钱也许就是父女俩的午餐钱，而那位乞讨者几分钟内的收入，就可以超出他数十倍……我不禁懊悔起来，早知如此，就不应用蔑视的眼光胁迫他施舍，或者，我当时应该帮他代付……

最令我忧心忡忡的是，古往今来，勤劳、善良、"人穷志不短"以及"乐善好施"等，都是中华民族传统美德，可时下，上至迟暮老人、青壮年，下至黄口小儿的乞讨队伍，却日益壮大。

同年，前些时间，我曾亲眼看见一个18岁左右的男孩子，身着蓝色校服跪在广场边，漂亮的粉笔书写着"乞求帮助上京学费"等文字。当时，我的心中有泪在流，有声痛呼："孩子，男儿膝下有黄金，你，不应跪在这里!"我给了他十元钱，事后，闺蜜却告诉我，他行乞已久。不久，我在市中心的人行道上，又见一名30岁左右身体健康的妇女，笔直地跪在地上，地书：为丈夫讨钱治病。翌日，同一地点，一个健壮的男青年，躺在地上的背篼上，地书：太饿了、实在太饿了……

面对这样那样的层出不穷的乞讨之人和乞讨手段，我想起了流传千百年的"勤能补拙""生财有道"等良训，我说不清，道不明——大家的施舍是在传承中华美德，还是在助纣为虐呢?

车窗外，一片灰蒙蒙的雾霾挡住了我的视线，我原本明朗的心境，瞬间像乍暖还寒的早春一般，阴沉了许多。

2013 年 2 月于贵阳

春 寒

　　早春气温之异常，真让人猝不及防。一夜之间，一场不期而至的寒流，便将筑城 20 多度的气温，骤然打压至冰点。明媚的春光，被寒流唬得如同闯了大祸的顽童那般，一溜烟跑得不知去向，任寒流嚣张得像一个酗酒的壮汉，虎着脸，恣意地在筑城所有的空间里耍横。迫于它的淫威，原本在街头摩肩接踵、与春光你侬我侬的人们，纷纷如惊鸟般藏入住所的包庇中。平素被众人追捧得不堪重负的街道，自然也承受不了这突然的冷落，它木然地裸露着自己空荡荡的胸脯，让这场倒春寒愈演愈烈。

　　我对此次寒流的严重程度估计不足，出门时只加了件皮夹衣。刚爬上兀立于街面的人行天桥，我的肠子就悔青了！

　　以往总是把天桥挤得水泄不通的行人，此刻却几乎绝迹。我行走其间，颇有点唐诗"千山鸟飞绝，万径人踪灭。孤舟蓑笠翁，独钓寒江雪"的韵味，只不过，今天的"蓑笠翁"，独钓的是高处寒而已。

　　刺骨的寒风，张牙舞爪地从四面八方扑过来，掠走了我肌肤的全部温度。彻骨的寒冷，让周身肌肉开始酸痛，我打了个冷噤，赶紧用揣在皮夹衣口袋里的双手，使劲地将衣服往里收了收，紧缩身子加快步伐赶路。突然，我耳边传来了"卖蔬菜喽，便宜卖喽"的叫卖声。这叫卖声，让我想起了今晚已无蔬菜下锅的情况，便循声瞥了一眼。

　　桥栏边，有一排盛满绿油油蔬菜的箩筐，这绿色的诱惑，使我匆匆的脚步变得有些迟疑。我最后还是停了下来。我买了一把菜苔后，又看见旁边的一筐豌豆尖也很有卖相，便问："多少钱一斤（500 克）？""两块五。"这实在是太物美价廉了。便说："称半斤（250 克）。"谁知那卖菜的老人，竟然不管不顾地，抓了约一斤（500 克）的豌豆尖装进塑料袋里，称也不称就硬塞给我。我忙迭声说："太多了，太多了!"她听后，却像拉家常似的说："哎呀，只收你两块钱喽。你看这豌豆尖干生生的，一点水都没洒，我今年都78岁了，从花溪大老远地背来。哎，谁知这鬼天气这么冷，只好便宜卖了好回家……"

听到这，一心只想回家避寒的我才发现，卖菜的老人只穿了件肥大的蓝布对襟衣。天哪！这衣服怎么能够抵御酷风严寒，她该有多冷呀！我瞬间想起了"老吾老以及人之老"的古训，便不再言语，付钱时还多给了老人1元钱。老人接过钱后一边说："你真好心。"一边指着前边的地摊要我去拿一小把芫荽。说真的，当时我很不情愿，因这有悖老祖宗"与肩挑贸易，毋占便宜"的教诲，何况还是位老人，且晚餐也无与之适配的菜。但老人一个劲儿敦促的神情和语气，好似慈母生前叮嘱我"四宝啊，天冷了，要多穿点衣服"的情景，我便不忍让老人失望，胡乱在地摊上捡了一把芫荽。

当我向老人回头致谢时，看见灰扑扑的天空下，老人独自站在空无一人的风口中，空大的蓝布衣衫和灰白的头发，在呼啸的寒风中抖动。蜷缩着身躯抵御风寒的她，控制着冷得发颤的身体，对着我满意地点了点头。

看见这位在寒风中困守的老人居然如此宅心仁厚，我心生感动：感动于从这位平凡且贫穷的农村老人身上散发出来的，勤劳、善良、诚信、仁爱的高尚品质，证实了中华民族传承几千年的民族精神——真、善、美无处不在；感动于即便有阴霾，即便有寒流，华夏儿女血液中的民族精神就像二月的春光一样，终归会走向灿烂辉煌！

2016 年 3 月于贵阳

隽永的鹊桥[*]

——写于玉屏大龙经济开发区

　　父亲英年早逝的阴霾，让我的骨子里总带着几分悲春悼秋般的落寞情愫，于是，对洞箫"如泣如诉，如怨如慕"的鸣咽声，就自然而然地产生出特别知音的感受。

　　可当我陪着多情的细雨，踏上玉屏侗族自治县——我国著名的传统竹管乐器之乡的热土时，触动我的，却不只是玉屏箫笛博物馆内女乐师手中享誉中外的洞箫，还有那蓬勃地生长在玉屏县大龙经济开发区的，贵州省铜仁市嘉诺迪森机器人开发有限公司。

　　贵州省铜仁市嘉诺迪森机器人开发有限公司于 2013 年入驻贵州大龙经济开发区，是一家专业从事嵌入式工业计算机及自动化控制系统设计、开发、销售的高科技公司。公司继承了自控领域的经验，融入了当今先进的工业计算机技术，产品应用涵盖公共交通、网络安全、软件应用、数控、科研等行业，在自动化控制及嵌入式计算机系统领域具有较大影响力。

　　我和一干师友刚进入公司，便被立于门厅左侧的一位"新兴人种"牢牢吸引。这位身着一袭紫衣的窈窕淑女，不仅具有古今中外女子抛金撒银去追求的，白如凝脂的肌肤和艳如樱桃的红唇，还有她那温文尔雅的欢迎词和彬彬有礼的 90 度鞠躬礼，使我们这帮文人生出他乡遇故人的感受。

　　这位充当迎宾大使的"紫衣女子"，不仅身高和常人一般，且只要一挽起她的手臂，你便会忘记"笑不露齿"的古训。于是，众师友不约而同地抢着上前去与她合影，争相珍藏这如春花般灿烂的记忆。

　　开怀之余，我见花信年华的她，面对众人的簇拥和打趣，眉目中的喜色

---

　　[*] 收录于散文集《月下玉屏箫》（中国文史出版社，2014 年）。

不少一丝，愠色也不显一分，不由暗想，年纪轻轻的她，何以会有"闲看花开花落、漫随云卷云舒"的淡定？是身上的一袭高雅的紫衣泅润了她，还是坎坷的经历磨砺了她呢？

我转而又想，曼妙的她，既然生长在这片古色古香的土地上，若能着一身代表中华服饰文化的旗袍，来替换这身职业套裙，岂不更妙。如果再让纤纤玉手执一管"仙到玉屏留古调，客从海外访知音"的玉屏箫笛……那么，这方天地就变成了一座追随时代、承载文明，连接悠久的文化古韵与企业经济可持续发展的文化鹊桥。

揣着"紫衣情结"，我漫不经心地随着众人走向正厅，突然，前行的脚步被一堵人墙阻挡，定睛一看，眼前的惊艳顿时冲淡了此前的紫气。

原来，C字形状的大厅里，被称为后科技时代宠儿的蓝色，竟然占领了空间的每一个角落。蓝色的灯光、蓝色的图画、蓝色的展台，甚至连列队活跃在一个个六角形展台上、载歌载舞地欢迎我们的"新兴人种"，也以深邃奥妙的蓝色为基调。

这里的天，这里的地，这里的"新兴人种"，给我的第一感觉是自己闯入了科幻电影中的未来世界。按捺不住兴奋的我，"咔嚓、咔嚓"地按着快门，直至把相机身上明亮的大眼睛累瞎后，才发觉身旁早已空无一人。

不知何时，同行的师友们已全部安坐在C型大厅周围的座椅内，聚精会神地关注着大厅中央的六角形舞台。舞台上，3个身高60厘米左右的"新兴人种"跟着《大龙我的家》的优美旋律，灵活自如地摆动着四肢和腰身，舞出一个又一个标准的姿势。

这些可爱的小精灵，深得大家的青睐，一俟曲终人散，女士们便纷纷上去与他们拍照留念，工作人员顺势介绍，领养一个"新兴人种"的费用只需几千余元，还可按领养者的需要进行教化，让他们变成舞蹈家、控球员、熟练工等等。

听到这些，我不禁联想到，一向谈笑风生的女友中年失去独子后，那些离群索居的"乖张"言行；还有老母亲生前每当子女辞别时，她混浊的老眼里流露出来的依恋和伤感。我还联想到我国正步入老龄社会，解决失独家庭和空巢老人的问题，是提高家庭幸福指数和维护社会稳定的桥头堡。

如果这些"新兴人种"长得再可人一点、善解人意一点，就像当今满街满院的宠物狗一样，让"相顾无言，惟有泪千行"的失独家庭，感受到如子女承欢膝下的欢乐；让"守着窗儿，独自怎生得黑"的空巢老人，享受到有如子女不离不弃的福分……如果是这样，即便公司生产的这些"新兴人种"的售价在现行基础上再上扬几番、十几番，也一定会受到市场的热捧。

我继而又联想到早在明朝便深得帝王垂青的玉屏箫文化，以及侗家远近驰名的风雨桥，再加上今天大龙经济开发区巨型龙门吊车隆隆的轰鸣声，蓦然，我眼前仿佛又生成了一座桥梁。

这座桥，有别于我们司空见惯的，在你我脚下的用钢筋水泥或石头架在碧玉般的绿水之上，以及屏风似的青山之间的桥梁。它是一座用中华儿女的爱心营造，让悠久的五千年文明，与沸腾的现代发展携手联袂，连接企业经济与市场需求、衔接民生民情与科学发展的，架在中华历史天空中的鹊桥！

心路如枫

有的路，是用脚丈量的；有的路，却是让心来漫步的。比如脚下这条明清古镇清镇卫城的老街，就活色生香地牵着我，瞬间漫游了近半个世纪。

一次偶然的机会，我来到素有"小荆州"之称的卫城古镇，当我不再年轻的脚步走上一条似曾相识的石板路时，蓦然，近半个世纪流光掩埋的记忆碎片，纷纷在我的脑细胞中复活。

记得还是在"文化大革命"时期，我和小弟到建设清镇电厂的兄长单位玩耍。当晚，兄长所在的毛泽东思想宣传队有演出任务，我们两个小不点便在众人的鼓励下，虔诚地捧起和自己差不多高的毛主席像，骄傲地走在队伍的最前列。

那年月，月亮只要一溜号，城郊的夜色，就像农家的柴火灶膛一样漆黑。一路上，视力较差的我，双手一直紧紧地捧着主席像，唯恐有半点闪失。

我不记得在凹凸不平的乡村土路上，深一脚浅一脚地走了多长时间。最后，经过今天脚下的这条石板路，就着当时稀疏的白炽灯的灯光和两旁木板房窗棂内泄漏出来的微弱灯光，我们终于来到了清镇卫城电影院。

灯光明亮的电影院内，等待观演的群众人头攒动，宣传队一露面，黑压压的人群便爆发出一阵惊呼："哟，居然有这么小的宣传队员！"全场观众的热烈欢迎，让原本有些怯场的我们姐弟俩，顿时"小人得志"地伸长脖子、挺起胸膛，使劲把小脚板走得方方正正。

当晚，为不辜负观众的这份厚爱，宣传队特地安排了一个童声独唱节目。也许是当时文化生活极度匮乏，也或许是这个节目有些别出心裁，它竟然也获得了一个满堂彩。

童年的回忆，让我的心里充满了明亮的欢乐，同时，也带来了如老街般古老的，对逝去的童趣和岁月的灰色感伤。

突然，一个独坐在家门前的老人，惊飞了在我的记忆枝头上低吟浅唱的小鸟，把我在20世纪溜达的心，生拉活扯地拽了回来。

老人外着一件白底紫绿色彩条运动衣，内穿一件白色对襟衣，光鲜的衣着，让他在这条冷清的老街上格外抢眼。可是，我视线真正"盯死"的是他那被花白头发和胡须包围着的脸。

这张古铜色的脸上，阡陌纵横的皱纹深如沟壑，每一道皱纹都透出冷峻。拧成倒八字的双眉下，一双细长凹陷的眼睛里，射出一束阴鸷的追光，这光，像钢钎似的，砸在铺满石板的道路尽头。

兴趣盎然的我，冷不防碰到这么一张"石化"的脸，一时间竟感到有些不可名状，不觉有些失态地直视着他，并频频地按下相机快门……面对这显然失礼的注视和拍摄，老人的眼睛仍原封不动地盯向远方，连眼皮都没动一下。

夜色四合的时候，被这石化般的老人折腾得满脑子问号的我，又来到了老街。此时的老街，人气显然比白日旺盛了许多。明亮的街灯下，老街上的居民们，有的聚在家门口开心地闲聊，有的三五成群地在长街上信步，安居乐业的人们，把老街的仲夏之夜，熏染得温馨而香甜。

这恬美的气场，像一阵清风，吹得我的心湖波光粼粼，我情不自禁地频频举起了相机。面对我的镜头和笑靥，居民们有的害羞地笑着低头躲避，有的与我相视而笑，有的则投来友好的注目礼。融化在这份闲适祥瑞气场中的我，逐渐淡忘了重返老街的来意，便随着众文友来到始建于清朝末年的清镇市文物保护单位、老街中段的中医名店"菖蒲堂"前。

就其外观而言，菖蒲堂只是一座陷入钢筋水泥房屋重围中的、陈旧的木结构两屋楼房。时下，原先似达官贵人般醒目的朱门红墙，被斑驳的时光蹂躏得像一个灰头土脸的黄脸婆，唯余门楣正中的"菖蒲堂"三个金色大字，仍在精神矍铄地迎送着过往的人们。我们迈过菖蒲堂高高的门槛，穿过悬壶济世的中药铺，一座集南方民族之隽秀和北方四合院之凝重为一体的二进四合院，便呈现在我们眼前。

乍一看，面积400平方米左右的四合院内，潮湿的天井中，摩肩接踵的鲜花和阔叶植物意气风发地竞相崭露着头角，强大的生命力，让周围颓败的木板房显得更加老态龙钟。但定睛细看时，我便惊喜地发现，这些年老的门窗上，均雕刻着精美的花草等图案。这些图案十分生动活泼，颇有历史艺术价值。还有正房门前立着的一对石狮，尽管与腐朽和肮脏的杂物共处，但仍雄姿勃发，尤其是它们的眉目，有让人过目不忘的威风！这眼光，让我猛然想起了此番的来意，我便赶紧与这座代表古镇民居建筑的百岁老屋作别。

我再次看到这位石像般的老人时，他正倚在家门旁。明亮的街灯，把墙面的白色瓷砖照耀得晶莹生辉。褪尽铅华的木质门窗里，电视机、冰箱、桌椅、背篓等用品，像叠罗汉似的码成一堆。

他还是那个一成不变的坐姿，还是那身光鲜的衣着，还是那种冷酷的表情，还是那样的目光。唯一不同的是，在他身后约半米处，多了一位满头花白短发的老年妇女。这位老妇人的眼光和她的丈夫一样冷漠，只是身上的衣着远没有丈夫的光鲜，还有那畏缩着扶墙而立的身子和干巴巴的脸，让人感觉她的心情比夜晚的天幕更为阴沉。

这对老年夫妇的身影，像两个突然出现的休止符，让回荡在老街上的、悠闲而温馨的乐章戛然而止，也让我的心路变得有些纠结冗长。

我一会儿想，他们是否在期盼子女衣锦还乡、享受含饴弄孙之乐的煎熬里化成了石刻；继而又想，他们或许是不谙"知其白，守其黑"的东方人生哲学的深刻意义，在荆棘丛生的旅途上身心离异；转而又想，或许，他们和古镇卫城的地图一样，是一片有着丰富阅历的、波澜不惊的枫叶。

这片"枫叶"，正吸引着你和我去深层地解读和遐想。

2014 年 7 月于贵阳

"你" 在心上　便是天堂[*]

一提及"瓮"，我就会想起其黑咕隆咚的腔体，继而牵连起唐朝酷吏来俊臣和那令人毛骨悚然的"请君入瓮"的典故。

不论是恐怖的典故也好，还是它作为容器时黑洞洞的本身也好，印象中，"瓮"就是一个阴暗窄迫的，无法与安详、安居、安逸等"安"字联袂的霉馊字。可黔中腹地，竟然有一县名瓮安，下辖永和镇的民风，更是淳良得让我那颗被城市的钢筋水泥、森林磨得有些粗糙的心，良久不能平静。

永和镇，位于瓮安县城东部，距县城 12 千米。境内，占地 40% 以上、种类繁多的植被似一片古朴清幽的绿锦，与垛丁关、黄泥凼、擦耳岩等遗址和惊天地、泣鬼神的红军战斗故事，形成两道绚丽的光彩夺目的红绿光带，环绕着永和，照亮着人心。

那日，随众文友在永和镇老坟嘴社区逗留的我，放纵目光从街的这头扫荡到那头，却始终未寻觅到茂密的绿意，也不曾看到红色的地标耸立，只得独自站在社区健身小广场上，咀嚼着索然的滋味。突然，一个玲珑的女童一溜烟地闯进了我的视线。这个小巧的人儿，顿时令我心生窃喜，赶紧移步俯身去与其逗趣。女童还未答话，一声来自左上方的稚嫩童音，瞬间转移了她的视线。

我抬头一看，不觉心里一阵狂喜，原来在小广场的花坛边上，居然来了一个"福娃"！这福娃 3 岁左右，圆圆的脸蛋、圆圆的眼睛、圆圆的小嘴和小下巴，圆圆的脑袋上，还顶着一圈椭圆形、乌黑发亮的头发。这个在我枯燥无味的辰光里出现的圆圆满满的娃，面对我突、突、突的目光扫描，报予的

---

[*] 2015 年 9 月 1 日载于《西部开发报》副刊。

是一脸天真无邪的安静。

　　我唯恐惊走这福气满面的娃，便小心翼翼地捕捉着他那双黑白分明的眼睛里的情绪，轻声慢气地试着和他搭讪。不承想，随后的进展着实让我大喜过望，福娃不仅爽快地应答，还憨态可掬地摆起 pose，露出两个小酒窝，让我随心所欲地连拍了好几张萌照。我们这对搭档，引起了站在路边闲聊的乡民的关注，不一会儿，一个男乡民就凑了上来。

　　"公公！"福娃又脆又甜的叫声，即刻引起了我对这位"不速之客"的兴趣，我便一边与其闲聊，一边打量起他来。福娃的公公 40 岁上下，身材适中，穿着一件成色很新的黑色皮夹克和一条干干净净的深灰色休闲裤。交谈中，他那清秀的眉目中，不时流露出温和的笑意。我强烈地感觉到，他不仅拥有一个殷实的家，一定还有一位贤惠能干的妻子！因为在人们的日常生活中，尤其是对农村家庭，衡量男人是否家有贤妻的标尺，通常是依据男人身上的衣着整洁度，和表情的抑扬来进行判断的。我再低头仔细地看了看，福娃身上光鲜的羽绒服和镶着花边的小袖套，以及那浑身的喜气，让我对自己的判断更是深信不疑，便随即将话题转移到他的家庭现状上。

　　福娃公公云淡风轻地说，家中现有 2 亩（0.13 公顷）地，收成只够自家糊口，日常开支主要是靠给村民加工粉面来挣取。听到这儿，我脑海中便自然而然地出现了一幅"男种田来女浣衣、女卖面粉男加工"的和谐画面。可当我满心期待地询问后，得到的回答却令我万分诧异。原来，他的妻子不仅是一个吃喝拉撒都需要人伺候的严重内风湿病患者，且已瘫痪在床 13 年了！这实在是太出人意料了。因为，仅从福娃公公舒展的外表而言，这回答有些令我难以置信，更令我诧异的是，当他说及妻子瘫痪多年之事时，语气是那样的平淡，神态是那样的安然，让人感觉这人生的劫难或悲哀，只是日常生活中的一件小事。

　　这实在是令人不可思议！因为遭遇瘫痪病人的家庭，其生活一定是畸形的！我至今都还记得 10 年前，自己和 3 个姐姐轮班照料生活不能自理的老母亲时，那些辛苦劳顿的日日夜夜。而且，通常遭遇此等不幸的家庭，家人轻则疲惫抱怨，重则虐待遗弃……可眼前的这位乡民，不仅要独自照料瘫痪在床的妻子，还要打理田土、加工经营粉面店、料理家务、带孙子。最令我不可思议的是，在他的脸上，竟然遍寻不到一丝半点因背负诸多艰难而流露的疲惫或厌倦！

这一切的一切，一个男人，一个只有小学文化程度的乡民，他怎么可能做得到?! 如不是一旁围观的村民听出了我的疑惑，纷纷作证说"是的，是的"，我绝对不信！

像一阵春风吹过草原，我的心中旋即掀起一波，要为这份淳良的民风大声叫好的感动，我赶紧拿起了纸和笔，不承想，又得到一个"有悖常理"的信息。原来，我一直以为才40岁左右的福娃公公，已是50出头。这不仅是改变了人们司空见惯的、农村人普遍显老的现象，更是打破了自明朝万历年间流传至今的"家宽出少年"的谚语！

返程的途中，我一直低头冥思苦想：是何等的动力，让这一连串的"奇迹"，发生在这平常的永和镇一隅；是何种的精气神，滋养出这平实但不平凡的永和村民。当我百思不得其解地信手翻开瓮安县作协编写的接待指南时，首页上的"千年古邑、红色瓮安"8个大字，让我一下子茅塞顿开。应当是革命先烈的神韵洇染，让村民们视坎坷为坦途，入瓮居安；应当是中华优秀传统文化的基本精神，让村民们虽置身于比较功利的时下，也能抱朴守真地"心宽出少年"。

激动之余，我想借用徐志摩《爱眉小札》中"你在心上，便是天堂"这句名言，来定格这份难得的感动。只不过本文中的"你"，指的是孔子为《周易》写的《象传》中的"天行健，君子以自强不息；地势坤，君子以厚德载物"的民族传统美德，以及相应而生的真诚、善良、美好的精神生活。

情　人

多情的江南雨，让人体会着春天乍暖还寒的心性。

余杭五星级酒店的走廊十分安静，只有晦涩的灯光睁着昏黄的眼睛，偷窥着每一扇门后的秘密。

软绵绵的咖啡色地毯，吞噬了一个个脚步的力度和声响，让人们每前进一步，都如同行走在浮动的沼泽地里一般，找不到踏实的感觉。一位身着紫色旗袍的中年女子吃力地向走廊中段的电梯间走去，电梯间方向走来的一位男士，右手拉着的黑色旅行箱发出了一些声响。

中年女子的注意力仍在脚下，直到与那位男士即将擦肩时，才用眼角的余光瞥了一眼。噫！这正是自己喜欢的类型，心中不觉一动，又偷偷地瞟了一眼。

男子40岁左右，身材适中，上着质地优良的亚麻色长袖衬衫，下着白色纯棉休闲裤，白皙且棱角分明的方脸上，透着一股超脱的神色。

中年女子心想，这男子举止从容，形态高雅，即便不是金领，也是一位高级白领。只是，俊逸的气质里似乎还夹杂着几分疲惫和无奈。她又想，人在旅途嘛，难免劳顿，不由得在心里怜惜地叹了口气。

刚擦肩而过，中年女子便听见旅行箱拖行的聒噪声停止了。身后，一扇门里传出女子嗲声嗲气的娇嗔："你怎么才来呀？"声音里，荡漾起满是欢喜的涟漪。听声音，女子在30岁左右。"穿成这样，你不冷呀。"男士干巴巴的声音，如濒临死亡者的心电图一样，冷淡无味……

听见这冷热分明的对话，蔡琴《痴痴地等》的忧伤旋律，仿佛在中年女人耳边响起，她不由得在心里又叹了口气。

房门关了，电梯门开了，走廊如处子般安静。

2016 年 10 月于杭州

第二章
山水情

峡谷的秩序*

　　著名景区，无不注重打造自己的个性形象，建立自己美的秩序。南江大峡谷用山，用石头，用树木、藤萝和草，也用流水，来打造和建立自己的形象。

　　这形象，这秩序，由峡谷自己描画，也由游客描画。描画出的形象，客观性很强，主观性更强。

　　峡谷两边的山，是危峰，是悬崖，是陡壁。着装一律呈翠绿色或褐黄色，裸体的均呈铁青色或灰白色。无论着装与否，都像站立的士兵，坚定而沉着，只有瀑布水从肌肤上掠过时，它才露出少有的温润和柔软，爽朗地喊几嗓子，或交头接耳地与瀑布密谈。

　　峡谷里的水是一种司空见惯的急性子，风吼吼的、气冲冲的，大喊大叫，不知避忌。它不像大江大河里的水慢吞吞的，更不像池塘里的水傻乎乎的。它借山势地形动情而歌，它是歌者，山、石、树、草是它的忠实粉丝。

　　它当然也有慢下来的时候，奔跑得久了、累了，泊在石头丛中打个盹，偷个懒，睡一会觉，把自己变成潭，变成渊，变成柔和沉稳，或低吟浅唱，或静水流深。

　　软硬兼施，是峡谷水的绝招，正是这一手软、一手硬的本事，赢得了时光的青睐，时光便用流水孵蛋，孵化出来的卵石，有的方，有的圆，有的规则，有的混乱。

　　我放眼望去，满河满谷都是石头，像是一次奇石大聚会。众多石头里，有一块状如水牛的大石，很是惹眼。这头"牛"，颀长，健壮，其头大如斗。

＊ 2014 年 6 月 5 日载于《贵阳日报》副刊。

它浮水卧波，扭头怒视着身后，估计是牛魔王在天界惹了祸，被贬下凡尘。可碧波潭边，虽芭蕉扇犹在，铁扇公主却早已不见芳踪，只留下周遭一片闲言碎语，冲击着这头莽牛的耳鼓膜。

不远处，有一道"剑瀑"，凌空而飞，啸声如雷，据说它原叫"金钟瀑布"，因其上面的钟乳石状似金钟而得名。那瀑布酷似一道笔直锋利的长剑，裂石穿雾，白光闪烁，劈下深潭，唬得旁边的水草不住地点头哈腰，俯首称臣。

另一侧，还有两道"人"字瀑布在岩上络绎悬挂，本是一个"从"字，但它却把左右结构变成了上下结构，"人上有人，天外有天"，它仿佛在提醒你低调做人、中庸做事。

不时有鹧鸪啼声传来，叫声含着水雾，却看不见鸟儿藏在何处。路边的野花、杂草、灌木丛，蓊蓊郁郁、自由自在地茂盛着。更有摇摇摆摆的悬空吊桥、曲曲折折的岩畔栈道，手牵着手，在视线里和足下时进时出。

我站在谷底吊桥上悠闲地看风景，不承想，有个"他"却在山顶上悄悄地看我。"他"是一棵树，不去凑热闹扎堆，却孤零零地站在对岸高高的崖顶边。"他"没有水的亢奋与石的滥情，也不像其他乔木，摆个 pose（造型），比出个"V形"手来争夺游人的注意。他素面朝天，淡定如仁厚长者。"他"不想被人关注，而我偏就注意到了"他"。

河这岸有个钓鱼人也注意到了"他"。钓鱼人持竿而坐，抱定"愿者上钩"的宗旨，与那棵孤树隔水相视。

如果那棵树是仁者，钓鱼人便是智者了，"仁者乐山，智者乐水"，仁者与智者交流，全在无言之间。我非孔子笔下的"仁者"，也非孔子笔下的"智者"，但我仍乐于自然山水，且乐此不疲。

南江峡谷给我最深刻的印象，便是自然，不矫情，少做作，一切维护自然生态秩序，一切遵循自然生态规律。

想起老子《道德经》中的名言："人法地，地法天，天法道，道法自然。"这里所说的"自然"，虽与大自然不能等同，但自然而然，"无状之状"，没秩序的秩序，却是很深刻的思想。

这深刻的思想，我从南江大峡谷的生态系统中，拾得了一点一滴。

在茂兰聆听森林小夜曲[*]

　　森林总是予人神秘和生趣，更何况是生长在奇异的喀斯特地貌上的，全球罕见的"石头上的森林"呢！

　　享有"山水贵族"美誉的世界自然文化遗产茂兰保护区，位于贵州省黔南布依族苗族自治州荔波县境内，其地貌为典型的喀斯特峰丛漏斗和峰丛洼地，主要保护对象为喀斯特森林及珍稀动植物。

　　榴花似火的时节，我们特意到茂兰喀斯特大森林去一饱眼福。感谢当地的友人将我们的下榻之处，安排在茂兰喀斯特大森林内的一个农家饭庄。这对一直凭借着图文触摸这片世界森林奇迹脉络的我而言，无疑是一个绝妙的去处！

　　抵达茂兰喀斯特森林时，它已披上了黛色的大氅。我们入住的农舍是一幢新修的二层杆栏式木屋，想必是怕受森林阴暗潮湿的环境影响，房屋建在十余级石阶之上。我们正准备进屋，店主李大哥便迎了上来，不一会儿，七碗八碟便摆满了餐桌，这让早已饥肠辘辘的我们，好一阵痴迷。

　　友人跟李大哥是老相识，一落座，俩人便开始推杯换盏。我和闺蜜却以食为天，眼光尽在满桌的农家美食上。其中，一盘被称为酸肉的菜，香气四溢且品貌惹眼，尤其勾魂！细看，其红白相间的肉片，肥的七分乳白三分透明，瘦的三分朱红七分梅色；绿肥红瘦的蒜苗和辣椒，似有喧宾夺主之意，再有几粒金色的小米和褐色的花椒点缀，这色、这味，把人的食兴拉得好长好长。

---

[*]　2019 年 10 月载于"走遍夜郎故土散文书系"《心上荔波》；载于微信公众平台《雨街文学》。

因不曾听说过酸肉，故我俩只作观赏。见状，李大哥便滔滔不绝地说起酸肉的由来。酸肉的制作起源于一段纯真的爱情。"古代当地有个姓莫的老财主，他视长工为牛马，挖空心思让长工少吃多干，更别提食肉。这阴狠刻薄的莫财主，却有一位聪明善良的女儿——小凤。小凤与勤劳勇敢的长工大龙相爱，小凤经常悄悄拿肉给他吃，但为了躲避父亲，小凤藏起来的肉，多数是尚未给到大龙就腐败了。小凤便试着用腌酸菜的方法来腌鲜肉，三个星期左右，原先放进坛子里的生肉自然腌制成了熟肉。这样一来，只要老财主不在，大龙便能吃上色鲜味美、酸甜爽口的肉食了。"

如今，酸肉已是布衣民族的经典美食，因担心客人不能接受生肉，待客的酸肉都是烹调过的。李大哥话音未落，两双筷子便不约而同地伸向了酸肉。新味清香的酸肉一入口，便被胃里的大手一把拽入腹中，眨眼工夫，这满盘酸得适中、清爽上口、无油腻感的菜肴，便只见蓝底白花的盘底了。

酒足饭饱之际，我们突然嗅到一片醉人的清香，旋即便欣喜地寻香而去。出门来，我们瞬间便被这四面八方袭来的清香包裹，心情和脚步陡然变得十分轻盈。那时月亮深藏不露，而赖以照明的手电筒，在这黑得伸手不见五指的大森林里，只如萤火之光。再有小路旁的灌木，时不时淘气地拉扯几下，弄得我和闺蜜的步子，如三寸金莲的步伐一样蹒跚。

我们摸索着前行了约 300 米时，耳边传来一阵潺潺的流水声，宛若琴弦轻抚，美如天音。

友人说青龙潭到了。突然，传来一阵略显稚嫩的惊叫："别过来、别过来！"我们定在了原地。当我们弄明白这声音是来自对岸的一群裸泳少年时，友人便又好气又好笑地大声说："放心吧，看不见的！"

我们继续前行约 300 米后，进入五眼桥附近的一座亭子内。亭子的结构尚看不真切，但凭身边亭柱的木质，能感觉出它已有些年岁。我们落座于美人靠，才得以全身心地感受大森林的神性。

茂兰大森林的夜晚，黑漆漆地透着像光阴一般古老的、不可捉摸的静谧。再有不知隐于林木何处的夏蝉，它们那无忧无虑的歌声，唱得整个世界幽静得只剩下我和这歌声。逍遥的风瑟瑟地掠过树叶，送来银杏、鹅掌楸等多种珍稀树种的芬芳。令人沉醉的寂静中沁着清香的空气，再合着动人的风和无边的黑，眼前生出的，也不止有诗、有梦和远方……

一阵由远及近的沙沙声，打破了森林的清幽，当我们探寻的目光即刻被深邃的黑夜吞噬后，我猛然想起，这面积 21285 公顷的茂兰保护区内，不仅有喀斯特森林及珍稀植物，还有林麝、猕猴、香獐、华南虎、野牛、熊、豹、白猴等许多古老的野生动物！霎时，我像暗夜里的黑猫一样全身紧绷、竖起两耳、圆睁双眼，直到辨认出一个人影，提到嗓子眼的心方才复位。

我们大喜过望，原来这是本地布衣同胞的对歌亭。不一会儿，又来了好几位开朗风趣的布衣同胞，悠扬的山歌对唱，便在大森林深邃的夜空里四处荡漾。受此感染，我们也亮出歌喉，直唱得躲在厚厚云层里的月亮，露出了笑脸。

打那以后，我的心中，便有了真正的夜色，便有了哲人似立着的茂兰大森林。

人间三月天　遇见桃花源[*]

　　我与重庆酉阳桃花源相遇时，已是"映日荷花别样红"的时节。此处为何冠以此名呢？其实是缘于酉阳桃花源中的人文景致，好似陶翁笔下的"世外桃源"，好似我梦中的"三月"。

　　酉阳桃花源位于重庆市酉阳土家族苗族自治县，系国家 5A 级旅游景区，是我国最具国际影响力的旅游品牌之一。景区总面积 50 平方千米，由世外桃源、伏羲洞、桃花源国家森林公园、桃花源广场、酉州古城、二酉山等六大部分组成。

　　当我和同行的师友们抵达景区酉州古城时，暮色已然苍茫。古城桃花街上，初绽笑靥的华灯，热情地顾盼着商贾云集的石板街。其中，一间琳琅满目的地方工艺品小店里，有一对桃花般的女店长，她俩轻言细语地洽价、怡然自得地收着钱币，举止言谈似三月的风一般亲和，直诱得同行的一位文友想辞去公务员的身份到此掌柜，悠然地与伊人唱和三月。

　　我们沿着依山而建的酉州古城往上走，在长 1.3 千米的桃花街上，渝东南土家族、苗族文化艺术风，如阵阵清风扑面而来。

　　纤尘不染的石板平整坚实地摩挲着足底，处子般安静的木板青瓦吊脚楼频频地闯进心头，还有那无数抓着翘檐锁骨的长灯笼，憋足了劲，生生地把矜持的古城闹了个奔放的满堂红！

　　流连在这浓缩了土家族、苗族文化的艺术长廊里，我忘却了此前 10 余小时的车马劳顿，也忘却了此刻腹中的辘辘之声。突然，题在吊脚楼侧壁上通体金黄的"遇见"两个大字，仿佛与我撞了个满怀。我猛然想起，这一定是

---

　　[*] 2015 年 5 月刊载于重庆酉阳县《酉水》文艺双月刊杂志。

此番组织黔地作家赴渝采风的酉阳籍女子"小仙女"鸿儿，途中一直津津乐道其酉阳好友"歪哥"别出心裁冠名的"遇见"茶吧了。

"遇见"茶吧，倚靠在一段蜿蜒的城墙边上，如古时官帽似的身体，宛如投靠于悠远的天幕上。这场景，这名堂，一见之下，便让我感受到和茶吧名字一样余味无穷的意境，随之便派生出许多像三月一样美好的期许。

果不其然，酉阳诗人冉仲景等一干人的出现，着实让我领略了酉阳"人面桃花相映红"的美丽！

如果是在街上擦肩而过，你自会觉得"诗人"二字，与肤色有些黝黑、浑身散发着浓郁乡土气息的冉仲景相去甚远。可当你参加他新诗歌集子"米"的研讨会时，便会被他带着剧烈疼痛的白描诗句所折服：

"当我又一次拿起手机，附于耳旁，再也没有人叫我去买米了。许多年前，她生下我，剪断脐带，看我成长。现在，她抛下我，把我留在人间，独享浩阔的孤单。"

被他空灵的诗句所震撼："月亮这位浑身透明的邮递员，送来一封用繁星书写的，让诗人夜不成寐的家书。"

不仅如此，最令我和师友们震惊的是，在短暂的三天时间里，他那厚道的口中发出的不只是巴巴实实的"要得、要得"的允诺，竟然还有节奏分明、强烈粗犷的摇滚乐。强烈的乐感和极具震撼力的歌唱，刹那间，便让平常自诩乐感尚可的我和师友们鸦雀无声。

面对激动的七嘴八舌，冉仲景忠厚地笑答："我童年放牛时，就一个人，天天这样对着大山唱的。"

这番话，把我带到了多年前的酉山上。一个面黄肌瘦的放牛娃，抬起头扯起嗓子，对着苍穹、对着山川撕心裂肺地呐喊，喊出了别出机杼的"她的信仰，是粮食，她的宗教，是米"的乡村摇滚乐；唱出了湿漉漉的"儿一声我饿，娘一声老天最爱作弄人，哽咽在笛孔里的那一声，是岁月的痛"的诗行……

在当天的接风晚宴上，"小仙女"鸿儿爱慕的颇有文艺范的"遇见"茶吧的管理者"歪哥"，随意取来的一片薄薄木叶，便让我们领略了酉阳人"歪得起才歪"的才华和热忱。次日，黔渝两地文友联谊会酣畅淋漓的歌舞，搅散了同在歪哥"遇见"茶吧进行的"酉州古城杯渝东南业余围棋对抗赛"。

我注意到，选手们无奈离场时，不仅没有半点愠色，反而报以热情的叫好和掌声。看着这一张张真诚友好的笑脸，我不禁叩问："是什么风，是什么土，竟让司空见惯的争执，悉数变成了玉帛？"

除了"歪哥"和"遇见"茶吧，还有我们寄宿的四合院（驴友之家）的管理者，"小仙女"鸿儿口中似乎不食当下烟火的"麻哥"，据说他中途离开高层会议的理由居然是为接待从未谋面的驴友。

最后，不得不提的是酉阳籍女子鸿儿，一位纯真得让尘埃却步的"小仙女"。

这位被我亲昵地称为"小仙女"的土家族女子，是位不理"离人心上秋"的主。她的心中只有唐诗宋词、旧雨新知、村歌社舞。可生活中，她也是个令人啼笑皆非的"奇葩"。

她曾在高速驾驶途中突然忘却生死，抛弃方向盘，张开双手为满山遍野的花海欢呼雀跃！她还会忘乎所以地冲进广场上的土家族摆手舞群，直跳到曲终人散，才想起3岁的爱子已不知去向。

可此番她却一改"马大哈"的做派，仅凭一己之力，便圆满地完成了组织黔地"三会"（贵州省写作、散文、诗歌学会）20余名作家，跨省赴她家乡酉阳的采风活动。此举在黔地文化圈内的影响，无异于一场不小的地震。

与酉阳短短的300余分钟的接触，我的遇见，宛若三月的桃花雨般纷纷扬扬地洒落心头。我不禁为酉阳造化出这般纯粹的、上善如水的生活态度而动容，更为酉阳的境界，栽培出众多才高行厚、非常所及的诗人、歌者而动容。

他们让我似乎找到了陶翁笔下"乃不知有汉，无论魏晋"的桃花源，想起了酉阳倾情推出的一张响亮名片——"世界上有两个桃花源，一个在您心中，一个在酉阳"。

不过，我仍感意犹未尽，想续上一句："人间有两个三月，一个在您梦中，一个在酉阳。"

且兰有朵石做的云[*]

——写在贵州黄平飞云崖

不承想，原本风流潇洒的云，何以做出这般惊天之举，竟然心甘情愿地到此地，把自己化成了石头！也不敢想，原本置身于热流井喷季节的我们，为何来到此地，就生出了通体清凉的感受！

这让人惊叹不已的境界，便是被明朝著名哲学家王阳明盛赞的"天下之山，聚于云贵；云贵之秀，萃于斯崖"的黄平飞云崖（亦称飞云洞）。

飞云崖系岩溶形成的一个巨大石穴，底部面积约 60 平方米，有 20 余米高。因其一壁神奇的巨型钟乳石酷似冉冉腾飞的层层云朵而得名飞云崖，距今已有近 600 年的历史了。2006 年 5 月，它作为明清时期的古建筑，被国务院批准列入第六批全国重点文物保护单位。

这块融汇佛、道宗教文化于一身，集自然风光、名胜古迹、民族风情为一体的旅游胜地，自明代以来，就吸引着众多名人骚客尽抒胸臆，留下了无数诗文、联语、摩崖、碑碣。

记得那日清晨，我和一干文友想一睹久负盛名的飞云崖之风采，便在那如烟似雾的霏霏细雨相伴下，直奔位于旧时黔滇古驿道旁的那处胜境。刚走过景区白色基调的砖石牌坊山门，众人便陡然地感受到，这里具有别处所未曾有过的清净。似乎这座飞云崖，是最具代表性的天然艺术画屏，有一双神奇的魔术之手，瞬间便抹去了人世间的一切浮躁和喧嚣。

山门内，苍翠袭人的参天古树的浓荫，覆盖在古建筑群的青瓦翘檐上，灰白色石板地面的苔藓上，传递出一片湿润而悠远的空碧。不知是雨天还是

---

* 2016 年 9 月 9 日载于《西部开发报》，同年收录于散文集《且兰黄平》（汕头大学出版社，2016 年）。

此行过早的缘故，当时景区内空无一人，使此地更透出一番"曲径通幽处，禅房花木深"的清韵。

我置身其中，初时的游览之心早已化成仰慕之情。众文友行走于依山就势构建的古建筑群及其园林之中，悉心品读着色彩斑斓的月潭寺，寺内有如箫笛般清越优美的长亭，还有生就"巧笑倩兮，美目盼兮"的古典美女神态的滴翠亭等，那些古朴典雅的景观，使人一路上不敢放声。

可是当接引阁旁那条被青苔洇染得有些泛青的石阶路把众人送到飞云崖前时，文友们的情绪，却似百年不遇的洪水漫过了围堤，一声又一声发自心底的赞叹瞬间打破了此前的肃静。

眼前，自崖脚向穹顶升腾的钟乳石，千姿百态、栩栩如生。其中，崖顶的一只可爱得让人顿生爱怜之心的雄性小犬，正殷勤地向雌性小犬倾诉着爱意。心情迫切的它，竟几乎将鼻子贴上了对方的嘴唇，感到十分幸福的小母犬，舒心地闭上了双眼，那模样让我这局外人一眼便看出，它已在爱河里一沉到底。不远处，还有三只小狮子扭在一块活泼地打闹，既顽皮，又憨态可掬……

望着望着，这些玲珑诡异的石云，开始在我身边如流水般行走。喜不自胜的我，一会儿驾着祥云逍遥地遨游，一会儿又身着云裳，且歌且舞，衣袂飘飘。无奈，身边的一声赞叹，惊醒了我的美梦。

我回过神来一看，崖壁上还刻有"飞云岩""天下奇""云山胜景""云中佛境""云停水立""如登普陀""望云""归云"等摩崖，细数起来，竟有22处。此外，还有借残片镶拼复原的清乾隆年间权臣和珅写的《飞云崖诗》等碑刻。

和珅的名字，这些年在影视剧里被炒得火热，他是大贪官，但也曾是内阁首席大学士。现存飞云崖的这块残碑，是乾隆四十五年和珅到云南查案路经此地时，留下的一首长诗的序文。和珅在诗序中赞飞云崖为："嵌空玲珑，如云下垂，如蛟起舞，又如青蚨万朵，缭绕于烟霞紫翠间，疑神工鬼斧亦不能造此瑰异也。"

再观看遍布景区的明清两代其他文人的题咏，我不禁由衷地竖起大拇指，为飞云崖这个"文化富矿"，点了一个赞。

时间在欣喜中总是溜得特快，不觉已到正午。雨过天晴，步出飞云崖时我忽闻蝉声大作。这些夏日的小精灵们，不知隐于浓荫何处，其富有节奏感的歌声清亮而动人，令众人如同身临"高蝉多远韵，茂树有余音"的诗意里。不过，我认为，这些在树上蜕了皮后，通常只可以活1~6周的小精灵，它们穷尽一生来放声高歌，应不止于文艺表演。它们似乎在借"知了，知了"的美妙和声，想告诉来客些许隐秘。

思忖片刻后，我也知了：这是在告诉我们，团结和睦，协作互助。你看，飞云崖内，构建于明正统八年（1443年）的月潭寺，其中西合璧的牌坊上，就绘有寓意"各族人民大团结，世界文化大融合"的中国结。每年农历四月初八，这里还有充分展示西南地区少数民族浓郁风情的芦笙会。在这三天的会期里，多个民族载歌载舞，表演吹芦笙、民间杂技、山歌大赛、斗牛、赛马等异彩纷呈的节目。

我还知了：晚清著名诗人郑珍，当年为此地写出"扶舆灵秀各有分，贵州得此一朵云"的名句时，那番庆幸乡邦得此仙境的心情，是何等的喜悦痛快。

同时，我更加知了：林则徐当年路经飞云崖时，为什么会有"吹落山泉作钟磬，秋色满岩云有声"的感受。景物迎风，既跃跃欲试，又有色有声，到此一游的我们，不是也生出了一种作势欲飞的奇思妙想么？

舌尖上的郎岱[*]

五月，我和一干师友在艳阳的热情关照下，沿牂牁江且行且看，从毛口渡行至西嘎码头，再到郎岱古镇，染得两袖古色古香。

与阳光亲密接触了快一天，体内的水分和能量开始溜走，大家的脚步也变得有些疲沓起来。此时，郎岱的同行们，似乎已揣摩到人们的心思，便提议大家去品尝一下当地特色小吃，他说："不吃郎岱凉粉，可为一大憾事。不尝岩脚醋，可为一大傻事。"他的话还真的产生了望梅止渴效应，大家的脚步不由地轻快起来。

我们一走进老街口的夜郎凉粉店，刚坐定不久，一碗碗红白相间的红汤凉粉便被陆续端上了桌面。一时间，满室寂然，耳边唯余"哧溜溜"的吃粉喝汤声。

由于我坐在尾桌，轮到我端碗时，师友们碗中的粉丝几乎已经见底，可大家仍然对碗中的汤汁俯首称臣，迟迟不肯抬起头来，这与之前斯斯文文的学者、作家形象大相径庭。在我看来，那感觉，好像是在品读一篇篇耐人寻味的美文。

我发现，邻桌的摄影家竟一口气连吃了两碗，而且，还有些意犹未尽。我身旁的那位副教授小妹，端着碗噘起樱桃小嘴喝汤时，那满脸喜不自胜的样子，让人顿生"此汤只应天上有，人间难得几回尝"的联想。见状，我赶紧举起相机，把大家的吃相悉数搜罗其中。

说实话，未入口前，我对这四不像的凉粉并不看好。因为说它是凉粉吧，

---

[*]　2013 年 8 月 2 日载于《贵州日报·27°黔地标》；同年收录于散文集《牂牁胜境　夜郎六枝》（汕头大学出版社，2013 年）。

粉丝却大半被淹没在汤里头，像被洪水包围的一座孤岛，与我平时见惯的干拌凉粉迥然不同。可是，这汤多粉少的凉粉刚一入口，一股透心的凉爽瞬时将我的五脏六腑征服，之前的困乏干渴，登时烟消云散。

所谓豌豆凉粉，是由淘洗好的优质豌豆，经细心磨制、打浆、提取淀粉熬制而成。其色泽如玉、骨细肌滑，是女人平素喜爱的小吃之一，但也正因受其冰肌玉骨所累，吃起来反而没有俗称"米豆腐"的凉粉那样绵柔入味。然而郎岱豌豆凉粉却不是这样，它不仅滋味可口，其口感更是香而不腻、软而不散。这滋味，于我来说还是平生头一回品尝，一口下肚，便有欲罢不能之势，我也很快成了它的"粉丝"。

最让我回味无穷的，还是那一碗拌粉的汤。这汤呈棕红色，酸中带甜，凉中带香，只喝了一口就让人神清气爽、舌齿生津。现在想来，我的吃相一定比师友们好不到哪去，只是众人没我这般喜好拍摄而已。

我禁不住发问，这是什么汤？那位富态的老板娘笑答，这是六枝岩脚醋。顿时，之前满脑子的问号得以破解。

醋这种佐料，因与女子有关而得以光大。"吃醋"二字，自唐代以来，不论是贬是褒，常与女人结缘。可此次六枝之行，却改写了吃醋的历史，因为同行的男同胞，不仅将碗中的醋汤喝了个精光，有的还另外追加了一碗醋呢！难怪当地流传着这样一句顺口溜："走千家，串万户，谁不爱吃岩脚醋！"

郎岱凉粉之所以美味，就得益于岩脚醋这个好搭档，而岩脚醋之所以香醇，又源于本地清甜爽口的泉水。

细想起来，是大自然的恩赐，促成了这对好搭档的珠联璧合；是当地人诚信经营的美德，成就了这款地方名小吃；是这些名小吃的美味，使我享受到了舌尖上的郎岱。

读　你[*]

——给神奇的韭菜坪

初夏时分，白茫茫的大雾铺天盖地，将大韭菜坪掩盖于咫尺之间。被雾气深情缭绕的人们，瞬间便进入到飘飘欲仙的境界。此情此景，给原本奔紫气漫天的韭菜花海而来的我带来更多的惊喜，自然而然地想起了苏轼那"欲把西湖比西子，淡妆浓抹总相宜"的诗句！

位于贵州省毕节市赫章县城南部兴发苗族彝族回族乡境内的大韭菜坪，距县城 30 千米，面积 80 平方千米，主峰海拔 2777 米，为贵州省西部第五高峰。令其闻名遐迩的是其长在山顶的十万余亩野生韭菜，每到中秋时节，那紫蓝色花朵造就的是堪称勾魂魔境的"天上花海"奇观！但眼下不是韭菜花开的晴好秋季，因此，我和文友进入韭菜坪景区时，只看见一条宽 2 米左右的观花步道，从茫茫的白雾中伸出的一双木色如洗的手，招呼着众人向观景最佳处花影亭行进。

一路上，我瞧着韭菜坪一副以白纱掩面、静如处子的温柔模样，有些忘情地生出几许"天人合一"的思想。我不觉放慢脚步且行且珍藏，直到发现前面的步道开始一分为二，而不知何时，本地的同仁和大部分文友已消失在浓雾里。看着没几步便插入云端的步道，原本哼着梦幻曲信步的我，不由得倒抽了口冷气，费力地整理着骤然被这温柔乡的背面弄得有些凌乱的心房。好在不一会儿，雾中便隐隐约约地传过来文友们的声音，我循声走至几十余米开外处，便看见位于主峰之巅的花影亭欲藏还露地掀开雾纱的盖头，浅笑嫣然地给众人道着万福。

鱼贯而入的文友，让小巧的花影亭看起来十分地心满意足。只是原本为

---

　　* 收录于散文集《作家笔下的赫章》（团结出版社，2017 年）。

放目花海全景设计的花影亭四周，雾气似一位神奇的魔术师，把一顶白茫茫的大纱帐摁在天地之间，令人看不清、摸不透。如同披上了白色隐身衣的众人，朦朦胧胧地浮在半空，仿佛在虚无缥缈的"仙境"中漫游。不仅如此，雾气还任性地四下抛洒细小的银色水花，没心没肺地把众人的青丝变成了"白发"。

虽然，我们没有饱赏万亩野花紫衣舞的眼福，但这别致的时空，却有着令人思想自由驰骋的另一番佳境。我想，眼前这些被打上生活烙印的雾，它们不仅和飘逸在蓝天上的高不可及的白云长得一般模样，且究其根源也都是空气冷却而饱和凝结的产物，只因其盘踞在地面附近，便失去了升腾为云的高贵。哎！如果雾也能阅读大自然这部生命百科全书，那么，它们是兀自"怨天尤人""愤世嫉俗"好些，还是抱着"淡泊以明志""宁静以致远"的心思更好些呢？

忽然，沉浸在我见犹怜感叹中的自己发现，雾中的文友们影影绰绰的身影已宛如仙子般曼妙。这人与雾合成的神奇画面，顿时驱散了我胸中的暗影。更发现，这些雾不仅有宁静淡泊的形，还有轻松自如的态，与当下人们追求的宁静致远的愿景，颇有几分相似。这些新发现，当即让我因刚才的感叹而陷入"天下本无事，庸人自扰之"的自嘲中。

想来文友们对这无忧无虑的境地也颇有感触，因而在作别花影亭的"全家福"合影中，竟不约而同地再造了一座既生动又热烈的花影亭。照片中，被雾气包围着的文友们笑逐颜开，身心舒展。蹲在前面的文友形似亭座；直立于台阶下的我和几位文友，状如亭柱；中阶上的文友手臂张扬，势如翘檐；上阶的文友则昂首挺胸，态如亭盖。不过，时至今日，我看见这神来之作仍不住地思量：究竟是这片神奇的土地有独特的感召力，还是文友们读懂了这片土地的神奇呢？

原路踅回的途中，一路有说有笑的我突然缄口，双眼圆睁大有要穿透浓雾之势，直到近前看清那团在雾中蠕动的物体原来是同行的一位摄友后，才又"扑哧"一声笑了出来。欢笑间，我猛然看见了等候在路边的中巴车，心头瞬间涌出了对这片即将辞别的土地的眷恋。眷念这片得天独厚的神奇土地，它独有世界上最大面积的野韭菜花带，且是全国唯一的野生韭菜花保护区，还有着令我今生初次邂逅的大雾。

　　我静静地看着大雾，感觉它似乎想用自己白如雪、大无比的胸怀包裹住所有，让人们看不清，也不去想来路和归途，只管脚踏实地地一步一步地前行。再看那路边令摄友置众人笑闹于不顾，一个劲拍个不停的野韭菜苗，这些20厘米左右高的，长着二三片绿叶和一束红穗的野韭菜苗，其实不算美，也不够壮，但顶着一头雾水的它们，却是格外的欣荣。

　　想着这些承蒙雾水滋养的野韭菜苗，在日后合纵怒放时创造的漫天辉煌，再想想身边这些洁白高雅得令人"仙游"的雾，那鲜见的静好和博大的胸怀，顿时让我读懂了韭菜坪的神奇，这是一片令人与大自然宁静致远的家园，这高雅别致的云天雾地，正是这神奇的土地继浓妆艳抹的"天上花海"后，呈现给人们的另一片沅芷澧兰的"天上花海"！

奇哉，野洞河*

　　这里有着如唐诗般飘逸、豪放、纵横捭阖的诗情及清丽和婉的画意，更为人们带来返璞归真的欢乐。这里是中国独具特色的体验性旅游胜地——幽深神秘的野洞河！

　　野洞河景区位于黄平县野洞河镇的野洞村，距黄平县城 28 千米，河道全长 18 千米，洞中漂流的距离约 150 米。景区素有"贵州洞中绝漂"的美誉，2005 年被中国旅游协会评定为全国十佳漂流旅游区，2006 年 9 月被评为国家 3A 级旅游景区。

　　初时，我并未萌生漂流的念头，因自己从不曾有过洞中漂流的体验，更何况这还是个被冠了"野"字的水洞。可禁不住好奇心的怂恿，我最后还是和其他 5 名文友，共同经历了一次让我至今都难以忘怀的漂流之旅。

　　皮筏一入航道，我便漂进了郑板桥"泜水清且浅，沙砾明可数。漾漾浮轻波，悠悠汇远浦"的意境里，感觉自己恍若在一匹光滑的绸缎上漂移，抑或在一面镜子上滑行，更有了一种时空静止的幻觉。我心中瞬间涌出一阵强烈的、想找回存在感的冲动，不禁伸出手去触摸了一下清澈文静的河面。倏忽间，一只长着白色翅膀的黑色水鸟，轻快地从峰峦叠翠的此岸，抵达鸟语蝉鸣的彼岸。当它飞过皮筏前时，那双扇动得似风扇般飞快的双翅，瞬间俘获了我的心。我一边目送它一边想，这应当是只越战越勇的鸟儿，否则，个头和燕儿差不多大小的它，怎么可能拥有一双如此坚强有力的臂膀！于是，我便询问这鸟儿的名号，护航员说："这是只以捕捉河中鱼虾为生的水鸟。"

＊ 2016 年 9 月 23 日载于《遵义晚报》；同年收录于散文集《且兰黄平》（汕头大学出版社，2016 年）。

如此回答，似乎令人感到些许遗憾。正惋惜间，我又被这片怡人的风光送进了杜甫笔下"清江一曲抱村流，长夏江村事事幽。自去自来堂上燕，相亲相近水中鸥"的诗情中了。

我们顺流而下不久，这诗情就被迎面跑来的浪头打醒了，层层叠叠的小波浪像一群欢蹦乱跳的孩童，他们伸出清凉的小手，频频地朝我抛来一串又一串水淋淋的"欢迎词"，弄得坐在皮筏上的我，脸上满是水滴，不由得连连发出短促的惊叫。待逐渐适应小波浪的见面礼后，我便开始寻找同行的文友。同行的 6 人，除我和另一女文友由护航员掌筏外，其余 4 人则是分乘 2 只皮筏自助漂流的。我眼见自助漂流的一只皮筏，一会儿豪情满怀地去冲撞河中的礁石，一会儿又委委屈屈地钻进岸边的灌木丛，逼得皮筏上的两位文友使劲地左推右搡，眉眼都皱在了一起。另一只皮筏，也好像使足了小性子，它一个劲地在河心盘旋、打转，就是不肯前行。可筏上的两位文友却神态自如，毫不惊慌，他们是本地人，想来与野洞河早已是旧相识。再看坐在护航员皮筏上的青年女文友，她则半推半就地接受着浪波的亲近，时而发出一两声娇嗔。

正相互打趣间，一路优哉游哉的护航员突然正经地喊了一嗓子："小心哟，进洞了！"话音刚落，神秘莫测的下野洞，便出现在我们眼前。进洞后，我瞬间感觉水位高了许多，水流却平缓了不少。幽深的溶洞，低处约 2 米，狭窄处仅容一只皮筏通过。皮筏在黑咕隆咚的溶洞中缓慢地曲折漂移，恍如在探索地心的脉络，让人感觉有些忐忑不安，再有遍布洞中的暗瀑，冷不防地兜头直浇。一时间，不知如何是好的我便埋怨护航员为何不躲开这些水流。护航员却笑着说："我自己也被淋了呀。呵呵，你就把这当成享受嘛！"细想起来，此话也确实不假。这历经沧桑巨变的溶洞里，水淋淋的石帘与石幔挂了满顶满壁，它们大小形状各异，有的附壁攀岩凌空高悬，有的如珠链将天地串联，最难能可贵的是，偶尔还能见到令人惊喜不已的银白色的石幔和石帘。暗瀑水从石帘、石幔间不断流淌，形成大大小小的水链和水帘。皮筏经过时，水瀑或浇或淋的做派，极像一干老道的水手，他们有的蹑手蹑脚地笼络你，有的却五大三粗地打得你直叫喊，使得你既要点头哈腰地回避身前奇形怪状的岩石，又得四处躲闪头上出手不凡的水手，格外刺激。因而，此起彼伏的大呼小叫声，一路开心地跟着落汤鸡似的我们，直至出洞后才停歇。

出得洞来，嗓子喊得有些嘶哑的我们仍是兴奋不已，就连平素不苟言笑的两位男文友，也直呼"痛快！痛快"，在洞口来了张开怀大笑的合影。原以为本次漂流到此便画上了句号，不承想，野洞河继丽水和秘洞之后，又给了我们一次惊喜。这惊喜来自有"玉女瑶池"美称的飞水崖瀑布。下行5分钟左右，见一英雄的山泉水视死如归地从近500尺高的峭壁上垂直地跳下谷底的落裙潭，其一路即兴抛洒的万斛珍珠，在阳光下熠熠生辉，在清风中如雾似烟，我不觉心中一动，遂将李白的《望庐山瀑布》涂改成"日照飞水生云烟，遥看瀑布挂前川。飞流直下数百尺，疑似银河落九天"。

我揣着这份心思回头看时，竟然发现，逆光中的飞水崖景点，其侧影已变成了一位儒雅的、沉溺于读书的长者。更为奇特的是，在这位席地而坐的读书人身边，居然还有一朵铅色的、酷似读者小影的云朵。

这奇异的影像，令我突然想起了"腹有诗书气自华，最是书香能致远"的名句，也明白了这一路漂来的秀水、奇洞、奇石、奇瀑何以精美绝伦得近似神化的慧根，于是，我心中不由得大赞：奇哉，野洞河！

青青爱情树[*]

　　在我入住盘县（今盘州市）普古乡娘娘山国家湿地公园陶源酒店的当天，优美如诗画般的湖光山色便潜入了我的梦境。当晚，我梦见远在意大利小城维罗那的罗密欧与朱丽叶，来到了我国"最美生态旅游示范县"——贵州省六盘水娘娘山国家湿地公园。

　　这对生死与共的情侣，神迷于公园里山水相依的缠绵，心醉地在明镜似的银湖上引吭高歌："有个太阳，比这更美，那就是你，那就是你……"这用生命讴歌圣洁爱情的赞歌，热烈得让凉薄的深秋赶紧收捡风衣，不敢再做萧瑟状。

　　蓦地，原本和颜悦色的天公突然板起脸孔，恶狠狠地抽出一把凶残的利剑，对着二人一阵猛刺。罗密欧和朱丽叶平静地携手迎接劫难，神情宛如一对接受生命洗礼的婴儿。剑光过后，酿成二人殉情悲剧的凯普莱特和蒙太古两大家族痛悔万分的悲声充斥了整个梦境。

　　梦中的我，不记得是泪是雨，只记得淅淅沥沥地，打湿了天，打湿了地，打湿了人心。不禁触动了自己尘封之事，一阵揪心，遂告梦破。

　　窗外，一场大雨刚刚歇息。雨水清亮的身躯，似乎有些害怕别离，紧紧地贴着黑油油的沥青路，慢悠悠地不肯离去。随意浮动的水汽，似白色的纱罗，温柔地缭绕着俊俏的群山和树木。这梦幻般缥缈的情景，复活了唐诗"灵山多秀色，空水共氤氲"的意境。我顿感神清气爽，不觉放下心事，起身追梦而去。

　　景区的清晨如处子般安静，空气清新得让人忆起初恋的味道。眼前，醑

---

　　[*]　2015 年 12 月载于贵州省六盘水市盘县《印象娘娘山》杂志。

睡在我下榻处陶源酒店左侧的"娘娘"，时尚的小 V 脸上，一只椭圆形的大耳坠，显得十分的高调，笔直的鼻子，似有轻微的呼吸。雾中的她似乎还有些风情，一会儿借得轻纱遮眉眼，两片丰唇欲语还休；一会儿又抬起精巧的下颌，施展着"眉如青山黛，眼似秋波横"的妩媚。

突然，正在感恩大自然奇异馈赠的我发现，距娘娘山约百米之远的银湖上有一座小岛。这小岛不倚不靠、不枝不蔓，给人一种高洁如莲的感觉。这份圣洁，一下子抓住了我的心，不知不觉间已经直奔它而去。

这座独立于银湖中央的圆形小岛，3 平方米左右。它的平面和立面，大部分用银白色的硬化体铺就。岛上有 3 棵极为普通的树和树周的一圈圆形草坪。除此之外，便是约 0.3 米高、围岛一周的木栅栏，再无他物。

从全岛洁净如洗、整齐划一，且不与陆地有丝毫牵连的格局来看，小岛的功能与我的感觉相吻合，这正是一座"只可远观而不可亵玩"的莲台。这让我很是纳闷，本应追求利益最大化的旅游景区，何以把这最能激起人们"对月把酒，抚琴弹奏"雅兴的佳境，封闭成一个既无观赏价值又无实用价值的去处呢？我继而再转念揣测，或许，这里有着某个重要的纪念意义吧。

我的揣测，很快便在女导游的口中得到了证实。不过，具有纪念意义的不是湖心的岛，而是岛心的树。原来，不知从什么时候起，这里就流传着一个凄婉的、中国版的"罗密欧与朱丽叶"的爱情故事。

据说很久以前，一个美丽的彝族阿妹"阿呷"和苗族阿哥"大龙"深深地相爱。囿于异族不能通婚的族规，阿呷和大龙只能偷偷地私会。一个月光似水的夏夜，俩人请皎洁的明月为媒，邀清亮的河流为司仪，私自举行了既简单又隆重的婚礼。沉浸在新婚喜悦中的阿呷，深情地吹起了动人的口弦，幸福的大龙哥，欢快地跳起了热情的芦笙舞，河水开心地献上"哗啦啦"的祝福，明月还送来了丰厚的嫁妆：银项圈、银手镯、银手链，还有银色的纱帐……天地间，一片银光闪闪。

突然，彝族族长带着一帮族人，凶神恶煞地向二人扑了过来。刹那间，从甜蜜中惊醒的阿呷深情地看了一眼迅速挡在自己身前的大龙哥，含泪说了声："别管我，快跑！"便纵身跳进了哗啦啦的河流中。心如刀绞的大龙哥一边大声呼喊着"阿呷，阿呷"，一边跳入河中奋力向阿呷游去。可就在阿呷入水的瞬间，河水突然开始怒吼，巨浪滔天，河面上很快便没有了俩人的身影。

被二人毅然殉情的决绝惊得呆若木鸡的族人，只看见一枚彝族的口弦和一把苗家的芦笙在汹涌的波涛中冲浪、起伏……第二天，岛心便并肩地生长出两棵5米左右高的树。次年，中间又长出了一棵约3米高的小树。人们传说，阿呷和大龙化成了大树，小树则是俩人的爱情结晶。从此，淳朴高洁的爱情树，便在当地人们的心中开枝散叶，经年常青。

后来，一位陶姓苗家汉子也被这凄美的爱情故事深深打动，他拦河筑起一道大坝，将奔腾的河流驯服成微波粼粼的银湖，不让世俗的风暴和封建的礼法再惊扰这对恩爱的情侣。

他还建起环岛一周的栅栏，拦截所有轻浮的脚步，将至高无上的尊严和呵护，献给了这象征着崇高圣洁的青青爱情树，期望它在人们心中繁衍、升华，长成无数棵博爱的参天大树！

桃之夭夭　灼灼其华[*]

那日，我和众文友在淅淅沥沥的冷雨追随下，参观完毕节同心工程的标志物"江南同心广场"正准备启程时，却惊喜地发现，不知何时，一篮篮娇艳欲滴的樱桃，已被主人静静地摆在了路旁。

这些鲜红得堪比玛瑙的樱桃，活泼泼地给灰蒙蒙的雨天添上了一抹亮丽的色彩。樱桃的香甜，本就令人垂涎三尺，现在又闻得赫章已荣获"中国樱桃之乡"的桂冠，众人便纷纷拜倒在这一团团"红裙"之下。

文友们屈膝伸手，将一颗颗珠圆玉润的樱桃纳入口中，似在寻找初恋的味道。见状，我也忍不住俯下了身子，看着这些鲜嫩得吹弹可破的樱桃，我心中倏忽生出唯恐捏痛她们的顾虑，于是我只敢用拇指和食指轻轻地拈起一颗试味。谁知尚未入口，她那柔软而富有弹性的身体和送到鼻端的那一阵淡淡的甜香，便让我收获了一份与别处樱桃滋味大相径庭的欢喜。不止如此，更讨人爱恋的还有它那鲜亮洁净得几乎透明的肌肤。此番见闻，令我对荣获"春果第一枝"美誉的赫章樱桃的绿色环保成就深信无疑。于是我便果断放弃了"先洗后食"的饮食习惯，直接将这尤物送入口中。更不承想，这汁多味美的樱桃一入口，竟如兴奋剂一般令人齿舌生津，瞬间将人在旅途中的困乏全部消解。

清甜鲜香的果汁，喷醒了我沉睡多年的记忆，也勾起了我的无边遐想。我想，赫章樱桃的品相，正与那位"集三千宠爱于一身"的贵妃红唇绝配。如若当今也有一位倾国倾城的佳人，那么樱桃小嘴含樱桃，会不会又引出一首传唱经年的"长恨歌"呢？

想到这里，我不由得对赫章樱桃有些惋惜，心想，倘若你在唐朝，凭你

---

[*]　收录于散文集《作家笔下的赫章》（团结出版社，2017 年）。

这汲取天地精华的营养成分和香甜多汁、貌如美玉的品相，杜牧那首"长安回望绣成堆，山顶千门次第开。一骑红尘妃子笑，无人知是荔枝来"的诗句，或许就会改成"无人知是樱桃来"了！

我不过转念又想，贵州赫章樱桃如今已誉满中华，芳名遍及千万里，娇小可爱的她，不仅是赫章百姓唾手可得的福利，更是挑起富民强县大梁的红娘子！这等体面，大概是那因贵妃宠爱而一时得意之物所不能望其项背的吧！

中国历代文人贤达皆爱樱桃，为此流传下来了许多关于"樱桃"的诗文。比如唐代白居易的诗《吴樱桃》："含桃最说出东吴，香色鲜秾气味殊。洽恰举头千万颗，婆娑拂面两三株。鸟偷飞处衔将火，人摘争时踏破珠。可惜风吹兼雨打，明朝后日即应无。"诗中所言的"含桃"，便是樱桃的别称。据说，樱桃之名就是人们发现这"火珠"似的鲜美水果，时常被黄莺偷含在嘴里而得名。

除白居易外，宋代蒋捷的词《一剪梅·舟过吴江》中"流光容易把人抛，红了樱桃，绿了芭蕉"的名句也传诵千古。这首词里，既有对明媚鲜妍的樱桃的赞誉，又有对春光易逝、韶华一去不回头的感慨。这也勾起了我的一段记忆。我与樱桃的初会，是在童年时分。但这初会并非出自味觉，而是来自一首优美的电影歌曲："樱桃好吃树难栽，不下苦功花不开。幸福不会从天降，社会主义等不来。莫说我们的家乡苦，夜明宝珠土里埋。只要汗水勤灌溉，幸福的花儿遍地开。"我细细想来，这首名为《幸福不会从天降》的歌曲，不但旋律优美动听，其主题词"只要汗水勤浇灌，幸福的花儿遍地开"还极具感染力。因而，它不仅与我结下了半生缘，应当也是眼前这些勤奋的赫章人，为改变家乡过去"韭菜大坪子，荞麦过日子，要想吃顿苞谷饭，要等婆娘坐月子"的贫困面貌，退荒还林十万亩，砥砺前行十余载的创业路上笃行的信念。如今，赫章人已挖出了不少土里埋的"夜明宝珠"，"中国樱桃之乡"便是其中明亮的一颗。

我喜樱桃，喜她如红宝石般晶莹剔透的形体，喜她由特殊地理环境生就的甜美味道，更喜小小的她干出的"天之樱海、百果之娇"的大业，让这片古老而美丽的土地，山更青水更绿，让远方的游子和赫章的乡亲们，看见了山，望见了水，记住了乡愁！

"桃之夭夭，灼灼其华"，原是诗经中借鲜红如火的桃花来描写女子美貌的诗句，而今，我却认为这是把智慧和汗水化为"赫章之味"的功臣们荣获的赞誉！

山根写意*

——老王山下记行

　　颇具王者风范的六枝老王山，千百年来流传着许多神秘的故事。不仅那山腰上的月亮洞是夜郎王的地宫之说让我景仰；还有那巍峨雄峰踏进江水的巨足——山根，也同样让我震撼。这双被牂牁江水冲刷淘洗的大山之脚，似一本无字天书，承载着许多让人难以释怀的悲壮和凄美。

　　我来时正是枯水季节。枯水期的毛口乡（今属牂牁镇）牂牁江码头，活像一只待在江边的秃鹰，它凶猛地张开大口，准备捕食江边的两条"大鱼"（小汽艇）。"鱼儿"似乎嗅到了危险的信号，赶紧分头游向江心，划出一个V字形的符号，就像秃鹰嘴里喷出的三尺涎水。这涎水逗乐了游人，也兴奋了整个码头。比平日矮了好几截的江水，此时没有了"黄河之水天际来"似的慑人之势，只有一江绿得让人心醉的碧波平静流淌。江水温文尔雅，且吟且行，似乎是想邀约游人一起浅吟轻唱司马迁"夜郎者，临牂牁江，江广百余步，足以行船"的历史记载。江边的老王山，此时也脱去云雾的华服，露出锈蚀斑斑的肌肤，让其君临天下的威仪骤然衰减。

　　我凭栏而眺，看着霸气十足的机动船恣意地剪碎江心的绿盖头，可怜这一江柔波，始终捂不住白雪似的伤口。更有那裸露的老王山的山根，无言地诉说着沧桑历史。这番瘦水秃山，勾出我一怀幽思。顿时，我眼前的高山峡谷、丽水蓝天，也便纷纷透出了"青山依旧在，几度夕阳红"的悲怆……

　　也许悲壮总是让人难忘，也许凄怆给人的感慨更多，上船后，当我的视线一触及江边血色的山根时，心，便立即忽略了一江软玉和高山峡谷的奇秀，而只是紧随着满脸沧桑的山根，跌宕起伏。

---

　　* 收录于散文集《牂牁胜景　夜郎六枝》（汕头大学出版社，2013 年）。

　　沿岸没有植被呵护的峭壁上，一条条被波浪冲刷出来的痕迹，记录着千百年来江水走过的姿态，我把这段江壁取名为"伏波岩"。仔细观赏伏波岩，我仿佛听见江水为适应生存而奋斗，不得不另辟蹊径的心声。这让我顿悟，路，不论是非曲直，只要想走，就无处不在……

　　另一处失去绿水滋养的山岩，贴出四五张被岁月扭曲的嘴脸，我给它定名为"怪脸壁"。这些怪异的脸庞双目紧闭，内心似乎聚集着千年怨气。他们一张紧挨着一张，阴沉沉的江风吹过，像在发出"世间万物，时光最是无情物"的不绝恨声……我顿作联想，既然深晓时光是座奈何桥，孟婆汤不论喝与不喝，都只能走过去，那么，今天的我们，时光待你，你待时光，又是如何？

　　正联想间，突然，我的视线被前方的又一处岩壁牢牢吸引。岩壁上无数个井然有序的列兵方阵赫然入目。肃然伫立的石兵，坚定而勇敢。他们一队队、一行行，好似在严阵以待地保卫这里的一草一木，我将此处命名为"列兵石"。

　　面对石兵高深莫测的巨大威慑力，我联想起古夜郎国的神秘幽深文化，不禁感慨："夜郎确实当自强！"一顶"夜郎自大"的帽子，被误戴了千年。正本清源，还夜郎一个清白，当是情理中事。

　　转眼间，游船已来到西嘎码头。我抬眼望去，岸上一棵因水位降低而复出的枯木，光秃秃、黑黢黢、死气沉沉地紧贴着蓝色的晴空。这阴与阳的对峙，强烈得让人惊心。可当我们走近它时，却又惊诧地发现，这棵全身泛黑、枝丫残缺的大树，居然又抽出了几丝新芽。

　　牂牁江沿岸的山山水水，它们用各自的方式，无言地诠释着沧海桑田的含义，让人不禁感叹：老王山下长长短短的时光，可谓惯看秋月春风；牂牁江边起起落落的波涛，堪称浪花淘尽英雄。

千秋一爱 *

——贞丰双乳峰记行

母亲，一个崇高、伟大的称号。她赋予我们生命，她为我们抽尽心丝，直至蜡炬成灰。她的呼唤，是世界上最动人的天籁。即便她已离我们远去，可她的身影，却永远闪回在我们的记忆里。

这不，此次参加贞丰"三岔河之秋"笔会活动之行，便给了我一次意外的惊喜。此行不仅让我饱览了诗情画意的风光，最难忘的是，在母亲辞世七年后，我在钟灵毓秀的双乳峰景区，又重温了母爱的深情。

入住贞丰的翌日，带着对双乳峰的向往，我和两名文友在黎明前的黑暗里，深一脚浅一脚地摸索着登上山顶，好不容易才找到拍摄的最佳地点，却懊恼地发现，已有5个捷足先登的相机脚架正背对着我们冷笑不已。幸好相机脚架的主人们都比较和善，大家彼此谦让着、鼓励着，在与凛冽的寒意抗衡、同漆黑的夜空对峙中，切切地关注着山的那边，期待着"大地圣母"双乳峰的光影轮廓出现。

终于，天边泛出了一抹浅红，引发了大家的一阵欢呼。然而雾气太重，像一袭乳白色的帐盖，严密地罩住了双乳峰。说来也奇，这雾气本来浓淡不一，飘浮不定，可是不知为什么，偏就双乳峰这块最浓、最厚。我想，它也许是在启示人们，这是块神圣的净土，来朝拜的人们必须屏气凝神，做足这顶礼膜拜的功课吧！

想到这，我不禁忆起好友津津乐道的一段轶闻趣事来。他说，自己曾亲眼看见过一群缅甸游客见到双乳峰后不仅立即下跪，还施行了三叩九拜的大

---

* 2013年1月16日载于《劳动时报》；同年载于《北盘江》文艺双月刊2013年第1期，贵州省贞丰县文联内刊。

礼。我不解地问："这是为什么？"好友用诧异的目光扫了我一下说："大地母亲啊！"

说实话，我当时有些不以为然，心想，不就是座山嘛，至于吗？直到我亲身登临了这唯有鸟语和山光的静谧世界，面对这层神秘厚重的雾纱时，才不自觉地加入了身心合一仰望、虔诚静候神圣变幻的队伍。

头上，橘红色的云霞在深蓝色的天空中升腾成三道绚丽的彩虹，右前方小树的身影，在霞光里幻化为一排站得笔直的、纯净的、翘盼母亲的孩子……我感觉，自己仿佛也置身于这些"孩子"的行列里了。

突然，云雾半开，一对上半部惟妙惟肖的、丰润的、披着红色的霞光，下半部沉浸在白色云河里的乳房，顶天立地似的出现在我的眼前。此刻，古今中外有关"大地母亲"的词汇，变得分外生动形象。我仿佛重新回到了母亲的怀抱，只觉得山光显天性，峰峦入人心，万类皆无形，唯有母爱深。我赶紧虔敬地举起相机，和大家一起把这震慑人心的感动一一珍藏起来。

贞丰双乳峰是喀斯特地貌的峰林绝品。它占地 40 公顷，其双峰高度均为 1266 米，高出地面 125 米；两个"乳头"的高度均各高 10 米。其鬼斧神工的造型，酷似大地母亲袒露的双乳，被世人誉为"天下第一奇峰"，每年吸引着许多中外游客和地质专家前来观赏考察。

沿着蜿蜒的石板路，我们来到双乳峰下，只见一泓清水，静静地把双乳捧起，一股温馨的气息伴随着清新的山风四处飘荡。顿时我的双眼、我的心田蓄满了依恋，便情不自禁地走近水边的双乳峰旁，对着相机，迎着朝阳，让双乳峰和我、我和大地母亲，永远地定格在一起。

不经意间，我发现双乳峰右边阴云密布，那里的山峰像一个仰卧的女子，遗憾的是，她只有一只乳房。原来，此处景观名为"养子不教母之过"，当地人叫它"残乳峰"。据说，她就是遐迩闻名的因养子不教被获死刑的儿子一口咬掉乳房的那位母亲。

我正扼腕叹息间，突然，朝阳把笼罩在残乳峰上的乌云撕开了一个洞口，灿烂的阳光像一只闪闪发光的金环，巧妙地戴在了乳头上。我一眼望去，恍若是上天恩赐，为残乳峰开了扇光明之窗，又像是残乳峰冲破了阴霾，重新哺育了光明！

这奇异的景象，仿佛在说，无论怎样，母爱都是一条流淌着爱和忧的长河！

　　冬天的山麓，草色尚未完全枯黄，柔柔的，绵绵的，或明或暗地从脚下一直伸向远方。我不觉忆起孟郊的《游子》诗："萱草生堂阶，游子行天涯。慈亲倚堂门，不见萱草花①。"

　　我俯身采下一株草，心中恍若生长出一片暖色的、属于东方古国的萱草花来。我把它捧在掌间，默默地祈祷：来年母亲节②，我心中的萱草花，能漫山遍野地开满双乳峰，让大地母亲春光永驻，冰雪消融！

---

　　① 萱草花，母亲花（又名忘忧草）。早在康乃馨成为母爱的象征之前，就被冠名为我国的母亲花。源于《博物志》："萱草，食之令人好欢乐，忘忧思，故曰忘忧草。"诗经疏称："北堂幽暗，可以种萱。"北堂即代表母亲之意。古时候当游子要远行时，就会先在北堂种萱草，希望母亲减轻对孩子的思念，忘却烦忧。

　　② 母亲节，公历五月的第二个星期日。

梨 韵[*]

在"梨花淡白柳深青，柳絮飞时花满城"的时节，我来过这里——贵阳市乌当区百宜乡醉阳春新西兰红梨基地。

那时，我痴迷地静立于梨树下，吮吸着"占断天下白，压尽人间花"之怡人清香，曾陶醉地对着满园的梨花说：金秋时分，我会再来。来时将邀一轮明月，亲吻你红红的笑脸，用文字把盏，和山村微醺。

今天，我又来了，只是为应梨园主人的邀约，没等到晚上，就与十余名文友，拽着秋阳的衣袖先来了。未能牵上月亮的手，我似乎有些遗憾，好似眼前这新西兰红梨一样，因之前阳光的疏漏，黄色比红色的略多了些。

不过也好，眼前的梨园已把梨花飘雪的悠然风韵演绎成了一派雍容华贵的棕黄。百树千树上，一只只、一双双沐浴在明艳阳光下的梨子，那与众不同的圆润和丰硕，掩饰了黄与红的色差。

放眼望去，漫山遍野的梨园子弟们，亲密无间地挤满千枝万枝，有的似猴子捞月般串联，有的耳鬓厮磨地缠绵，这般快乐甜蜜的生活，如此高调自由的亲昵，让文友们绕树三匝，手起手落，却不忍采摘。真是爱梨如人呀，我不禁忆起南宋《世说新语》中"亲卿爱卿，是以卿卿，我不卿卿，谁当卿卿"之类的趣事。

看着新西兰红梨甜美的笑脸，想起其身为梨园名门望族和味甘肉细的美誉，一文友忍不住伸手采下来一只，可她却不曾下口，转身就将梨递给了我。我也不忍下口，又将梨转给了她……于是，这只成熟的、圆满的、棕黄的梨子便被文友们轮番捧在手中，你谦我让，绘出了一幅幅"让梨"的传统美德

---

* 2012 年 9 月 30 日载于《贵州日报·27°黔地标》。

连环画……

一时间，开心的笑声和轻松的话语在金灿灿的梨园内，荡起了丰收的涟漪。

再过两天就是中秋了，望着身边如满月般浑圆的梨子，我不禁想起缺而又圆、悬挂于高空中的月亮，想着它虽有普照天下的清辉，自己却只有形单影只的冷清和孤寂，而这热闹的梨园里，少的正是那份清寂。我不由得心有所动，喟然长叹："明月啊明月，梨虽逊尔三分白，尔却输梨一段甘。"

这高处不胜寒的悲凉，又让我想起另一处"梨园"的祖师爷唐明皇。这位创造了开元盛世的一代君王与风华绝代的杨玉环来了一场惊天地、泣鬼神的旷世爱恋。可是那场"在天愿作比翼鸟，在地愿为连理枝"的恩爱，最后却以马嵬坡前"一抔黄土收艳骨，数丈白绫掩风流"的悲剧来结尾，由此引出"天长地久有时尽，此恨绵绵无绝期"的凄美诗篇和精妙绝伦的《霓裳羽衣曲》，至今还婉转在人们心头。

受此凄美故事的感染，2010 年我送女儿到西安参加全军招考时，曾独自一人登上骊山，上下左右地仔细寻觅那份旷世恩爱的痕迹。可是除了一块写着长生殿遗址的石碑外，就只有荒草萋萋了。

抱憾之余，我不禁慨叹："莫登临，登临不胜寒！"

时间已经过午，文友们的呼唤把我从历史上的"梨园"拉回到了现实中的梨园。

在红梨基地会议室内，飘香的土鸡火锅和适口的红梨让文友们胃口大开。尤其是清香细腻、风味独特的红梨，一入口就让我齿舌生津，好似一只清凉温润的小手，抚慰着我干涩的咽喉和肺腑。

离开醉阳春新西兰红梨基地时，我忽地觉得拎包变得有些沉重，当时忙于登车也没细想，直至回家后才发现，原来，那只重达 1 公斤左右，被文友们让来让去的梨子，居然笑盈盈地躺在我的拎包里。

顿时，文友的情谊像新西兰红梨的果汁一样，充盈了肺腑，平实的欢乐从心中溢出……

流连清白*

我心仪白色。无论是云是花还是泉瀑，是纸是墙还是衣裙，只要色白，只要清白无瑕，在我眼里，她们都是高雅一族的子民。

芳菲迷人的季节，矫健的燕子衔来一张请柬——乌当区百宜乡新西兰红梨基地邀我们去观赏梨花。啊，这正是赏清鉴白的好机会。欣喜的我无暇顾及路旁杨柳的挽留，别过山花的迷离，径直和一干博友驱车直奔50千米开外的百宜梨园。

四月的百宜梨园，醉了山，醉了水，醉了春风。山上山下，到处都是清妍满目，清香扑鼻。那亭亭玉立的梨树，高低错列，成排成阵。那晶莹洁白的梨蕊，如云蒸霞涌，蔚为大观；那连片的鲜白、润白，像雪，但比雪芬芳；那弥散的清幽之气，似梅、似杏，但比梅杏高洁。

此情此景，掏空洗净了尘世的喧嚣。我的心匍匐在地，朝圣般进入这清白盛行的世界。

眼下这处梨园里的新型树种，大都个儿矮，它们不愿攀高附贵，只求洒脱自由。一枝枝梨花如一只只玉臂高擎，一朵朵梨蕊水灵灵的惹人怜爱，许多人都情不自禁地仰首轻吻。大家或痴立树下，或流连花丛，只见镜头闪闪，只闻笑语声声，梨花海把人给吞没了。

我对着漫山遍野的梨花做深呼吸，一任白色的精灵那清新的气息透彻心扉。满身的疲惫被融化了，焦躁的脏腑被滋润了，我顿时觉得神清气爽、耳聪目明。

正陶醉间，一阵顽皮的清风不容分说地加盟进来，片片梨花随风飘逸，

---

* 2012年5月30日载于《贵州民族报·散文天下》专栏。

我扬手接到一瓣梨蕊，让她静静地躺在手心。我知道她不愿离开枝头，但又必须离开枝头，犹如出嫁的闺女。梨树舍不得她，但又留不住她，因此她清泪盈盈。我懂得她的心思，我把那一树树清白，一朵朵清雅，一滴滴清泪，小心翼翼地定格在相机里，收藏在心底。

百宜是个山清水秀的世外桃源。梨园左边，只见灿烂的菜花笑起了金黄的涟漪；右边，袅袅炊烟，正倾吐着浓浓淡淡的墨意。前边，葱茏的绿地眷顾着悠然休憩的水牛，还有几只小鸡正跟随老母鸡怡然自得地在农舍菜园随意漫步。后边，更有青山依恋着碧水，碧水又滋养着青山……百宜，真是个宜于清清白白做人、宜于清清白白创业的好地方。

正是这里的美丽引得凤凰来朝，俘获了一位河南汉子。3 年前，这位驰骋蓝天 20 载的天之骄子，惜别军营，惜别长空，扎根于百宜。这从军营来的河南汉子，把建设农村、美化农村的豪情壮志植入了这方净土。近千个日日夜夜，他甩开坚实的臂膀，迈着坚定的步履，不仅让新西兰红梨在此地生根开花，而且还吹响了"守百亩，破万亩，创业济世，益民扶贫"的冲锋号！

与河南汉子比翼齐飞的女主人，据说是筑城商界的精英，她有着一脸纯净的笑容、一方清白的心地。这对创业伉俪与梨花相映生辉，相知相守，众人都祝福他们是凤凰于飞，百事皆宜。

告别梨园时，那女主人再三相邀，中秋时节一定再来品尝甜蜜的果实。

我，到时一定会再来，来时还将邀一轮清白的明月，与红梨同醉，与山村同醉。

一炷心香*

——开阳禾丰乡香火岩峡谷景区游记

古往今来，大自然的神奇和幽秘，引发多少文人骚客和凡夫俗子的遐思与厚望。

携手绿叶婆娑的初夏，我和省散文学会的数十名文友，应开阳县禾丰乡政府的盛情相邀，驱车来到天地人和的乡境内，经历了两天前所未有的心灵洗礼。

有别于其他此前曾来过的文友，初来乍到的我，什么都觉得新鲜。那镶嵌在优美如画的十里风光长廊中的"玉水金盆"，那深厚的水东土司文化遗存，那浓郁的布依寨、苗寨风情，那云山茶海的翠碧蓊蓊……都让我赞叹不已。尤其是峡谷风景区的香火岩，它给我的不只是赞叹，而是一种罕见的、难能可贵的、包含着一种巨大张力的心灵震撼！

香火岩峡谷风景区位于开阳县城南的禾丰乡，距贵阳市 60 千米。景区已开通部分全长 8 千米，总面积 35 平方千米。它与著名的南江大峡谷、紫江地缝大峡谷，共同构成开阳县享誉遐迩的喀斯特世界公园。

我们来到香火岩景区时，正值上午时分，身旁只见危崖高耸，古木参天，溪涧潺潺，竹树葱葱。嶙峋石峰挽着写满墨绿的长藤和野草，不知名的鸟儿欢快地啁啾着欲滴的秀色。我们脚边清澈的河水疾徐婉转、抑扬顿挫地流淌，一如高雅的乐师抚琴弄韵，行吟千古。

那些突兀地站在峭壁上、安静地卧在河水中的奇形怪状的石头，有的像美丽的白云，有的似亭亭玉女，有的像硕大的黑蘑菇，有的似纤巧的玉莲花……特别

---

*　2012 年 8 月 3 日载于《西部开发报·西部文苑》专栏；2012 年 8 月 10 日载于《贵州民族报·散文天下》专栏。

是靠近岸边的一块巨石，像极了一个心事重重的少年，我喜不自禁地取出相机，打算日后把他晒在"博客"上，给光临"博客"的朋友们献上一份薄礼。

我把这块巨石命名为"维特石"，并为自己的这个意外发现而兴奋不已，还即兴胡诌了几句顺口溜：

溶洞奇石见不少，此水石像独又巧。

小小心中忧何事，少年维特真烦恼。

氤氲的水汽，给峡谷披上了一袭乳白色的、随风飘动的轻纱。蜿蜒的小路边，不时有妩媚的野花和鲜艳的野果探头探脑，含笑相迎。湿润润的空间，洁净如洗，一尘不染；湿漉漉的诗意，曼妙静谧，翠色欲滴。三三两两的文友轻走慢行，移步换景，与山水林石互为友朋，融为一体，闲适而又祥和。

我们转过几个弯道，突然，一座横空出世的陡立山峰逼得河水改道，也猛地截断了我们的视线。我们不得不停下脚步来打量，只见山峰正面，刀削般笔直的峭壁上，镶嵌着一座硕大无比的石质神龛（香火岩）。那神龛方方正正，规规整整，凹立于石壁间，不仅是天造地设，且大气磅礴，万象森然。两旁青青苍苍的林木，似无数炷高香遍插在神龛左右，而峡谷中袅袅浮动的水汽则恰似香烟缭绕，变幻无穷。更奇的是，此段河面，林立的怪石荡然无存，湍急的河流变得平缓而安静，仿佛也在虔诚地以心礼佛，诵念经文。

面壁肃立于神龛前，庄严感油然而生，我的心强烈地感受到震撼。真是"一花一世界，一叶一菩提"啊！顿时，我双手不由自主地合十，心中也自然而然地焚起了一炷圣洁的心香。

这神秘的大自然奇观，同样也震撼了其他人的心灵。一时间，同行的文友们也一个个地肃然而立，毕恭毕敬地合十顶礼。顿时，峡谷中仿佛升腾起一团天地人和的瑞气。

眼见禾丰美丽神奇的山川虽然得天独厚，但因地处深山，至今却仍属省级一类贫困乡，犹如一位养在深闺无人识的美妙少女。我不由得顿悟：机遇属于有准备的头脑和务实求进的身手。当地政府拟大力开发旅游以促进两个文明的发展，无疑是因地制宜的明智之举。

我由此也想到，香火岩只是提供了一个安慰心灵、打造理想的精神平台，而要真正让香火岩神采奕奕，把人们的精神期望变为物质财富，还得靠自己的双手不懈地辛勤劳动。香火岩给予人的厚重启示，应该也包含这些吧！

小城故事

此前，我从未到过这座小城。

这座小城，在我脑海中，只是一张道听途说的灰色拼图：一片灰蒙蒙的天空，罩着一条泥泞不堪的煤灰路，一辆又一辆灰头土脸的超载运煤车，拖泥带水地混杂在紧蹙着眉头、脚穿各色水鞋的人群中穿行。

地上的泥水，也不知是喜是悲，只是应和着每一只车轮和脚板施加的压力，"啪哒、啪哒"地发出远近高低各不同的回声。

黄昏的路边，一间间 10 余平方米的小餐馆内，一个个黑黝黝的煤老板敞胸露怀地，就着小木桌上的菜肴呼三幺六地胡喝海侃。号称"液体黄金"的茅台酒，纡尊降贵地低着头，横七竖八地匍匐在他们的脚边……

可是，不久前与小城的一次耳目一新的邂逅，让我彻底推翻了自己过去的主观臆断。

眼前的这座小城，整洁的街面上郁郁葱葱的行道树，热情地守护着身后一座座拔地而起的高楼。鳞次栉比的大厦似一干器宇轩昂的巨人，深邃的目光掠过在双向六车道上撒着欢儿奔跑的豪车、名车，流连在那似乎承载着蓝天白云的青山之巅。

跻身于楼群中的盘江雅阁大酒店，便是我一行的下榻之处。盘江雅阁大酒店由贵州盘江集团投资约 4 亿元兴建，世界著名酒店管理集团——澳大利亚雅阁酒店集团管理，是一座沿用了澳大利亚建筑风格的五星级酒店，主楼高 27 层，裙楼 5 层，国际标准比赛游泳馆 5 层，集商务、休闲、娱乐为一体，位于六盘水的市生态旅游景区——凤池园内。

凤池园，又名荷城花园，是六盘水市中心城区最大的公益休闲场所。这座于 2003 年开放的荷城花园，极大地改善了城市生态环境，不仅深受广大市民的青睐，还引来了数百只鹭鸶、大雁、野鸭等鸟类在此栖息，成为六盘水市集园林山水为一体、"人与自然"和谐共生的理想家园。

次日清晨，我慕名前往凤池园，刚到门前，立即被一支以轻便布鞋、舞鞋为主，高跟皮鞋为辅的队伍磁石般地吸引住。这支由百余名中老年女士自发组织的民族舞蹈队伍，轻松自如地把公园门前的小广场变成了一片温馨又从容的海洋。此情此景，让我顿时体会到了唐诗"莫道桑榆晚，为霞尚满天"的意境，不觉中，自己也被这些享受生活的笑脸和舞步，同化成小城晨曲中的一个跳跃的音符。

才跳完一组动作，我突然发现，在这些被英国皇家牛津大辞典收录的"中国大妈"的队伍中，竟然还有几位老年男士舞在其中，看着他们像模像样的姿势，我不禁暗自为这百花丛中的几点绿——"中国大伯"们拍手叫好！

囿于时间关系，一曲间歇，我便不舍地与这支"小城晨曲"作别，去往六盘水城市主题公园——凤池园。

凤池园，总投资约 3.5 亿元，占地面积 45 公顷，共有湖心岛、生态岛、鸳鸯岛、荷花塘、玉带桥、平曲桥、石拱桥、六孔桥、三孔桥、回廊、水榭亭、四角亭 10 余处景观和垂钓场、游乐园、小吃城、凤池书院、游船码头等近 10 处配套设施。

不知是建筑大师的设计太高明，还是这明镜一般的凤池湖水太清净，刚越过凤池园飞檐翘角的门楼，我胸中那颗沸腾于"小城晨曲"之中的躁动，便瞬间归于宁静。

眼前，清凌凌的凤池湖水，浸润着立于湖水之上的石拱桥。桥面上，那有着矩形图案的白色水泥路面洁净如洗，甚至连坐在桥栏上的石狮也如水一般的清爽。

伫立岸边的一排黛帽素裙的小楼，在湖水深情的顾盼里化作两排秀丽端庄的女子，面对面地依偎着清澈的湖水，轻启朱唇互诉衷肠。千余米的环湖堤上，垂柳依依地频频摇曳，不知是在揖别昨天还是在恭候来日。

这片绿、这抹红、这份幽，让人恍然邂逅白居易《采莲曲》中的姑娘，似乎听见，她那低头微笑时的怦怦心跳，还有那声声羌笛送来的哀怨婉转的《折杨柳》，我心中倏生千丝万缕的爱怜，一时间，道不尽、写不完……

2015 年 3 月于水城

这河，这鼓，这鸽子[*]

——写在遵义县龙坑镇金鼓村

有这样一条河流，它具有一双明镜似的眼睛，绿宝石般的美好心灵。只要一进入它的视线，你的眼睛和心思，就再也不能转移。

它就是乐民河。它，有着和自己名字一样温润的情怀，遵义市播州区的民众，祖祖辈辈都尊敬地称它为母亲河。

乐民河清凌凌地从遵义县松林镇米筛井中汩汩涌出，一路轻吟浅唱地抚慰着乐山、鸭溪、龙坑（今龙坑街道）、南北、三合诸镇，在石板地席地小憩，汇成波平如镜的水泊渡大水库后，再轻移莲步，姗姗地步入偏岩河。

与生俱来的奔波，累得乐民河时常面黄肌瘦。沿岸村落世事人文的变迁，更是让它时喜时忧。可无论是伤心，还是高兴，它从未怨天尤人，只是一路曲曲折折、潺潺湲湲地前行。

一河清波，两岸和风，滋润着傍河而居的金鼓村，衍生出一个动人传说。很久以前，熊家祠堂来了一位姓金的道长，他听说金鼓塘龙洞水中有一面金鼓，每逢金鼓发出阵响，放射金光时，天必大旱。据说只要能取得此鼓，就能保证风调雨顺。可是洞深水寒，金鼓难觅踪迹。金道长为使百姓安居乐业，便养了一只如月亮大的红蜘蛛，让它每日随鸡鸣吐丝，网住金鼓。某年，金鼓塘龙洞中又发出了震耳欲聋的声音，金鼓村遭遇了百年不遇的大旱。当时，炎炎赤日烧焦了田土，烧死了庄稼，烧干了河床，烧干了村民的汗水和泪水，百姓们纷纷背井离乡，金鼓村此时已是哀鸿遍野。

金道长见状，忧心如焚，便只身前往龙洞中打捞金鼓，可刚一撒网，洞

---

[*] 2012年11月29日载于《西部开发报》副刊；2013年收录于散文集《美丽龙坑》（大众文艺出版社，2013年）。

中就突然涨水，随后就天降大雨。从此，金鼓村风调雨顺，可是金道长却再也没有走出洞来。当地百姓为了感念舍身救苦救难的金道长，便把他生前所住的村寨取名为"金鼓村"。

傍河而居的金鼓村，不仅传承了金道长的助民仙风及乐民河的乐民美意，还拥有郁郁葱葱的植被，其森林覆盖率已达60%，是个得天独厚的生态农业观光基地。

我们来到金鼓桥头时，温润的河风携手淳良的民风拂面而来，大家顿觉心随水色净，态逐清风悠，脚步都变得缓慢而轻柔起来。脚下这座金鼓桥，犹如一对有力的臂膀，它将两岸被疏影横斜的树木掩映着的、青顶白壁的黔北民居挽在自己身前身后，使之相偎相依，亲善和睦。五个半圆的桥洞，一半在天，一半在水，与翡翠般的河流上成双成对作逍遥游的扁嘴红掌鸭浑然成一体，让人倍觉神清气爽。

尤其是得知这座桥梁居然是两个村民于1982年自愿出资修建的，这些堪与优美自然风光媲美的淳良民风民德，更是让我感动不已。一时间，我的心境也变得如河水一样波光潋滟的了。于是，我便索性立在桥上，对着镜头，摆了个村妇提篮式的姿势。

沿着乐民河边蜿蜒的乡村公路漫行，我们一群文友观赏着途中的水光山色。间或有春风满面的村民风驰电掣地驾着摩托车疾驰而过，扬起一阵创造发展新生活的忙碌气浪。

走进金鼓村社区，一列公示栏内容跃入了我的眼帘：具有独子夫妻条件的村民家庭，预计至80周岁，可享受到政府补助金27万元。据了解，金鼓村不仅惠顾独子户、五保户，甚至连插队落户的知识青年都予以关注。

还有村头青瓦翘檐、傍水而立的议事亭也使我兴味无穷，它是2010年社区专为排解金鼓村政事民事纠纷和宣泄情绪而建的。两年来，议事亭附着乐民河，见证了村务和家务纷争，担待着村民个人的喜怒哀乐。它已然成了金鼓村的解怨亭、遣愁亭、亲民亭和精神文明创建亭了。我想，如果评选金鼓村名誉村民，应非它莫属。

乐民河的流水，总是那么波光粼粼、有声有色。金鼓村的金鼓，总是那么振振有词、有色有声。我感觉，这小小的村落，让某些现代都市文明也汗颜！蓦然，我又惊喜地发现，墙壁上的金鼓村的地图，俨然如一只可爱的和平鸽。

　　我耳边，仿佛传来一串清脆悠扬的鸽哨，心中不由自主地为这条河、这个村和这只和平鸽而击鼓扬波！

诗乡望月

望月已是一件浪漫的事，更别说还有与婵娟相媲美的诗歌。

久负盛名的中国诗乡绥阳，位于贵州黔北腹地大娄山脉中段，总面积2566平方千米，人口50.75万人。就土地面积和人口比重而论，绥阳在我国版图上显得十分袖珍。可追溯幽深的历史长河，从《水经注·江水》《寰宇记》《华阳国志》《后汉书·南蛮西南夷列传》等著作顺流而觅，诗乡文化源远流长。东汉大教育家尹珍在绥阳旺草设馆讲学达15年，启蒙孕育了诗乡文化，诗歌文化传统沿袭至今已有近2000年历史。

尤其自唐贞观十三年置播州始，作为州治的绥阳开始了以诗歌为主的文化繁育和呈现。向往诗意生活的绥阳人民仰慕着李白、白居易、陈子昂、柳宗元等诗人，为其建书院、建祠、建庙，遗迹至今尚存。据说现今绥阳北部的太白镇，就是为纪念李白到过此地而命名。当代，绥阳又以诗人多、诗歌作品发表多、诗歌著作出版多为亮点，成为贵州独特的文化景观和享誉全国的诗乡，赢得了当代诗坛泰斗贺敬之亲赠的"乡有诗方为诗乡，诗有乡始具诗魂"和"诗歌之乡，名不虚传"的题词。原本袖珍的绥阳又因此显得十分厚重。

那日，我随众人去到中国诗乡时，天地间细雨如绵，水淋淋的诗乡并无婵娟。可我和众人分明却看见一轮迷人的圆月，娴雅地在深蓝色的夜空中信步，惹得荷塘里的清水色绿如蓝，素雅的莲花也泛起一抹明黄。荷塘边石桌旁的一位古代诗人，正举着手中的酒杯，心无旁骛地凝望明月。读到这里，你一定已想起"诗仙"李白那脍炙人口的名句："花间一壶酒，独酌无相亲。举杯邀明月，对影成三人。"

原来，这让人望之心动、近之情怯的景象，便是风雅长兴的诗乡人在本年新开的、中国首个以诗文化为主题的陈列馆内，为渲染诗仙名篇《月下独酌》而设的一处场景。

位于绥阳县北大街博雅苑内的诗文化陈列馆，布展 1000 余平方米，造价 500 万元。陈列馆划分为序厅、诗史流长、诗乡绥阳、尾厅四个部分。馆内不仅珍藏着中国诗歌文化发展主脉和绥阳诗歌发展史，让参观者感受了一次中国诗文化由秦汉到现代的"穿越"，还采用了现代多媒体投影技术，把诗歌文化淋漓尽致地展现给观众。本文中的望月，便结缘于这现代多媒体投影技术。

我随众人在厚重大气的诗文化馆中浏览，濡染着中国文学古老典籍《诗经》浓郁的泥土芳香，熔生命激情与绚烂想象为一炉的《楚辞》和蒸腾着盛世蓬勃生命力的汉乐府，以及被誉为当代贵州诗歌旗帜的廖公弦、全国著名诗人李发模、以《战友之歌》唱红全军的著名军旅作曲家杜兴成等本土作家的佳作，且行且品，十分惬意。行至《月下独酌》这处布景时，其意境更是让哗然的会展瞬间"失声"。

自识字以来，集"诗仙""酒仙"盛誉于一身的中国历史上最杰出的浪漫主义诗人李白，便是我顶礼膜拜的神圣诗人。因而，尽管眼前只是诗仙的泥塑，头上也只是月亮的多媒体投影，但在我这里，早已按捺不住心中的狂喜，胸中全是想立即融入场景的诗意。

可平生的仰慕和敬畏，又令我不敢靠得太近，止步于距诗仙 20 厘米左右之处，思索片刻后才伸出右手，轻轻地贴着他帽子的垂角，在他身体后侧站立。我随着诗仙的视线，望向天际，望向在深蓝色的天幕上周而复始的月轮，不觉融入情景，仿佛望见了一段诗仙与绥阳渊源的传说。

安史之乱时，李白因为政治原因被流放至夜郎。他曾写过《闻王昌龄左迁龙标遥有此寄》一诗："杨花落尽子规啼，闻道龙标过五溪。我寄愁心与明月，随君直到夜郎西。"他还写过《流夜郎题葵叶》一诗："惭君能卫足，叹我远移根。白日如分照，还归守故园。"据此，似乎可认定诗人李白确曾到过夜郎。但古往今来，史学界对于夜郎的问题一直争论不休，对于诗仙是否到过夜郎之事更是争论不休。不过，我认为诗仙是否到过夜郎已不重要，重要的是，绥阳人民因此获得了一座弥足珍贵的诗文宝库，并用自己的聪明才智，广泛深入地分享了这份财富。据史料记载，绥阳自唐代以来直至明清时期，先后涌现出 50 多名诗人，其中 13 人有诗集传世，还先后养育出一代名贤冉

据中国老年学会和老年医学学会公布的数据，罗甸县100岁以上老人就有45位，占全县总人口比例的12.86/10万，远超出了"中国长寿之乡"7/10万的标准。此外，还有平均寿命、森林覆盖率、空气和水质量等十多项考核指标也均达到国家要求标准以上。因而，罗甸人未在年初获得的"中国长寿之乡"荣誉前止步，目前正在积极申报"世界长寿之乡"的荣誉称号。

罗甸人何以如此自信满满呢？因为，他们有着人们梦寐以求的长寿密码。简而言之，便是罗甸得天独厚的自然资源、气候条件、生态环境和善良淳朴的民风，它们构成了一组天造地设的长寿基因链。

据了解，罗甸县空气中的负氧离子含量平均为3万个/立方厘米，是一般城市空气中的负氧离子含量的10多倍。负氧离子堪称空气中的"维生素"，它能促进人体新陈代谢，预防流感，增强机体抗病能力。中国中医科学院副院长、博士生导师范吉平在环境与健康发展（伊春）论坛上介绍，负氧离子含量高的地方，一般也是长寿老人比较多的地方。

而且，罗甸还是贵州得天独厚的"天然温室"。此地全年平均气温为19.6摄氏度，阳光充足，年均日照1350～1520个小时，是西南的"阳光地带"。由于山地的高磁场屏蔽了阳光中的有害射线，更多"生命之光"——远红外线提供了足量优质的自然日光浴，活化了人体细胞，改善了微循环，增强了免疫力。

另外，因它地处低纬度地带，雨热同期，农作物纤维素含量低，高海拔地带昼夜温差大，有利于物质营养成分的积累。农产品不仅含有丰富的蛋白质、矿物质和维生素，还含有丰富的微量元素硒，能清除人体代谢产生的有害化合物，延缓人体衰老。

罗甸不仅水力资源丰富，森林覆盖率达41%，而且水质纯好。据统计，罗甸每个村落至少有三至五口长年不断的井水，罗甸长寿老人密集的村落，人们长期饮用的水都是在村头直接汲取的山泉或井水。105岁的罗雅月老人，每天喝的就是从山上流下来的泉水，老人说，她一辈子都没有生过大病，只要一感冒，喝两口山上的泉水，病就没有了。

看着看着，我猛然想起最近发生在自己身上的一系列"怪事"。到罗甸后的第三天，自己近半年来的失眠症便消失了。还有连我自己都不敢相信的，在游览名列大小井"八大名洞"之一的响水洞时，我竟然能够大步流星地从

400 多米的洞底爬上来，步履轻盈得似乎回到了十年前，且次日，令人担心的腿酸腿胀问题也没有发生。想到这里，我不由得对罗甸这块罕见的福地洞天大加赞赏，同时也生出一股望洋兴叹之感，因为这些长寿链对只能与车水马龙争道的城市人来说，分明是难于上青天！

罗甸人民风淳朴，敬老孝亲的优良传统源远流长，"家有一老如有一宝"是多年来的共识。在人人都以四代同堂、五代同堂为荣的生活氛围中，老人的身心有着莫大慰藉和寄托。家住沫阳镇江亭村四组的罗雅月老人已经 105 岁，十多年前丈夫去世后就和女儿在一起生活，温馨又祥和的家庭氛围让老人每天都开心得像个老小孩。

除此之外，罗甸所有的百岁老人，一生都热爱劳动、合理膳食、知足常乐。现年 104 岁的罗悃镇冗瓦村村民杨雅美桃说："心要开朗，什么事都要想得开，不能总钻牛角尖。没事就多唱山歌。"

听到这里，我想，但凡有幸来到这里的人们，应该都会停下追寻长寿密码的脚步，和杨雅美桃老人一样，在这座幸福长寿的阳光之城中，轻松愉快地唱起山里的歌谣。

奢华中的深沉

—— 游阿联酋谢赫扎伊德清真寺有感

带着对迪拜的极度奢华的遐想和对古老的阿拉伯民间故事《一千零一夜》的憧憬，2013 年 6 月，历经 7 小时的航程，我们终于飞临迪拜上空。

我靠近飞机窗口一看，璀璨的火树银花把夜空照耀得如同白昼般明亮，顿时，机舱内咂舌之声不绝于耳，因旅途劳顿而疲乏的我心情也是为之一振。

迪拜，是阿拉伯联合酋长国的第二大酋长国，位于出入波斯湾霍尔木兹海峡内湾的咽喉地带，地处阿拉伯半岛中部、阿拉伯湾南岸，是海湾地区的中心，被誉为"海湾的明珠"。近 20 多年来，迪拜利用"石油美元"建成了一系列现代化配套基础设施，大规模的高端建设使迪拜享誉全球，成为时下奢华的代名词。

我们抵达住宿酒店已是迪拜的午夜时分（北京时间凌晨）。受时差及地域的影响，无法进入深度睡眠的我半梦半醒地享受着这颗"海湾明珠"的宁静。突然一阵轰隆隆的声波打破了清晨的安宁，它由远及近地滚动而来，像飓风、像闷雷，让我十分震撼。我事后得知，这是阿訇在引领全城信徒做早祷告，诵读《古兰经》。

迪拜的国教是伊斯兰教，绝大部分居民是穆斯林。这里随处可见大小规模不同的清真寺。其中，位于阿联酋首都阿布扎比的谢赫扎伊德清真寺，是中东最大的清真寺。

由迪拜前往阿布扎比谢赫扎伊德清真寺的 2 个多小时车程中，在双向 8 车道的高速公路上，全程未设红绿灯和收费站。正当我暗暗赞叹阿联酋优惠的交通便利时，导游很快就把我的感叹号改成了省略号，原来，阿联酋国家过路费是通过车载电子刷卡器来计账结算的。这简略高效的收费方式，让我不禁赞叹。

当旅游车进入阿布扎比境时，沿途的风光让人恍若来到国际旅游岛，即我国海南省，其天水一色的湛蓝和郁郁葱葱的绿化，与迪拜标新立异、鳞次栉比的摩天大楼形成两种迥然不同的风格。在水比油贵的阿联酋，由于绿化的成本非常昂贵，当地衡量财富的标准，不是名车和豪宅的大小，而是树木的多少。由此可见，之前自己把迪拜作为奢华的代名词纯属管中窥豹，特别是当谢赫扎伊德清真寺那绝世奢华的风采展示在我眼前时，这一看法愈加坚定。

眼前的谢赫扎伊德清真寺，正中是 57 米高的圆顶，四周有 107 米高的宣礼塔。希腊汉白玉装饰的外墙和纯金打造的尖顶，还有广场地面的大理石花卉，四处银光闪闪，高贵典雅，庄严神秘，传递出一种宏伟而又圣洁的气息，让人恍若身临古老的《一千零一夜》故事中的王宫宝殿中。

特别是当我按规定穿上黑袍，赤足进入谢赫扎伊德清真寺时，只见近 2 万平方米的祈祷大厅内，参观的人们，有的肃立仰望着穹顶上那价值千万美金的施华洛世奇水晶大吊灯出神，有的匍匐在造价 580 万美金的世界上最大的手工编织地毯上虔诚地祷告……

恢宏的大厅、高阔的穹顶、深邃的长廊和遍布全寺富丽堂皇的装饰，顿时让成千上万的游客犹如蝼蚁般渺小，还有让人省悟家财万贯不是人生最高境界，精神追求才具永恒价值的阿拉伯赞美文字等，均令人感受到无比的震撼，不由得心生敬畏。再联想起导游说起有关阿联酋境内夜不闭户、路不拾遗之说和遍寻全城而找不到一个防盗门、窗的现象，在全城齐声呼唤"阿拉"进行祷告的时候，我似乎也能接受其像飓风般给感官带来的强烈的冲击。

我从谢赫扎伊德清真寺大门出来后，离团队集结的时间还有十余分钟，突然想起导游叮嘱的一定得参观洗手间建议，我便快步向处于大门右边负一层的洗手间走去。当我乘电梯来到洗手间时，其华丽程度，让我再次惊叹不已！

洗手间约 1000 平方米，按功能分为四室一厅，正对电梯的是高大的前厅。穿过前厅，白底蓝花大理石的圆形走廊，金顶的洗脚池间，通体透亮的盥洗间和纤尘不染的洗手间，依次进入眼帘。真是让人难以置信，这里竟然只是我们俗称的"厕所"！一时间，来客纷纷摄影留念，我也不觉置身其中。

集物质奢华与高尚精神追求于一身的谢赫扎伊德清真寺，极大地丰富，深层次地注解了奢华背后的含义。最令人震撼的，还是它给你心灵上和思想上带来的巨大的感动和深沉的启迪！

2013 年 6 月于迪拜

张扬的帆船

——游阿联酋"帆船酒店"有感

旅游，是古往今来人们雅俗共赏的一件乐事。此间，既有徒步跋涉，被称为我国"千古奇人"的明代旅行家徐霞客，也有诸多不惜抛金撒银领略自然景观和人文景观的旅行者。

不久前，我漂洋过海，追寻当代最出色的艺术家，号称时装界的"凯撒大帝"，意大利籍著名时装设计师——詹尼·范思哲的赞叹声，来到了素有"阿拉伯明珠"之称的迪拜，领略了当今世界上唯一的七星级酒店——帆船酒店。面对其无与伦比的华丽和绝顶奢艳，我着实发出了一声"会当凌绝顶，一览众山小"的慨叹！

帆船酒店又称阿拉伯塔酒店，是全世界最豪华的酒店，仅外壳及填海的费用就高达11亿美元。酒店是一幢帆船形塔状建筑，建在海滨的人工岛上，由著名的英国设计师汤姆·赖特和香港设计师周娟设计，共56层，有321米高，拥有202套复式客房和高达200米可以俯瞰迪拜全城的餐厅。

酒店的门票只有住宿和用餐两种，无论哪种，都需一掷千金。即便如此，受其无比的奢华和传奇所惑，游客们仍络绎不绝。故而各家旅行社均把帆船酒店的千金自助餐作为自费项目中的拳头产品，我们亦不例外。

在导游的带领下，我们鱼贯进入酒店，开门迎接我们的是一股扑面而来的、咄咄逼人的现代阿拉伯皇宫气势。

相当于3个足球场用量的意大利和巴西大理石，让酒店四处光亮如镜；10多米高的喷水池，慷慨地抛洒着漫天清爽（在沙漠国家，水和金子一样贵重）；26吨用量的纯金镀金饰物，金碧辉煌得让人气短声怯。这珍贵的黑、白、黄三宝，像三位不同肤色的器宇轩昂的主持人，不可一世地拉开了七星级酒店的大幕。

　　酒店大厅正面的喷水池内，黑亮黑亮的梯形大理石上不停变幻的乳白色水柱，一会儿像一群曼妙的女郎在轻盈地舞蹈，一会儿又似无数豪气干云的水兵直逼穹顶。当我的视线跟随这刚柔相济的水柱上行再上行时，思路突然阻滞，那深邃高大的镀金穹顶，灿烂得摄人心魄，让人顿时失语。

　　在通往餐厅的十几米高的电梯旁，矗立着一个与电梯等高的水晶宫（水族箱），我们乘上电梯，便立即看到有无数色彩斑斓的水族和天空一样蔚蓝的清水与我们并肩而行，顿时，我的心情也就变得既清爽又悠然惬意了。

　　我们进入酒店才短短的十来分钟，其前厅展现的——灿烂的天、光亮的地和鲜活生动的水壁，都让人难以置信，这竟然是一个地处炎热的阿拉伯沙漠中的所在。我不由得暗自庆幸，自己未放弃这千金一餐，实属明智之举。

　　我们订餐的亚洲餐厅，客源主要是亚洲人，且中国人居多。餐厅内，一溜三个半开的隔断和两个玻璃食品柜，把品种丰富、气味形色俱佳的凉菜、热菜、海鲜及甜品和水果划分为四个区域。鲜美丰盛的食品令人胃口大开，更有那犹如悬挂在餐厅落地玻璃墙上的、蓝宝石一样唯美的天空和波斯湾的海水。这如诗如画的场景，让我不禁联想起海子"面朝大海，春暖花开"的佳句，一时间，只觉情思起伏不能自持，分不清落入胃肠的是诗，是画，还是佳肴了……

　　当沉浸在诗情画意中的我起身续菜时，途中，餐盘却被一侍应生直接从手中替换。原来，续菜必须重新换餐具。侍应生的举动让当时不明就里的我，感觉有些不自在，正尴尬间，突然，耳边传来一句纯正亲切的国语："您好！请问您从哪个城市来？"

　　我循声望去，餐台后，一位长着一张白净圆脸的华裔青年男厨师正微笑着等待我的回答。在这万里之遥的异域，在这顶级奢艳的酒店内，居然能碰上老乡，怎不叫人心生欢喜！简短地交流下来，得知并不同城，但我认为，出了国门，只要是中国人，就是乡亲。刚刚那颗略有尴尬的心，顿时恍若生出双翼般的轻松愉悦。

　　酒店的常客多数是沙特阿拉伯、英国、德国、阿联酋的其他酋长国和海湾及中东地区的重量级人物。换言之，只要你来过，或多或少地会给自己的人生增添一些传奇的色彩。因其室内不仅经典得让你无法想象，室外也令你感觉无比享受。

据说酒店迎送贵宾下榻的交通工具，是直升机和劳斯莱斯车队。这不同凡响的排场，瞬间就能让来宾找到出人头地、踌躇满志的感觉。

虽然这排场对我们这些一餐而过的游客而言只是传闻，可门前如云的豪车，却着实让我有些忘乎所以，尤其是一辆车门像雄鹰的翅膀一样张扬的豪车。当我轻倚着它，开心地摆起各种姿势过车模瘾时，两个服务生却微笑着从我与车之间越过。这似乎有些冒昧，不过，稍加思索便能明白，因语言不通，他们只能用肢体语言告知游客，这里关于"豪车只能看不能摸"的规矩。

这规矩自然无可非议，可之前发生的一件事，就有些让人费解了。

毫不夸张地说，餐厅洗手间的炫丽，足以与我所见过的 KTV 豪包媲美。一进入洗手间，迎面而立的约 7 米高的黑色矩形暗花大理石，光洁得像一面用墨玉研磨的哑光镜。其间，3 条垂直的柔光带和 6 个乳白色的环形灯，把镜面和依附于下的三个简约的玻璃盆映照地通体发光。它们交相辉映出一种虚无精致的美感，使洗手间整体散发出一股梦幻般的魅力！

为不负这千金餐的观赏价值，在等候返程的闲暇中，我带着两名团友返回餐厅参观。途中，我轻声地向她们介绍着看点。突然，清静的走廊上响起一声呵斥，话头戛然而止。我定睛一看，只见一个酒店的工作人员，正脸色铁青地看着我们，他那生硬的语气和手势，让我想起了有关酒店内不得大声喧哗的提示。尽管我知道声音未超标，但还是笑着说了声 sorry，并连忙打手势让团友停止了议论。

这一系列反应，均被这位工作人员服务的两位欧洲客人看在眼里，他俩一直用歉意的笑容和眼神目送着我们走过。报以微笑致谢的我暗自思忖，就声音的分贝而言，酒店人员的斥责声才堪称大声喧哗。我再想起团友言及的同是客人，工作人员却只给欧洲客人送上湿毛巾一事，心中不由得平添一些怅然和愤懑……

不过，这艘外形招摇却不失矜贵气质的古典皇宫般的帆船，在炫耀地连门把、厕所的水管等细节都艳中透优，贵中露雅，给人以恍如隔世般的致命诱惑，和让人深感语言捉襟见肘而引发"书到用时方恨少"的喟叹之余，也给了我一点平凡的欢乐。

也是在等候返程的闲暇中，大家不约而同地萌生了与大门边的一对漂亮的阿拉伯迎宾员合影的念头。不曾料到，我竟成为当时唯一的幸运儿。尽管我显得有些相形见绌,但一想起当时大家艳羡的目光,心湖中就有一叶小舟在漂荡。

应该说,此次出游给我的感受颇多,尤其是谢赫扎伊德清真寺和帆船酒店这两个景点,它们虽同属阿联酋,且同是绝代奢华的代名词,但给人的感觉却迥然不同。

记得我置身清真寺时,从这座高贵典雅、庄严神秘的宗教场所所接收到的,是一种宏伟而又圣洁的气息。这气息强烈地感染了摩肩接踵的人们,大家的神情都不约而同地庄重起来。寺中,遍地可拾平和庄重的笑颜。而帆船酒店,尽管其设计的风格同样高贵奢华,不仅客房中的便笺都镶上了黄金,且所有用来装饰的壁画和雕塑也全是艺术大师的真迹。但在我看来,这艘极度张扬的帆船所传递出来的,是纸醉金迷的、挟持心性的诱惑和几丝压抑、几分局促与些许不安……

2013 年 6 月于迪拜

品茗观海清芬远

　　早秋时分，我和众文友搭乘的车辆刚驶入享有"中国茶海"盛誉的湄潭县城，路旁一异景，瞬间让众人恍惚穿越到唐诗"君不见，黄河之水天上来，奔流到海不复回"的实景地。其实，这诗句的意境，是一股凌空倾泻的、直径约有一张圆桌面大小的水柱冲撞出来的。说到底，它是从车窗外的那把悬浮在湛蓝色的天空里的巨型茶壶那又长又大的嘴里哗啦啦地淌出来的！这骤然从天而降的水柱立即在众人心中砸出一个回水潭。一时间，满车尽是对这"无源之水"由来的猜测，还有对这颇有"君临天下"气魄的茶壶之议论。

　　我们事后知悉，这巨型茶壶"悬空"的玄机全仰仗于这股气势磅礴的水柱。原来，茶壶嘴垂直向下喷水的位置中间，有一根直径50厘米的中空钢管支撑着茶壶。抽水机通过中空的钢管，不断往茶壶里抽水，接着又从壶嘴里流出。飞泻而下的水流遮住了中间的钢管，远远望去，茶壶便给人以悬浮于空中的效果，倾倒出来的茶水，也便有了"黄河之水天上来"的气势。这气势，宛若震撼人心的临门一脚，旋即把我们踢进了"中国茶海"浩渺的碧波里。

　　享有"中国茶海"美誉的湄潭县位于贵州北部，遵义东部。境内湄江河与湄水河交汇倒流，婉转如蛾眉，并汇为一汪深潭，因而得名"湄潭"，又称"西部小江南"。

　　湄潭种茶历史悠久，1200多年前，已是有名的产茶区之一。唐朝陆羽在世界第一部茶叶专著《茶经》中，就有湄潭不仅盛产茶，且有"往往得之，其味极佳"的论述。宋代则有以茶叶为贡品的记载。如今，湄潭还有创建于20世纪30年代末的贵州省茶叶研究所，更有全国闻名的大型茶场和星罗棋布的农村茶园。湄潭的茶叶品质优良，品牌众多，共有 17 个获省、部优以上产品，占全省的 12%，在"贵州十大名茶""贵州五大名茶"评比中高居榜首，获得"贵州三大名茶""中国驰名商标"的殊荣。

位于湄潭县永兴镇境内的中国茶海（又称万亩茶海），约有 43 万亩茶园，326 国道从茶海穿过，交通十分便利。其中，茶海生态文化旅游度假中心这片核心区域的茶园有近万亩，是目前世界上连片面积最大的茶园。

当我拾级登上茶海生态文化旅游度假中心高高的观海楼时，一碧千里的茶园似浩瀚的碧浪般连天接壤。跻身于茶海之中的观海楼宛如一叶扁舟，载着我和一干文友在碧海中漂荡。从喧嚣拥堵的都市来到这片穿透天地、澎湃胸怀的绿原，我满是回归大自然的欣喜，竟然顾不得大雅小雅，赤足爬上护栏，竭尽全力地探出大半个身子，力图混迹于这片碧海蓝天之中。

楼下，绿茵茵的茶树似无数身披绿绫、丰腴而优雅的唐代仕女，那秀色可餐的风采，令人为之倾倒。看着看着，我心中陡然生出一种对采茶姑娘的艳羡之情，真想和采茶姑娘一起，去抚摸这些"仕女"们鲜嫩丰满的娇躯，并携着清香四溢的她们，唱着采茶歌转回家中。

待她们在通风阴凉处休养惬意后，我再与懂得她们芳心的茶师一起，用好比十年寒窗苦读的历练，对她们进行"巧揉妙炒出奇香"的培养，为其消减九分青涩，退却十分浮躁，直至修养成能澄心静虑、怡情悦性，使有缘人精神升华到高尚世界的绿精灵，然后，择一雅静之处，与明月清风同坐。观赏她们修养得十分娟秀的身躯，在沸腾的开水中舒展成一个个美妙的小仙子，在惜她、读她并懂她的一握中，由浅入深地起舞弄影！

突然，风中飘来一阵清芬悦鼻的茶香，我回神寻味，但见楼门前古色古香的茶几上，放着一壶刚沏好的能与狮峰极品龙井媲美的"湄潭翠芽"，闻香而来的文友们围着茶几合成圆形。大喜过望的我，随即也跳下护栏挤进人群，切切地端起一杯黄绿明亮的茶汤，却不忍下口。容鼻息把香气吸入肺腑，再小啜一口含在嘴里浸润齿舌，待茶汤徐徐落入喉头、肠胃，整个人就沉浸在醇厚绵长的甘甜里了。

推茶及人，渐入佳境的我蓦然懂得了"梅花香自苦寒来"的原味。

一盏茶工夫过后，闻香品茶的文友们欣然以茶为媒，为湄潭人全力打造

"中国茶海，休闲湄潭"的旅游品牌，摘得"贵州十大魅力旅游景区"的桂冠庆功，为湄潭人坚持保养和发展"山清、水秀、天蓝"的底线，创造出"好茶、贡茶、茶海"的辉煌道喜！

2016 年 10 月于遵义湄潭

遐思，飞扬在酒瓶山上

天下酒器，均在世人掌握之中。然而，有谁在何处见过需要人匍匐在地仰望，方能品头论足的酒瓶？

我就见过。这只酒瓶，它双足踩在号称"酒都"的仁怀县（今仁怀市）险峻奇丽的盐津河大峡谷肩上，裙角牵着茅台镇古色古香的"国酒门"。那气派，让人一见不禁生出感慨——唯有这巨型的需要仰观的茅台酒瓶，才能与其腹中尊贵的、同样需要仰视的美酒相匹配。

我和许多国人一样，打从儿时记事起，便从父辈们的言谈中知晓了茅台酒的尊贵。而且之后其潮水般涌来的无数桂冠，以及人们的无限爱慕，还有一直保持着随年龄一起增长的强劲势头。尤其是近十年来，它随市场变化而与时俱增的让人咋舌的身价，更是让人萌生出对它的千般遐思和万般幻想……

深秋的一日，当我终于如愿以偿地踏上这块神奇的土地时，尚未捧杯，这烟雨迷蒙的茅台古镇，就把我和同行的师友们连人带车一起融进了一股无处不在的浓浓酒香里。

这种特殊的酱香型酒香，仿佛渗入了我的每一寸肌肤，让我的每一个毛孔都感到舒服；这种特别的氛围构成的文化气场，宛如数杯美酒已然下肚，让我的神经有些醺然如醉的感觉。

我不禁笑着询问同行的工作人员。原来，茅台古镇不仅是一个酿造琼浆玉液的绝妙之地，而且，它还有一个连"诗仙"李太白都不会想到，也不敢想到的绝佳特点——这是一处但凡有人踏入便能使其酒量倍增，自然生出"烹羊宰牛且为乐，会须一饮三百杯"的痛饮豪举的逍遥之乡、洒脱之乡。

我和师友们寄宿处的对面，便是号称"天下第一瓶"的茅台酒瓶实物造型广告山。离开茅台人"无酒不成礼"的欢迎晚宴时，腹中绵柔、甘美的茅台酒香味，贴心地牵着有些飘飘然的我，在古镇的霏霏细雨中徜徉。

夜幕中，那只身着一袭灯光华服的茅台酒广告瓶，则更加光彩照人。它巍然雄峙于山巅，其顶天立地、熠熠生辉的气势，恍若一尊茅台古镇的守护神，让人油然心生敬畏。

这近在咫尺的震撼，让我积淀多年的茅台情结瞬间发酵，以至于生出不顾天黑路湿，也要马上拔步上山的念头。后在文友的一再劝阻下我才按捺住冲动，将这热烈的向往带入半酣的梦乡。

次日，早餐用罢，我便急切地邀约文友顺着一条蜿蜒的小路，来到了广告酒瓶的山脚。眼前，只见一条洁净如洗、起势高峻的石阶路笔直地纹在郁郁葱葱的山体上。山上山下，只有我和文友一行三人的身影，四下里静谧得仿佛能听得到缝衣针落地之声。这份洁净与清静派生出的"竦肃肃以静谧，密微微其清闲"的感觉，让我的精神在这条登山路上完成了高峻与崇敬的升华。

我仰望着这尊1997年5月便被上海大世界吉尼斯总部誉为"天下第一瓶"的茅台酒实物广告，耳边仿佛骤然听到了两千多年前汉武帝眯着眼睛啧啧不已地赞叹："甘美之"，眼前仿佛也跟着出现了近百年前土坛包装的茅台酒在美国旧金山的巴拿马万国博览会上华丽转身的盛况。

此前，我曾读到过有关介绍，得知茅台酒共获得15次国际金奖，连续5次蝉联"中国国家名酒"的称号，特别是1996年，在"纪念巴拿马万国博览会80周年"的国际名酒品评会上，茅台酒再次荣获了特别金奖第一名。它的光辉历史，它的卓著声誉，就像眼前这座广告山上的石阶一样，在我的脑海里叠印着、递增着，一路攀升向上……

我飞扬的遐思，一次次被这些五彩斑斓的光环高高托起。最后，我索性席地而坐，兴致勃勃地摆了个姿势，想留下一张把茅台酒瓶坐拥入怀的照片。可待我喜滋滋地翻阅照片时，却怎么也找不到自己的身影，只有山顶那座雄伟的、近十层楼高的、可容纳294万瓶普通茅台酒的巨型广告至高无上、君临天下的雄姿。

尽管如此，已经身在此山中的我，当然不愿轻易作罢，便请求摄影的文友原地不动，我自己则一再地上行、席地、试镜，上行、席地、试镜……这样反复折腾了多次后，好不容易才在接近山顶的"天下第一瓶"石碑边，留下了一个蝼蚁般渺小的身影。

端详着这张人与瓶底相齐的照片，我心潮起伏。起初，我揣着一瓶仰慕上山，现在，我则揣着一瓶感慨下山。我再联想起文友几乎"五体投地"的拍摄姿势，和儿时父辈们言及瓶中之物时那种神往的态度和憧憬的语气，我明白了一个简单的道理：酿酒，要酿有品位的美酒；做人，则一定要做有品位的好人。

2013 年 12 月于茅台镇

甜美的乡村酒窝

远远看去，青山绿水合抱的村子里，寨前屋后有一帮帮白色的鹅群，在欢乐地"曲项向天歌"。三三两两的农妇在明镜似的水田间躬身劳作。她们开心的笑声，搅得来来往往的清风似乎也有些甜丝丝的。

待我们一干文友走进小村，迎接我们的是一栋栋齐整独立的青瓦白墙三层民居小院，一盏盏鹤立高挑的新式街灯，一条条走千家串万户的洁净水泥路……真是难以置信，这里是黔北的一个普普通通的小小乡村——遵义县三合镇堰河村。

置身其中，我们的心情变得十分欢畅。不过，由于担心可能是面子工程，我还是心存疑虑地信手推开了一扇院门。院落中，四周花池内红红、黄黄的鲜花探头探脑地纷纷往前凑，一派满园秀色关不住之势。左边的三层小楼上，红门、红窗、红联、红灯笼，将门楣正中的农家旅馆横匾衬托得喜气洋洋。

乍见到我们这些不速之客，闻声而出的女主人似乎有些羞涩。不过，当话题一转入乡村旅馆的建设和经营时，她那不笑而欢的圆脸上，就写满了信心。尤其是当谈到在珠海医学院就读的女儿时，她脸上淳朴的幸福和自豪四溢，丝毫也找不到半点人们常说的"农村无儿户"的沮丧或窘态。

这家女主人名叫王琴，一家五口，三个女儿，丈夫在外工作。2011年，在乡镇政府的倡导和支持下，王琴贷款20万元，把房屋扩建成700余平方米，可以同时接待45名游客的乡村旅馆。如今每逢旅游旺季，每位客人包吃住一月收费800元，月毛利润为3万余元，全年收入较乡村旅馆建设前翻了一番。

揣着王琴家的幸福感，沉醉于路旁碧绿、灿黄的庄稼以及映在水田中的黔北小楼，我们不觉又被开阔的串户路带到了另外几栋乡村旅馆。其中，一家客厅门边放置的一架价格不菲的电子琴像磁石般吸引了我的视线，当得知这是农户上小学的女儿常习的乐器时，略感意外的我不禁又心生欣慰。

中国是一个农业大国，农村人口接近 9 亿，占全国人口的 70%。农民的精神物质生活的文明程度是国家富强的重要标志。在这短短半天时间里，从乡村旅馆的兴旺，到生男生女都一样的自豪，以及农民对下一代文化情操培养的重视，我感受到新农村建设政策惠及农民的，不仅体现在物质生活的提高，更可喜的是体现在精神文明建设的飞跃。

当时，那家男主人不在，我们便随着女主人四处参观。淳朴的女主人长着一副喜气洋洋的圆脸，贤惠而又热诚。

那是一家能同时接待 47 人的三层乡村旅馆，客房设施、卫生程度和真正的家一样，不亚于城里的许多小旅馆。正当我们准备离开时，户主秦永富回来了。

热情健谈的秦永富话匣子一打开便滔滔不绝。我从他的口中得知，他一家三口，只有一个独生女儿。未发展乡村旅游前，全年收入仅 1.5 万元，还欠贷 1.5 万元，生活很困难。2010 年，在全县以"现代农业兴村、乡村旅游富村"的号召下，乡镇政府干部将他家确定为重点帮扶对象之一。此后，乡镇政府不仅从政策、经济及乡村旅馆的建设、培训和客源组织上给予他全方位的扶持，还帮助他把原有的二层楼扩建成三层，个别干部甚至借钱给他装修、还贷。时至今日，他家年收入已逾 7 万元，较之前增加了 5 倍，生活发生了翻天覆地的变化。

吃水不忘挖井人。脱贫致富后的秦永富积极地现身说法，协助乡镇领导宣传动员和指导促进村民开展乡村旅馆建设。如今，堰河村有乡村旅馆 15 家，乡村旅游建设在全县名列前茅。

为表达感恩之心，2011 年，秦永富代表全村村民给镇党委和各级领导写了封信，感谢党和政府的大力支持和正确领导，让广大村民得以脱贫致富，过上了安稳舒适的幸福生活。

据说，一位从武汉前来参观的杜记者，曾一度质疑这封感谢信是炒作。可当他登门采访秦永富本人，并认真阅读完感谢信底稿后，情绪变得十分激动。因为作为一个新闻工作者，他了解从 1982 年至今，国家连续推出的惠及"三农"工作的系列政策开创了社会主义新农村建设的新局面，给农业健康发展、农民持续增收和农村长期稳定带来强劲动力的不易和艰难。杜记者深感意义重大，当场再三表态，回去后，一定要开专题进行宣传报道。

说到这里，秦永富语速和声音明显提高。因为他认为，在那之后央视"心连心艺术团"赴本县的慰问演出，定是与杜记者的宣传报道分不开的。虽然此事众说纷纭，但在我看来，实是异曲同工，最终都是黔北新农村建设这棵梧桐树，引来了央视"心连心艺术团"这只金凤凰！

离开秦永富家后，我一再寻思，秦永富那张喜气的圆脸怎么会有些面善的感觉？寻思片刻才猛然想起，原来，自己在堰河村所见到的经营乡村旅馆的村民们，他（她）们的脸型几乎都是圆圆的。想着想着，这些圆脸便逐渐在我的眼前合成一对甜蜜的、生长在新农村这张灿烂笑脸上的、生动圆满的酒窝！

2013 年 6 月于遵义

第三章
五味瓶

母　亲[*]

世上只有母亲好，有母亲的孩子不会老，哪怕母亲坐在轮椅上，哪怕孩子也两鬓如霜；世上只有母亲好，有母亲的孩子乐陶陶，只要母亲在世上，母亲的爱，就是孩子快乐幸福的天堂……

谨将此文告慰我最敬爱的母亲在天之灵，祝母亲在天国幸福安康。衷心希望天下父母，尽享天伦之乐，没有烦恼和忧伤……

——题记

父亲睡着了

20 世纪 60 年代的寒冬腊月，一个阴霾密布的清晨，北风呼啸、寒意肃杀。蒙眬中，一阵"咚咚咚"的急促敲门声将我从梦中惊醒，黑暗中叔叔裹挟着一阵冷风，急匆匆地跑进来，带着哭腔对母亲说："嫂嫂，大哥快不行了，赶紧抱儿子去给他看最后一眼！"

母亲失声大哭，手忙脚乱地给弟弟套上衣裤，叔叔一把将其抱起来，夺门而去。紧接着母亲和三个姐姐，也慌忙紧跟着跑了出去。6 岁的我，好半天才笨拙地穿上棉袄，一出门，就碰见号啕大哭的母亲，被人从医院搀扶回来，母亲把我拉在身边带回了家。

11 岁的大姐守在父亲病床前，匆匆跑去医院的她，只穿着单衣单鞋，冷得上牙嗑下牙浑身哆嗦，便把一双冻得通红的小手放在父亲尚有余温的大手

＊ 2012 年 2 月 7 日选载于《贵州都市报・都市闲情》专栏。

里取暖。当护士强行将父亲抬走时，大姐拼命抓住父亲温暖的大手不放，哭喊着："我爸爸还活着！我爸爸还活着！"坚决不准护士抬走。

父亲去世的第二天是元旦，天气十分寒冷，滴水成冰。母亲一大早就顶着凛冽的北风，牵着9岁的二姐和8岁的三姐，去父亲的公司找领导商量后事。一路上，迎接新年的人们笑逐颜开地燃放着爆竹烟花，可母亲和两个姐姐的脸上，只有两道冰泪和还在奔涌的泪流。公司领导十分同情母亲的处境，按最高标准给了抚恤金200元，并苦口婆心劝母亲："你家五个娃，最大的11岁，最小的才4岁，一人拉扯，包袱实在太重，遗体就火化吧，省点钱过日子，不然，今后怎么办哟！"可母亲不仅倾其所有给父亲买了具上好的老家（棺木），还举债请道士做了五天大道场，为父亲的亡灵超度……

三天后，父亲回来了，一见到我们，两只耳朵就流出了殷红、殷红的鲜血，可任凭母亲哭喊得声嘶力竭，我们姐弟哀声恸天，父亲都一动不动地躺在棺板上。4岁的小弟也跟着哭喊，看见街坊邻居们也在不住地流泪抹眼，唏嘘不已，他又困惑又害怕，着急地迭声说："叔叔伯伯，姨妈婶婶，我爸爸睡着了，我爸爸睡着了嘛……"

父亲出殡的那天凌晨，被从梦中摇醒的我大哭着吵瞌睡，迷糊中听见母亲用哭哑的嗓音说："四宝哎，起来送爸爸哈。想爸爸了，不哭喔，不哭……"母亲一边啜泣，一边给我穿棉袄。我慢慢地止住了哭闹，睁开双眼，只见母亲的肩头上，窗外的天空黑得瘆人，我不由自主地打了个寒战……

出殡的路上，身着节日盛装的人们看着纤细的母亲，带着一群像楼梯坎一般高矮的儿女，在厉声长啸的朔风中颤抖哭泣，都忍不住洒下了悲悯的泪水，直摇头说："天哪！死错人喽，死错人喽，咋个养得活哟……"

在父亲去世的好长一段时间内，思念成疾的母亲一有风吹草动就殷切悲惶地呼唤父亲名字，接踵而至的就是长时间幽怨凄惨的揪心哭诉……几个姐姐至今都还记忆犹新地说："天哪，母亲那凄惨的哭诉和悲惶的呼唤声，太吓人了，不论我们走到哪里，都不绝于耳。"年幼的我，也因此对灵异空间产生了极度的敬畏，至今惶恐黑暗……

母亲的肩膀

　　由于母亲坚持隆重操办父亲的丧事，我家债台高筑，生活困顿。当年，母亲才 39 岁，风韵依然，大家都认为再嫁是母亲唯一的出路。可母亲担心儿女受委屈，断然谢绝了众多媒妁和追求者，尽管当中不乏佼佼者，甚至还有市局级干部。她毅然决然地从国营单位退职出来，一个人开了个小面馆，把养活一家七口的重担压在了自己单薄的肩头。

　　打那以后，母亲就天天独自披星戴月，时时孤身风雨兼程。家中只有年迈的外婆带着我们五姐弟，除了新年，我很难看见母亲。四年后，已上小学三年级的我，实在熬不过想母亲的念头，就鼓足勇气瞒着外婆，坚持徒步穿行三条街到小面馆去找母亲。一走到小面馆的路口，我就看见排队买面的长龙。母亲总是身着那套洗得发白的阴丹蓝父母装站在比我还高的灶台后，上下飞舞一双一尺来长的大筷子，大箸大箸地挑着面。她苍白的脸被面汤的水蒸气蒸得绯红，沁出一颗颗细密的汗珠，笔直的鼻梁下，一对精致逗号般的鼻孔微微地翕动，黑亮的短发被两颗大发卡别在耳后一丝不乱。我过去扯母亲的衣角，母亲低头对我莞尔一笑说："四宝乖，自己玩哈，妈一会儿拿肉哨汤给你泡饭吃。"说完便继续忙碌。看着母亲面颊上笑出的一对圆圆的酒窝，像两弯妩媚新月的眼睛和一排在棱角分明的丰唇里闪闪发光的、整齐晶莹的小米牙，我好是喜欢，傻傻地仰望着不走，直到母亲再次催促，才不情愿地慢慢走开。

　　打那以后，我便隔三岔五地往母亲那儿跑。可每次一到傍晚，母亲就会赶我回家。我不情愿一个人回家，每次都要磨蹭好半天。有一次，我就是赖着不走，夜深了，冷冷清清的街上见不到一个行人。我眼皮沉得睁不开，不停地吵着要回家，可母亲却充耳不闻，眼睛一眨不眨地紧盯着街上。只要母亲眼睛一亮，我就知道有人来了，可十有八九都是些脚步匆匆的夜归人。我实在熬不住就扑在板凳上睡着了，一觉醒来，看见母亲正吃力地搬起比我还高的汤锅，放到门外的阴沟旁，麻利地用大刷把里里外外洗刷干净，又拿过二姐手中的小刷子，飞快地清洗餐桌和条凳。

打完烊，已是第二天凌晨，路灯早已熄灭，街上一片漆黑。疲惫不堪的母亲牵起我和二姐、三姐，闭着眼睛在空无一人的街上，划出了一个又一个的"之"字。走着走着，我便靠在母亲身上睡着了，突然，头猛地一下碰在母亲的身上。原来，我们撞在了路边的电杆上，迷糊中，母亲本能地用身体来护我。到家后，母亲敦促我们洗完脸和脚，就赶紧脱下身上唯一的衣服洗晾，小睡一会儿，寂寂的街道又被母亲遑遑的脚步敲醒。

辛劳困苦的挤压使母亲身体严重贫血，经常晕倒，可母亲不管晕倒在街上还是店里，只要苏醒后还能爬得起来，就继续脚不停手不闲地忙忙碌碌……

每到新年，母亲就会变魔术般地给我们五姐弟换上漂亮的新衣裳，做出一桌色香味俱全的美味佳肴。那时的年味，在我们心中好浓、好厚、好美、好长。我们盼望过年的心情好重、好真切，时至今日，仍然鲜明不忘。

外表孱弱的母亲有一颗强大的心，做她的儿女，生活虽然清贫却不乏欢乐，尽管不能丰衣足食，但精神生活却格外丰满。

父亲去世的那几年，正是三年困难时期，我们家更是吃了上顿愁下顿。尽管我家的生存环境如怒涛中的扁舟，母亲却硬是从牙缝中挤出六块钱来，给我们买了把二胡，要我们姐弟学习演奏。为谋生，母亲天天早出晚归，可百忙中总要抽空看我们姐弟唱歌、跳舞、奏乐。每当这个时候，母亲苍白的脸上，就会蹦出一对盛满欢乐的小酒盅，疲惫的眼睛瞬间炯炯有神，有时还会和我们一起合唱，把我们的表演激情推至极致。

母亲常怀一颗感恩的心。有一次我放学回来，就听见母亲不停地向隔壁杨妈赔礼道歉，并不问青红皂白地要我赶紧认错。我感觉冤枉就是不从。没想到平时很注重言传身教、从不打骂我们的母亲，脸上的慈爱和亲切突然消失，愠怒地从扫帚中抽出一枝竹丫来打我。我一声不吭地仰着头默默流泪，杨妈见状只好带着女儿走了。她们前脚刚出门，母亲就一把扔掉竹丫，搂住我难过地说："四宝哎，你咋这么不懂事。杨妈经常接济咱家，要懂得感恩呀。唉，你咋这么犟嘛，不然，妈怎么舍得打你呢。"在母亲的安抚下，我止住了哭泣，不过心中很纠结，明明是其他同学闹的，凭什么责罚我！多年后，当我领悟了"滴水之恩，当涌泉相报"的道理后，我心中的母亲愈加熠熠生辉……

母亲还经常告诫我们："新社会好，共产党好，如果是在旧社会，我一个妇道人家怎么养得活你们五姐弟。你们要好好念书，做一个有文化有品行的好孩子，报答党和毛主席的恩情。"我们谨遵母亲的教导，即便是在那些动荡的岁月里，我们几姐弟依旧紧闭院门，专心致志、如饥似渴地在家里看书、习字，练习乐器和歌舞。我们清脆的笑声、琅琅的读书声和着悠扬的琴声与歌声，载着美好的憧憬和母亲的期盼，在湛蓝的天空中高高地飞翔。这曾经是前街后巷津津乐道的一道亮丽风景线。

风雪漫天

1966 年，为了糊口，母亲到电厂工地去挑泥巴。盛夏的工地，似火的骄阳烤得人睁不开眼，脚下黄泥热得烫脚，空气中没有一丝丝凉风，炎热得让人窒息。娇小又有洁癖的母亲全然不顾黄泥沾满双脚、汗水把衣服粘在前身后背，依然眯着眼睛咬紧牙关，颤巍巍地挑了一担又一担，气喘吁吁地抬了一筐又一筐……母亲忘我的劳动态度深深地感动了组长和多数工友，顶着个别不同意见，他们坚持把母亲评为二级工，月工资可以拿 32 元钱（较一级工多 2.5 元）。

为了节省 7 分钱的公交车费，母亲每天上下班从不与工友结伴乘车往返，而是独自于每天清晨 5 时出门赶路，下班后，又拖着散架似的筋骨，忍着全身酸痛步行 10 里路回家。一进家门母亲就瘫软在帆布躺椅上，在家等候的我们立即捶背的捶背、打扇的打扇、端茶的端茶、打洗脸水的打洗脸水……看见母亲白皙的双腿上，青筋直暴，鼓胀弯曲得就田里大蚯蚓一样。我赶紧端来张小凳子，用力把母亲肿得发亮的双腿抬上去，又害怕又心疼地一边轻轻地用手抚摸，一边紧张地盯着母亲的眼睛问："妈，痛不痛?"母亲总是满脸慈爱地笑着说："四宝乖，妈不痛……"

母亲从工地回家的路上有个地方叫望城坡，距我们家约五里路，那儿曾被我们称为"望娘坡"。年幼的小弟不管日晒还是雨淋，每天都会提前一小时跑到那里去接母亲。一看到母亲那步履蹒跚的身影出现，小弟就会欢呼雀跃着跑过去，开心地牵着母亲的手，欢天喜地地回家。32 元的月工资，根本无法维持一家六口人的最低生活水平，几个月后，营养不良的小弟日渐面黄肌瘦，爱子如命的母亲看见小幺儿拖着有气无力的身体，步履维艰地到"望娘坡"去接她，她心如刀绞、五内俱焚……

身心的煎熬和重负终于把母亲击垮了。一天下午，我正和同学在家里做作业，突然听到门外传来母亲"这是哪里？这是哪里嘛？"的询问声。噫！母亲回来了嘞，我高兴极了！可又奇怪，今天怎么这么早就回来了？！我连蹦带跳地跑出来接母亲，可母亲却一把将我推开，还大声说："哪家的娃娃，走开！走开！……"我一下子吓蒙了。送母亲回来的杨阿姨扶母亲躺下后，转过头来低声说："快去叫姐姐们回家，你母亲精神分裂了！"我瞬时感觉天崩地裂，呜呜大哭着跑出去找姐姐。原来母亲在工地上因劳累过度，下颌突然脱落，当时母亲并没有惊惶失措，而是镇静地慢慢自己复位，但可能牵动了神经，随即就举止失常胡言乱语了。组长赶紧叫杨阿姨送母亲回家，路上，母亲拼命扑向迎面呼啸而来的火车，不停地说："那个山洞里有好多好多钱喔，我要去拿，我要去拿，给娃娃做好饭好菜、交学费、做新衣服……"杨阿姨使出吃奶的力气，方才拼命拉住了险些挣脱的母亲。

在母亲的生命中，抚养我们长大是刻骨铭心的唯一。她即便是精神分裂，半夜都会突然惊醒，跳起来开门去上班，吓得奶奶赶紧搬回来，守护母亲至康复。

伤 逝

2005年阳历8月25日，我们刚给母亲过完86岁高寿两周后，不承想，那悲痛欲绝的日子便已来临。那天下午7时，我出差回来在单位加班赶材料，接到大姐的电话时，我根本不信。在我的心里，母亲是这样善良和美丽，母亲的爱是如此的厚重和博大，我们的孝心又是如此的真挚和深切，仁慈圣明的上天一定会赐母亲福寿双全。可还未进门就听见一片恸哭声，我眼前一阵发黑，双腿顿时发软。母亲双眼紧闭躺在客厅中间的木板上，姐姐们一见到我就哭着说："妈啊，四妹来了，四妹来了……"我哭喊着扑上去，泪水像断线珍珠一样洒在母亲凹陷的脸颊上，奇迹居然发生了，母亲紧闭的双眼猛然睁了一下，眼角渗出了泪水。急救医生赶来抢救 30 分钟后宣告母亲的生命已经终结，可握在我手心的双脚，却始终柔软温热。妈啊，我知道呀，我知道，您实在割舍不下——自己用生命深深眷恋着的儿女，您一直在用肢体语言向我呼救："四宝噢，四宝，快呀快！救救妈妈啊，救救妈妈！死神恐怖的巨爪已经扼住了妈妈的咽喉，可妈不想死呀，不想死，妈还要守着你们呀，看着你们……"可我无力回天，只能让无用的泪水，侵蚀自己的灵肉，寸断肝肠。妈啊，您的四宝无能啊无能，无用啊无用……苍天啊，苍天，请回答我，为什么这样残忍！为什么，为什么啊……

我们五姐弟把母亲的遗体安放在殡仪馆位置最高最好的灵堂——秋序堂，因为母亲秋天来秋天走，是秋的精灵。

凌晨，心力交瘁的我和姐弟们和衣倒在灵堂里屋小憩，突然，灵堂里隐约传来母亲的咳嗽声，我惊喜万分地飞奔出来，灵堂里弥漫着一股悲悲惨惨的气息，四处一片死寂。母亲凄凉地躺在冰棺里，没有一点生息，脚边一盏孤零零的引路灯冷冷清清地燃着。绝望的我泪流满面，伤心地低声哭诉："母亲啊，对不起啊，对不起。我这个月因单位工作繁忙和搬新家，没来得及去看您。本想等星期天接母亲及全家到我的新家来，没想到啊，您就这样匆匆地走了。妈啊，如果我早知道会这样，根本不会管什么工作，什么乔迁……母亲啊，四宝现在好痛好悔哦，如果可以再来一次，我一定会天天守在母亲身旁，逗母亲开心，听母亲絮絮叨叨……"突然，一阵冷风从高悬的下弦月梢直掠而下，墙上那幅"寸草春晖难报德，空庭月夜痛思恩"的挽联和两旁密密匝匝排列着的花圈，发出一阵窸窸窣窣的声音，仿佛是母亲在呜呜咽咽地回应我。

起灵时，我们五姐弟才清楚地意识到，母亲从此将永远和我们阴阳两隔，一阵剐心刺骨的痛苦和绝望压顶、撕心裂肺的哭声骤然爆发，悲痛欲绝的声音感天恸地，顷刻，阴沉沉的天空飘起了毛毛细雨。事后，送行的亲友们说："天哪！你们几姐妹当时的哭声，那哪是哭哟，分明就是嚎……"当母亲被送进火化室的那一刻，我们五姐弟跪在地上，十只手使劲拉着灵车，呼母亲唤母亲，可那扇阴森森、黑漆漆、冷冰冰的大铁门，还是硬把母亲关了进去，那焚毁了多少恩怨情仇的炉膛，最终还是张开了猩红的大嘴，吞噬了母亲……哭瘫了的我们，在地上倒成一片。

泪水滂沱的我一步一回头，望向那扇紧闭的铁门，身边的工作人员却压低声音在我耳旁说："不用看了，走吧，走吧，他们都走了。"天哪！他亵渎了我今生最纯真最圣洁的情感，我悲愤不已。可心力交瘁的我，已没有半点斥责他人的心思和力气……

我们在寸土寸金的公墓里，给母亲选了个金边银角齐聚的墓地，在母亲的墓前，还签约保留了约 8 平方米的绿地。送母亲入土安葬的那天清晨，近千位亲朋好友来为我们伟大优秀的母亲送行。由于人太多，只能分批次一排又一排，齐刷刷地向母亲跪拜致敬，突然，我真切地看见了墓碑上，香烟缭绕中的母亲开心地笑了，我还以为是哭花了眼，可事后大姐说她也看见了，我痛楚的心，顿时有了些许慰藉。

缅　怀

无数个夜晚，母亲满是裂纹的双手，悄悄捡起地上的被子，一边轻声叨叨"四宝唉，睡觉一点都不老实嘞"，一边扯起被角，轻轻地盖在我的身上。我迷迷糊糊的一声"妈啊——"登时把梦喊碎，泪水顿时潸然如雨，我不禁喃喃地哭诉："母亲啊，四宝想您的心好痛、好苦……"

我老是想着母亲的好，悔着自己的粗心，追思之心就像母亲养育我的恩情一样，"春蚕到死丝方尽，蜡炬成灰泪始干"般绵绵无尽期。

隔三岔五，我总会习惯性地拨打母亲的电话，周末或节假日，不经意中，已走向母亲居住的那条街道……只要一看见白发老人，心就生痛。一次，我在牛肉馆刚端起碗，便见一位与我年龄相仿的中年妇女搀着老母亲过来拼桌。母女俩言谈举止中透出的浓浓亲情，使我羡慕不已，我忍不住对中年妇女说："你好幸福哦，还有母亲可以孝敬。"老人家听后反问："孩子，你母亲呢?"泪水瞬间夺眶而出，我赶紧放下尚未动筷的牛肉粉，低头吞咽泪水，匆匆地走出店外，躲避母女俩和行人诧异的目光。

母亲，您离开我们已近 6 载，我已记不清小时候您是如何一次又一次地渡过各种难关的。只记得，您大病康复后被安排到集体饮食店上班，月工资仅 25 元。那年，您实在无法给我们五姐弟做新衣服。看到我的衣服实在破烂不堪，您居然灵机一动，拆开我们襁褓时用过的小被面，熬了个通宵，手工为我缝制了一件父母装。衣服裁剪得很合体，针脚又细密工整，我穿上身就美滋滋地往外跑。隔壁的支婶婶一见，就不停地上下打量我，脱口说："哟！廖姨妈家的姑娘们好爱人哟，看倒看倒，就可以塞轿门喽。"羞得我一扭身就跑回了家，您布满血丝的双眼，顿时笑成了弯豆角。

还记得外婆因故被遣返回老家时，您不仅要奔波一家六口的生计，还得操持家务，身心的重压是常人难以想象和承受的。可坚强聪慧的您，总能把家居和我们几姐弟打理得清清爽爽。

有一次，四处举债无门的您一进门就倒在床上哭泣，看见素来坚韧不拔的母亲都崩溃了，我们顿时恐慌得一起放声大哭。哭声惊动了居委会的孙委员，他例行安慰一番后，出门却说："哭什么哭嘛，没得钱，她的家居和娃娃，会有那么干净整齐喽！"

在您呕心沥血的养育下，我们五姐弟学习成绩均在班上名列前茅，从学校到单位都是学习、文艺、业务骨干，且孝心尽人皆知。左邻右舍、前街后巷的老人们，艳羡的目光总在您的身上聚焦，您也经常十分欣慰地说："我这么多年的苦，没有白吃嘞。"

可当我们想好好地孝敬您，祝您健康长寿的时候，抽尽心丝、呕尽心血的您已油尽灯枯。最后的两年多时间，您只能吃点泡饭，成天坐在小弟家，眼巴巴地盼望着我们来陪您。

记得我每次来看您，都会给您买些新鲜的糕点、水果，向保姆询问清楚您的饮食起居情况后，就依偎在您身旁唠嗑。我喜欢拉着您的手，摸摸您的脸，理理您的头发，然后一边慢慢地喂您吃糕点水果，一边听您颠三倒四地说些陈年往事，还经常故意突然打断您的话题，与您逗趣。每当此时，您总是用满是慈爱的眼睛看着我说："四宝嘞，你怎么总是长不大喔。"我呢，就会嘻嘻笑着，把额头贴在您的额头上。

可是，母亲啊，您知道吗，打您走后，您的四宝就长大了。她在没有来路、只有归途的苍凉中，孤苦地挣扎……

还记得1983年我上成人备考班时，写了一篇关于您的文章，题目是《我最敬爱的人》。老师夸我写得生动感人，在班上作为范文点评。我兴奋地拿回家来念给您听，您听后容光焕发，欢喜地说："写得好，写得好，可以作为我天年的祭文。"可我总觉得自己对您的艰辛、慈爱、善良、美丽和风骨等优良品质，写得都还不够鲜活和深透，想认真润色后再给您。不承想，由于家庭、工作的忙碌和颠沛，这一耽搁就是 28 年。这成了我心上的一道疤！母亲啊，您会怨我吗？如今，我终于完稿了。这篇迟到的祭文，是四宝以泪水作墨、血管为笔、追思为纸完成的，是四宝的一颗沉甸甸、湿漉漉的心。

　　今天，四宝想对您说，作为母亲，您是最伟大、最优秀的！能做您的女儿，是我此生最大的幸福。但，作为女人，您却是最凄惨、最可怜的。如果有来生，我还想做您的女儿。或者，换位，让我来呵护您……

冬天的礼物[*]

　　我静静地坐在公园的石凳上，任阳光从冬天的树枝上直直地滑下来，沙沙地落满手中的书页。脚下是一条铺满矩形立体图案的青石小路，停留在开满繁英枝头记忆里的黄叶，躺在路旁的草地里，似暖色的花朵般懒洋洋地绽放。

　　不远处的草坡上，有一群凭借地势恣意翻滚的少年儿童。他们天真活泼，忽而抱团，忽而接龙，忽而摔跤，无忧无虑的游戏和银铃般清脆悦耳的欢笑，把我的心情梳理得如同蓝天一样晴朗、舒畅。

　　我好想也就坡翻滚，恣意一场，于是便不觉轻轻合上书本，任心情放飞，追随这群阳光一样明亮可爱的生命，回到了童年，回到了那些美好的时光……

　　童年的冬天，老天爷总是阴沉着脸，成天怂恿凛冽的寒风铺天盖地地撒泼。清晨，我家瓦房低矮的屋檐下总是悬挂着一排亮晶晶的冰凌。被棉衣束缚得连手肘都弯曲不了的我，老爱踮着脚，笨手笨脚地摘取这些由酷寒缔造的美丽产物，摘后赶紧扔在灶台上，搓着冻僵的小手，好奇地看着它那晶莹剔透的身体迅速变小，直至无形。

　　还有那些大雪纷飞的夜晚，寒冷把大人们驱赶回家时，我们这些孩子就会悄悄地溜出家门去寻找白雪公主。

　　雪夜的街道，厚厚的积雪掩埋了肮脏的灰尘与喧嚣的杂音。大地泛出一派广袤的银光，漆黑的夜空中，大朵大朵的雪花像无数只白皙可爱的小手，兴高采烈地把我们召唤。我们立即跑进这自由欢快的世界，任雪花飘进脖子里，也不管积雪打湿了棉鞋袜，只是一门心思地张开双手，想抓住这些曼妙

---

[*] 2013 年 2 月 21 日载于《贵阳日报》副刊。

的小精灵，东奔西跑地在雪地上留下一串串歪歪扭扭的、深深浅浅的小脚印。

正追逐间，二姐脱了袜子，和表哥开始了一场光脚踏雪比赛，可还没走上十步，二姐就被美丽却冷酷的白雪咬得嗷嗷直叫唤。小弟赶紧一边笑一边跑过去把她背了回来。见状，我赶紧打消了跃跃欲试的念头，在一片嘻嘻哈哈的打趣中，结束了这场与白雪公主的嬉戏。

可我至今也忘不了那些在冰冷的夜空里舞蹈着的美妙小手，和那黑与白的世界带给我的简单纯净的欢乐。

冬天的开心果，当然属春节了，那是我童年中最温暖的色彩。记得每年除夕夜，家中的八仙桌上就会摆满一年到头罕见的麸子肉、膀头肉、黄炸肉、红烧鱼等美味佳肴。在色香味俱全的食物诱使下，我们几姐弟团团地围着桌子，不停地吞口水、咂舌头、叽叽喳喳地盼着在锅灶边忙碌的母亲赶快过来，大家好动筷子。

当一个个小肚皮被母亲丰盛的年夜饭撑得溜圆后，我家的新年文艺晚会也就拉开了序幕。晚会上，母亲担纲总导演和评委职务，她让我们几姐弟轮番即兴歌舞和器乐演奏。演出获得的最高奖赏，是她的笑声、喝彩声、搂抱和亲吻。这奖赏，在我们心中胜过世上所有的金杯银杯，激励起一次又一次的表演高潮……

记得有一年，母亲要我和小弟同时表演，不承想一贯自我感觉良好的我却落败了，面对小弟高兴得闪闪发光的眼睛，和他之后时常挂在嘴边的"母亲说我比你柔软"的夸耀，我沮丧地认为母亲心存偏爱。直至后来小弟成了家中唯一的职业演员后，这心结才在我对母亲的敬佩中化解。

晚会结束后，我们几姐弟兴奋地数着母亲给的压岁钱，簇拥着母亲围在火炉旁守岁。我们一边含着糖果，嗑着花生瓜子，一边着迷地听母亲摆龙门阵。现在，我已记不清母亲那些寓教于乐的龙门阵了，但她那份"我的话，可以当米煮"的坚定和自信，至今还印在我的脑海里。

大年初一早晨，满屋子都回响着母亲慈爱的呼唤，她拖长着声音不停地叫着我们姐弟的乳名，用好吃、好玩的东西诓我们起床，可我们姐弟赖在温暖的被窝里就是不肯起，直到听到母亲上楼的脚步声"噔、噔、噔"地临近时，慌忙起床的我们才又惊又喜地发现枕边的新衣服，于是立即欢天喜地地一边试穿，一边互相评头论足。

楼下，热情四射的铁炉子逗得锅中的甜酒粑咕咕地笑个不停，冷静的糍粑、黄粑也被它烘得浑身膨胀，还有门外噼里啪啦的爆竹没头没脑地直往屋里钻。母亲一边利落地给我们舀甜酒粑，裹糍粑，一边说："赶紧吃完，我带你们去亲戚朋友家拜年。"一想到又有更好吃、更好玩的东西和压岁钱，大家立即一哄而上吃完早餐，随即蹦蹦跳跳围绕在母亲的前后左右，像一群活泼欢快的小鸟，跟着母亲出发拜年。每次拜年回来，我们都吃得小肚子圆圆，装得小荷包满满。

这欢乐幸福的年味啊，好长，好长，长到——儿时的我天天掰着指头数日子盼过年；长到——现在的我，对如今的年味味如嚼蜡；长到——记忆中儿时的年味，越来越浓、越来越甜……

阵阵寒风扯断了我的思绪，凝神一看，前方绿茵如毡的草坡上，彩色的孩童们已经消失，唯余光秃秃的大树和支离破碎的木楼神情凝重地站在原地互相偎依。

走西口的太阳从沧桑的大树和吊脚楼夹角间，露出一张闪耀着热望的笑脸，目光灼灼地盯着你，让你不能轻视。

这眩光与沧桑给我的视觉造成了强烈冲击，一时间不由得冥思苦想：这是生机与破败的嬗变，还是化腐朽为神奇的光复？

屋檐水，点点滴*

一场大雨，送来了秋的名片。听着雨声，我想起了儿时的雨天。在那些出不了门的日子，母亲总是静静地伫立在窗前，神情凝重地看着从瓦檐上跌落的雨水，悠悠地说："屋檐水，点点滴……"

年幼的我，听不懂话里的含义，只纳闷、好奇，这屋檐水有什么好看的呢？于是，我便走过去紧贴着母亲，睁大一双幼稚的眼睛，一眨不眨地盯着它们看。只见一缕缕水串，或一颗颗水珠，顺着房檐，点跟点地划出同一轨迹，滴答、滴答地掉入同一坑洼，单调、呆板，而又乏味。

多次重复地看完这些过程后，刚学会跳橡皮筋舞的我，觉得实在无趣。于是，母亲那叹息的话语，在我这儿便如同落入地上的屋檐水滴一般，转眼就杳无踪迹了。

今天，当生活的利刃划过我的心尖时，母亲当年的语气和神态，竟然在我的身上复活了。只是，母亲说这话时，她那沧桑的心里，应当是高天流云般的淡定和释然，而我说此话时，心中却满是千丝万缕的，对母亲的无尽缅怀和愧疚……

记得从小到大，生活中总是有许多不争的事实，印证孤身为我们撑起一片蓝天的母亲的兰心蕙质。因而，母亲的那句"我的话可以当米煮"的口头禅，也就在我们心头独木成林。

在我年近而立的某天，母亲却承受了我忽视她的意愿、自行择偶的打击。我至今也还记得，母亲当时的眼神，活像一只担惊受怕的山羊。可当母亲知道事情不可逆转后，却只是弱弱地笑着说："老了，还得改脾气了。"

---

* 2013 年 9 月 27 日载于《贵州民族报·散文天下》。

陶醉在初恋喜悦里的我，没有工夫细想母亲那屡弱笑容背后的隐痛和那话里有话的苦衷。

直到今天，已身为人母的我遭遇到了同样的经历，这才幡然省悟，原来，母亲当年的那滴屋檐水，穿越多年后，竟然又一模一样地滴在了我的屋檐底下。我这才明白，母亲那屡弱的笑容后面，是一滴滴从高天跌落到屋顶，再由屋檐摔碎在地上的、亦步亦趋的失落和悲凉。

我也还记得外婆回乡，母亲带着我们几个儿女为外婆送行。站台上，母亲和外婆都泣不成声。直到列车开始缓缓启动，两双手还隔着车窗紧紧相扣。我看着母亲和外婆因拉扯而暴鼓的指关节，幼小的心突然有些害怕，恐怕它们会把皮肤撑裂。

外婆回老家的两年内，曾几次三番地要求上来，最后一次甚至说，宁愿砸锅卖铁也要回到母亲身边。当时，母亲噙泪回信说："娘啊，等时日好些，再接您老人家上来。"可不久，一张薄纸便捎来了外婆辞世的噩耗。追悔莫及的母亲，朝着老家方向，悲痛欲绝地泣告："娘啊，娘，是我不好，是我不好！您一辈子胆小，老实，狠心的他们把您关在那不见天日的后院里，您怕呀。我要是早点不顾一切地接您老回来，就好了……"

母亲长时间的哭诉和哀思，让从未到过老家祖屋的我，仿佛看见了阴森森、空荡荡的祖屋后院内，潮湿的地上遍布苔藓，鼠类在院内上下乱窜。曾一直悉心照料我们、为我们洗衣做饭的外婆，被抱养的舅父关在后院的一间阴暗的、霉味刺鼻的偏屋内，失去了自由。

可怜的外婆，白天，靠在偏房被钉死的窗户边，睁着双眼拼命地向一片死寂的天井内张望。夜晚，狠心的舅父为省油费不准点灯，可怜的外婆只能紧闭双眼，蜷缩在漆黑里，稍有响动，她就吓得全身瑟瑟发抖。

这场景让我感到惊惧，但却体会不到母亲那份沉甸甸的、绵绵不绝的思亲之痛。

后来，无情岁月和曾经的磨难，把一生矫健自强的母亲推倒在轮椅里。轮椅上的母亲天天眼巴巴地期盼着我们来看望。每次我们来时，母亲总是颠三倒四地说着那些陈年往事。说完后，母亲可能意识到那都是些陈芝麻烂谷子的事了，便又现出歉意的笑容，接着说："唉，成天一个人待在家里，嘴巴都快闭臭了。"

起初，母亲"嘴巴都快闭臭了"这句话，就像砸在石板上的屋檐水串，四射的水花和溅出的回音重重地打湿我的心房。尔后，重复的话语蜕变成了星星点点的屋檐水，滴滴答答地只能轻叩耳鼓，激不起应有的回响了。再后来，便如落入河中的雨水一般，无声无息了。

直到八年前的那个清秋，母亲猝不及防地撒下我们，把我的心变成一块浸满哀思的海绵，如今只要稍稍触及便淅淅沥沥。我这才明白，母亲当年那串"子欲孝却亲不待"的屋檐水，随着几多春秋更迭，又直接渗回了我的心田。

屋檐水啊，点点滴。可为何总要在失去之后、在无可挽回之后，人们才会明白……

守 望[*]

汉字真是博大精深，仅用"父爱如山"这个成语就隆重地道出了父亲的重量；仅用"父爱如伞"这四个字，便生动地概括出了父荫的质量。

可是，在女孩的生命历程中，这把最结实的伞，这座最可靠的山，还未及女孩懂事，便溘然长逝了。

失去父荫的女孩，便成了一颗长在路边的小草，不但低矮，而且无助……对父爱的羡慕与渴望，也就在女孩的心头像一棵独木成林的大榕树般疯长，其浓密的枝叶覆盖了她从女孩到女人的全部行程。

在女孩的忆念中，父亲只留下几个记得住的时空片段，一如当下的蒙太奇艺术电影。其中，女孩最开心的就是给父亲送饭。

父亲在一家名为"小上海"的饭店上班。因家里家外事务纷繁，母亲偶尔会分派女孩给忙碌的父亲送午饭。

这任务对于一个 5 岁左右的孩子来说，却是十分辛苦。因为从家中到父亲工作单位有一千米左右的距离，女孩要走一个多小时。给父亲送饭的工具，又是一个饭菜分装的立式搪瓷饭盒，盛满饭菜后有 500 余克重。女孩儿人小个矮，送饭途中，必须始终保持耸肩抬臂的姿势，否则，饭盒底就会碰撞地面。

每次送饭，女孩都是频繁地左手换右手、右手换左手，还不时将饭盒放在地上休息。就这样，双手还是被饭盒提手压出了一道紫红的印痕，原本热腾腾的饭菜在送达时也变成了冷的。

尽管如此，每次一听到有送饭任务，女孩都显得十分兴奋。因为，只要

* 2014 年载于《滇黔锁钥》文学季刊第 2 期。

一听见女孩甜甜的叫声，在饭店里忙碌的父亲就会赶紧抽空接过女孩手中的饭盒，擦去女孩脸上的汗珠，而后，便很快地转身离去。再来时，父亲手中便会有一碗香喷喷的"盖浇饭"，或一块热气腾腾的红枣发糕，来犒劳女孩的小嘴巴。

有一回，父亲还在隔壁的影院里悄悄地给女孩找了个座，至今女孩还记得那部电影的剧情。在少儿故事片《马兰花》中，美丽温柔的小兰姑娘用她勤劳善良的品行，战胜了懒惰狠毒的孪生姐姐大兰，赢得了小动物们纯真的友谊，并收获了甜美的爱情。这场电影，在女孩的心中代表着深沉的父爱，成了女孩此生做人的经纬。

可是，当年女孩那小小的脑瓜，从不明白也不曾想过，父亲何以从不吃饭店爽口的美食，却偏要吃女孩送来的冷菜糙饭。

身高一米七八的父亲是南方同时代青年人中的翘楚，再加上会些拳脚功夫，浑身上下时时透着勃勃英气。在女孩的记忆中，父亲却与街坊和睦亲善，从无纠纷。只是在一个夏日的傍晚，父亲正抱着女孩坐在邻居门前的石凳上乘凉时，发生了一件意外的小事。

那晚，清凉的晚风嬉闹着追赶绛红色的云朵，带着河水的湿润和岸柳的清香，在高天和地面的屋檐角及人们的衣裙边穿行。女孩一边用手不停地拨开被风吹乱的头发，一边好奇地盯着父亲那张有棱有角的嘴巴，想知道那里面究竟有多少色彩斑斓的故事。

从小到大，旁人都说女孩长得和父亲一模一样。女孩想，父亲可能在自己的脸上找到了他童年的影子，抑或是女孩当时的模样太傻，因为女孩看见，父亲浓黑眉毛下的那双大眼睛，不仅炯炯有神，还盛满了深深的笑意。这场景，是女孩对父亲的回忆中最最温暖的一幕。

突然，一阵刺耳的叫骂声打破了这和夏夜一样安宁美妙的天伦之乐。不知何故，邻家小姑娘冲着我的大姐不停地谩骂。起初，这只是让女孩在父亲给自己叙述的童话里，感觉到一个短暂的停顿。而后，父亲仍然不紧不慢地继续给女孩讲故事，只是不时用眼光压制着愤懑的大姐。

可随着那叫骂声无休止地一阵高过一阵，父亲便轻轻地把女孩放在地上，随即一把将大姐拉到身前，迅速用大姐的手绢将她的头发捆起来后，说了声："去！"记得只一会儿，邻家小姑娘就被大姐打得大哭着逃跑了。大姐像一个得胜的将军一样，骄傲地回到父亲身边。父亲又抱起女孩，继续讲着那些水晶般透明美丽的故事。

此刻，坐在父亲腿上的女孩，感觉自己就像坐在一座无比安全美好的绿岛中央，幸福得就像一只在茂林中快乐飞翔的小鸟。

这个仲夏的夜晚，不久便浓墨重彩地融进了女孩思念父亲的长河里，汇入女孩每次受委屈的泪流中。

父亲走后的首个仲夏夜，女孩还是像过去一样，躺在露天的行军床上，面朝夜空。不过，此刻的她，不像父亲在世时那样兴致勃勃地去数满天的星斗，而是神情落寞地望着遥远的星空，伤感地回味着父亲的味道。

想着、想着，那无垠的夜空回应女孩的已不再是深蓝的天幕，而是一个黑漆漆的灭顶大锅，阴沉沉地向女孩扣下来，女孩惊悚得立即闭上眼睛。但这恐怖的影像，不仅没因女孩合眼而消失，反而倍加清晰地在她眼皮内聚焦。

吓出一身冷汗的女孩，这才清醒地意识到，没有父荫的女孩，她的生命天空中会衍生出三个阴森森的黑洞：一个来自天体，一个来自世俗，最幽深可怕的，还是来自女孩内心深处的这一个。

有一位哲人说过："每一位失去父爱的女孩，将带着永不愈合的伤口终其一生。"

打那以后，女孩不再是夜空中快乐的"追星族"。她成天混迹于路边那些在寒风中战栗的、蔫头耷脑的野草似的孩子中，刻骨铭心地感受着，灰头垢脸的草民们无人倾听、也无人搭理的凄凉和悲苦。

上小学时，班上有一位温文尔雅，且擅长跳新疆舞的同学与女孩十分要好。有一次，女孩在她家做作业，看见了她那儒雅又慈祥的父亲。这位父亲一边双手爱抚着扑上来撒娇的女儿，一边关切地询问其学习和饮食状况。女孩感觉，这位父亲的到来，瞬间让原本有些阴暗狭窄的楼梯间变得明亮又宽敞起来。可是，接踵而来的，却是令女孩更揪心的、渴望父爱的辛酸，女孩只得仓促地收起作业，逃也似地跑出了同学的家门。

日复一日，年复一年，女孩苦苦地期盼着，有父可依，有山可靠。这无望的守望，遮天蔽日地阴郁了女孩的生活，也注定了进入婚恋的她，收到的可能会是一朵嗜血的毒玫瑰。

当女孩艰难地从一场让她遍体鳞伤的婚姻中走出来时，她终于领悟到这位哲人关于"每一位失去父爱的女孩，她们人生真正的悲剧是从青春期发育开始的，其恋爱婚姻多是不幸"的内涵。因为失去父爱的女孩，其潜意识中会不知不觉地把对父爱的渴望寄托在配偶身上。这错了位的爱和希冀，太痴，也太沉，不但常人难以背负，更是迷惑了女孩的心智，因而即便绚丽一时，也终难完美一生。

或许，这就是每一位失去父爱的女孩的宿命。

如今，饱经沧桑的女孩仍痴心不改。只是，她守望的高度已降低为：有一天，能让她当面叫一声父亲，能再看到一双充满父爱的眼睛。

如　果

如果今天您回家，会看到我与您相识以来写给您的第一封信，也可能是最后一封信。

如果，您愿意，我还想轻轻地叫您一声"大猫"，因为毕竟相依相偎过。如果您一定要认为这段生活我有错，请不要用我的错误来惩罚您；如果您能明白夫妻之间本没有对与错，请用大丈夫的胸怀，给您曾经轻轻呼唤的"小米"一点点理解、一点点宽厚，让我们平静地结束这段无情的生活。因为不管您愿不愿意相信，您都应该知道，"小米"曾经单纯地怀抱着追求真诚、热情、美好生活的热望，期盼与您一起学燕儿般衔泥，做一个温暖的心窝，相濡以沫、白头偕老。可您对生活的内涵实在是太不在乎……如今她行囊空空，像一片深秋的落叶，在晚风中漂泊。

如果分离给您带来伤痛，请接受我真诚的歉意，对不起，尽管我们都知道，走到今天这一步，是双方的问题。其实我很不舍，所以我努力过、付出过、挣扎过，但您对我累过的失落、痛过的哭泣、恨过的麻木均熟视无睹。您认定在这个物欲横流的世界里不会有什么真情，埋怨我追求真诚、热情、美好生活的信念太单纯、幼稚、理想化、不切实际，哪怕是在我为您的病情忧心如焚、泪水涟涟的时刻，您也没有相信过。我们相处的日子太孤寂、无助、冷落、郁闷，我无力承受这慢性自戕式的生活，相信您也会有所感触。如果您认为这仅仅只是我一个人的感受，那么，我们就找到了关联这个故事的因果。

如果您预先告诉我，我们的结合对您而言，只是要给社会一个交代，或是在工作之余显示身份的配置，那么您漠不关心我的喜怒哀乐，不让我介入您的忧愁和快乐，我都应当承受，无话可说。如果在您的生命里，只有工作、工作、再工作，家庭生活对您来说，是消磨、是负累、是小闹闹，那么，您选择一个感情丰富的、热爱生活的、喜欢诗情画意的人为伴，就注定了一场苦情戏要周而复始，这不会是我一个人的故事，受伤的人有您也有我。如果能用您那周密、富于逻辑性的头脑冷静地分析，就会明了一个简单的道理，由于我们彼此性格和生活习性的严重不和，不管你我如何努力，都不可能给对方一个想要的生活。今天的你我，就连一个眼神、一段对话都是一种奢求。这样的日子，在一起是不是互相折磨！平心静气的分手，何尝不是一种最好的解脱！

如果您能平静地看完我的信，或许会理解我，那么，我想和您说几句心底话："不是有房就有家，是有人才有家；不是有人就有家，是有心才有家；不是有心就有家，是有亲情才有家。"如果您愿意用一点心思分析过去的故事，我相信，很快您就会拥有一个想要的生活。到那时，会有片飘零的叶子，在这个城市的某个角落里，在一阵阵清冷的秋风中，默默地为您祝福。

您曾经的"小米"
2009 年 8 月于贵阳

秋风词

过去，自己曾不屑于"何处合成愁，离人心上秋"之类的悲秋、伤秋思绪，认为这都是闲至无聊衍生的枝蔓，无病呻吟而已。不承想，如今，自己也生成了一腔怅然若失的秋绪。

不过，细细想来，这份秋绪，其实打小就种植在自己的骨子里。只是它像个影子，忽而前，忽而后，忽而浓，忽而淡，自己从未直面过而已。

我记得还在自己少年时分，李白的《秋风词》就已烂熟于心："秋风清，秋月明，落叶聚还散，寒鸦栖复惊。相思相见知何日？此时此夜难为情！入我相思门，知我相思苦，长相思兮长相忆，短相思兮无穷极，早知如此绊人心，何如当初莫相识。"当时，我尚不谙诗词意境，只是被其悲凉的氛围和奇特的想象，以及词客内心的悲伤和无奈所打动，感觉诗句与我忧伤的心境相同。

我现在虽已忘了是在哪种场合、哪本书上看到的这首词，但还清楚地记得当时阅后的第一感觉——一首千古绝唱！

让我尤为刻骨铭心的是"落叶聚还散，寒鸦栖复惊"这两句。当时，缺失父荫的我，断章取义地认为，它让自己心中那份渴望父爱的苦楚以及孤儿寡母生活中的诸多无奈和悲哀，一下子凝聚起来，骇然地立于纸上。于是，便随即拿起笔，工工整整地把全词抄在笔记本上，铭记于心。

我6岁丧父，打那以后，孤苦伶仃的痛楚和忧愁，就像一团团黑雾，浓重地笼罩着我幼小的心灵，无休止地困扰着我的生活。

记得12岁那年秋季的一天，我整个下午都独自躲在楼上，一动不动地坐在窗前。我望着淅淅沥沥的秋雨凄凄凉凉地淌过屋面的青瓦，泪水一样地在檐角辛酸地滑落；望着对面山坡上一颗孤零零的老树，其萎靡的枝叶，在雨中瑟瑟地颤抖。顿时，我的处女诗作《忧思》便涌上了心头：独坐寂窗，凄清雨绵，忧思万绪，斑竹千泪。

当时，这首不像样的诗句，让我的启蒙老师感到万分诧异：一个尚处天真烂漫年纪的孩子，怎么可能写出如此忧伤的词句！打那以后，我经常会突发灵感信手涂鸦，但诗句里流露出的全是忧郁和哀伤，就像一条幽深的暗河。

还记得我中学时期的同桌，一位校宣传队的小提琴手看了我的笔记本后，忧心忡忡地回家去告诉她的母亲。翌日课间，她诚恳地看着我的眼睛，一字一句地对我说："我母亲说你的思想基调好灰冷，要我好好帮助你。"

就这样，多少年来，《秋风词》如影随形地伴随着我的春秋冬夏，凉浸浸地缠绕于我的眉间和心头。

今天，我又独处于这秋声飒飒的窗前，默然地看着萧瑟的秋天披着灰色的风衣，张开长满皱纹的大手，在天地之间竖起一管落寞的洞箫。呜呜咽咽的旋律，吹散了一个夏天林林总总的热望，把人心蹂躏得似满地黄叶一样，杂乱无章……

不觉中，《秋风词》又悄然无声地漫游到我心头：秋风清，秋月明，落叶聚还散，寒鸦栖复惊……

2012 年 9 月于贵阳

相　亲[*]

　　古往今来，人们对"相亲"的释义，均指男女间为缔结婚约的初会。可母亲一直认为，就"相亲"二字而言，唇齿相依的母女情，才是人世间最纯粹的相亲。

　　即将临盆的女儿，有些讷讷地对母亲说："妈，宝宝出生后，我就不能常回家陪您了，您要照顾好自己。"刹那间，这方天地仿佛刮起了一阵飓风，蓦地掀翻了母亲已日渐斑驳的心房，随之而来的"冷雨"，"哗"的一声从天空中落下来，凉飕飕地直往心里灌。

　　此刻，一部曾经深深地震慑过心魄的科幻电影片断又充斥着母亲的脑海。母亲感觉自己就像那名流落在飞船外的宇航员一样，悬浮在茫茫太空中，任凭那铺天盖地的黑暗吞噬。

　　细心的女儿从母亲突然减慢的语速中察觉到了不安，赶紧加快语速说："妈，双休日我们会带宝宝过来看您。或者，等我们搬新家时，您就来和我们一起住。不然，您一个人住我们也不放心……"

　　女儿殷切的心意，为母亲勾勒出一幅天伦之乐的美景。母亲似乎看见，在洒满阳光的绿地上，花朵一样的孙女，一会儿跑到年轻的父母跟前撒娇，一会儿又跑到自己身边来听故事。背靠背坐成人字闲聊的小两口，不时向祖孙俩露出会心的微笑。这天伦之乐的美景，像一个降落伞，护送着母亲无着落的心，重新回到了踏实的大地上。

　　其实，这纯粹的相亲，自女儿出生之日起，就像身影一样，紧密伴随着母女俩的每一个日子。

---

[*] 2016 年 10 月 12 日载于《贵州遵义晚报·家庭》专栏。

记得，在宝宝尚未满月的一个夜晚，自幼就总是害怕黑暗中会有无数双来自幽灵的、冷冰冰的、脏兮兮的手，伸向自己的母亲突然发现，不知何时自己已不再恐惧一个人的黑夜了，不由得逢人就说："真的好奇怪哟，一个还在襁褓中的小生命，居然能够驱散自我童年时分起，受思亲至切的外祖母叙述的许多幽冥灵异事件惊吓而导致的极度深寒。"如今想来，是母女相亲释放出来的巨大能量，帮助自己战胜了一切黑暗！

早在去年，临近女儿洞房花烛夜的那些日子，愁别的母亲眼中的泪水就已突然变得很多很多，时而会莫名的一发不可收。可这哀愁，很快就被喜鹊一样的女儿有意无意地驱散了。

那段日子里，沉浸在待嫁喜悦中的女儿，一会儿支使飘逸鲜艳的气球，把冷淡的天花板逗得生动可爱；一会儿又叫落地衣架浑身开满大朵大朵的红色绣球花；一会儿又让惊喜得看直了眼的小新郎和幸福得笑弯了眼的小新娘，一对对地站满雪白的四壁。

至今，母亲仍不愿把这对小新人请下四壁。因为，每当外出归来时，一看见这对小新人，就好像看见了女儿女婿。见两人甜蜜地傍着红双喜字，冲着自己作揖直乐时，母亲都会忍不住笑出声音来。

女儿渲染的这些个大红喜气，很快把母亲从幽暗的低谷拉上了明朗的山顶。特别是送嫁的那天夜里，女儿一再催促不能熬夜的母亲上床休息，可看着女儿从天南海北飞来给她送嫁的闺蜜们，簇拥着打扮得闭月羞花的女儿嬉闹的场面，听着这群女孩们像钱江潮般一浪高过一浪的祝福和欢声，母亲寻遍浑身上下，始终找不到半点困乏。

直至迎亲的人们带走了女儿，剩下一个凌乱而失重的空巢时，母亲才感觉一阵黑压压的哀伤似一床浸透了水的棉被，生生地压垮了自己。重压之下的母亲发现，似乎已经全部瘫痪的身体里，之前唯恐淋湿新娘嫁衣的泪水，正在汹涌。它淹没心窝，打翻眼堤，放纵地在疲惫不堪的肌肤上恣意奔流。

人们常说，知女莫如母，母亲却说，知母莫如女。不久，这层压在母亲心头的湿棉被，便被女儿掀去。

婚后，女儿每周都要回家来陪母亲住上两天。一进门，女儿就会亲昵地和母亲聊些趣闻轶事，说些心里话。母亲做的菜，不论是咸是淡，女儿都说好吃，不仅如此，妊娠期的女儿还时常挺着大肚子，去超市买些进口柠檬，为母亲做柠檬蜜。每次做柠檬蜜时，女儿都要一边做一边叮嘱："妈，柠檬蜜有益健康，要经常吃。以后你自己做时，要先用刀刮掉柠檬的表皮。蜂蜜要一层一层地浇在切成薄片的柠檬上，然后密闭放入冰箱，三天后再食用。"

吃着女儿精心调制的柠檬蜜，母亲感觉，自己就像全身都浸泡在蜂蜜里的柠檬一样甜蜜。因而母亲认定，女儿回家的日子，就是过节；有女儿的地方，就有春天。

虽然已进入预产期倒计时，但是女儿的身体各项指标超好，女儿不仅行走自如，走起路来脚步声还"噔噔噔"的挺有劲。但母亲的心，仍随女儿日渐临近的预产期而越绷越紧。重荷之下的母亲突然想起一个师友曾言及佛教心经助他战胜厄运之事。

起初忐忑不安的母亲只是在每天清晨梳洗穿戴整齐后，笔直地站立着空腹祷告、诵经。当女儿进入预产期后，焦虑不安的母亲就开始早晚祷告、诵经。临到产房前，母女俩恳请伴产的要求被狠心的门阻断后，母亲就只得踮着脚、伸着脖子，贴着待产室大门，通过门上方的小玻璃窗向里张望。看着女儿孤零零地走在幽深的过道中的背影，想着女儿即将独自面对女人人生历程中最险要的关隘，母亲的心，痛得开始发慌，赶紧给女儿发了一条信息："小珍珠，女婿和妈妈都候在门边的。吻你，妈妈的小珍珠。祝福你，伟大的母亲！"

不过，这等候的时间，在母女俩的生活中，真是前所未有的漫长、难捱……

突然，母亲惊恐地看见，一位手拿病历的护士从过道那头向门边走来。随着护士一步步逼近，母亲的双腿开始发软，感觉自己像是站在庭审现场的初犯，提心吊胆地等着"家属签字"的宣判。直至那护士打开门径自而去后，母亲才长长地松了一口气，说了声："吓死我了！"

120分钟后，听见医生"下午上班时如还不能顺产，就准备做剖宫产手术"的答复后，刚缓过劲来的母亲，一下子跌坐在了木椅上。面如土色的母亲想着被产前剧痛折磨得泪流满面的女儿，为了不让自己担忧，始终咬紧牙关没有叫唤一声。如今，已被疼痛折磨了1140分钟的女儿，可能还要更遭罪。再联想到此前闹得沸沸扬扬的、血淋淋的剖宫产事故，母亲只觉霎时间天昏地暗，世界末日仿佛已然来临。

心如刀割的母亲眼前一片空白，唯有一部200来字的心经赖以救命。

母亲又直挺挺地站到了待产室的门边，贴着那扇小窗，虔诚地祷告、念诵心经。母亲一把又一把的鼻涕和泪水，把每一页经文都泡得发胀，她的心一阵又一阵的颤震着。不知担心了多久，诵了多少遍心经。

下午2时26分，女儿顺产了一个7.5斤重的漂亮小囡囡！

回家后，母亲想奖励一下初为人母的女儿，一再轻声地询问还在坐月子的女儿："小珍珠，你想要什么样的好礼物?"女儿实在推辞不过，思想了一阵子后，抿嘴笑着说："那就买一条漂亮的花裙子吧，补偿一下我十月怀胎的辛苦。"

一周后，当母亲得知女儿用买裙子的钱定做了一条玫瑰金项链，项链上的花纹是女儿和妈妈名字的拼音字母时，母亲顿时感觉有一股甘醇的温泉"咕噜咕噜"地从心底冒出来，"叮叮咚咚"地在血管中奔流。

小　路 *

　　素影站在荷塘边，怔怔地看着那朵粉嘟嘟的荷花被绿茸茸的花梗越托越高，瞬间便逾越了自己的视线。

　　还未待素影从眼前这一幕中转过神来，刚才还十分开朗的老天爷突然沉下脸来，发出一阵尖厉的啸叫和沉闷的咆哮。紧接着，饭碗大小的冰雹一个接一个"扑通扑通"地砸在身前的荷塘内。

　　素影瞬间从梦中惊醒，睁眼一看，原来这"扑通扑通"的声音，是突然跳上床来的女儿弄出来的响动。

　　她便有些诧异地问："噫？琳琳，今天怎么想起要跟妈妈睡？"

　　琳琳笑了笑，噘起小嘴说："没什么呀，人家就是想和你睡嘛。"说完，便钻进素影的被子，闭着眼睛进入了梦乡。

　　素影起身为琳琳仔细地掖好被子，屏气凝神地端详着她。

　　想起再过十来天，琳琳就要背井离乡去搭建自己梦想的舞台，想到外面世界的许多精彩和无奈，以及刚才的梦境，素影不由得叹了一口气，伸出左手去抚摸琳琳清丽的脸庞。

　　素影的指尖刚触及琳琳的脸颊，一双乌溜溜的大眼睛瞬间便睁开了。

　　素影心想，原来琳琳刚才一直在装睡。

　　琳琳若有所思地盯着素影。招架不住琳琳的眼神拷问，素影慌慌张张地挤出一个轻松的笑容。

　　琳琳一言不发地注视着素影，几分钟后，突然起身快步走出了素影的房间。

---

*　2020 年 6 月 17 日载于中国作家网。

素影这才明白，原来外表看似平静自如的琳琳，心中也和自己一样笼罩着离愁的阴霾，只是她不想让无谓的悲伤在这已然残缺的家中，无边无际地生长、蔓延。

素影感觉胸中一阵抽搐，思绪穿过漫长的时光隧道，回到了 24 年前琳琳来到自己身边的那个秋天。

20 世纪 80 年代中期，剖宫产手术还不太成熟。女人分娩时，医院及产妇都认为，能自己生就不做助产，能做助产，就不做剖宫产手术。

素影入院一周以来，每天晚上都痛得无法入睡，白天又什么状况都没有。医护人员采取了灌肠、吊催产素等助产手段，仍未使素影正常分娩。一直守在素影身边的母亲，听见被宫缩阵痛折磨得已经崩溃的素影冒出了"我不生了！"这句话，慌忙托女友雷姨找到其孙女——本院妇产科主任医师，为素影争取到了做剖宫产手术。一上手术台，素影便听见医生说："你看，她的肚子像波浪般滚动，赶紧上氧气，胎儿很可能有窒息的危险。"事后，医生说："再晚一步，胎儿便没救了，好险！"

当医生将琳琳从子宫中抱出来的瞬间，素影感觉自己一下子被彻底掏空了，一种前所未有的空洞感让之前忍受各种催产痛苦都未呻吟的素影难受得"哎哟、哎哟"大声哭喊起来。

或许是在素影体内多待了近 10 天的缘故，琳琳的哭声让前来探望的姑妈连声说："呀！这个娃娃，咋个哭起来老声老气的哟，一点都不像嫩娃娃嘞！"

再后来，由于父母"三观"不和导致琴瑟不调，琳琳的性格，与自小就被大家称为"爱笑的姑娘"的素影迥然不同。

自懂事起，琳琳总是很隐忍、淡定，她言谈举止就活像一个小大人，特别是在上高中以后，更不轻易在父母面前撒娇和哭闹了。

父亲令狐特别贪玩，琳琳 16 岁那年的腊月，素影无意间得知，在她去外地出差时，令狐竟然置感冒发烧至 39 度的琳琳于不顾，通宵达旦地在外疯玩，便与令狐发生了争吵。负气离家的令狐一走就是十余天，到万家团圆的除夕夜仍无音信。

大年初一的清晨，凛冽的寒风裹着"噼里啪啦"的爆竹声，拼命地从窗缝中灌进来，冷得挂在卧室墙壁上的温度计收缩至零下 1 摄氏度。

素影捂着三床厚棉被躺在卧室中央的高低式双人床上，仍感觉一股股刺骨的冷风从床垫下、从被褥边钻进来，与胸中的湿气一起凝结成一块冰坨，冻得自己浑身冰凉。

禁不住这恶劣的天气和人气的双重浸淫，素影开始低声饮泣。默默地陪了素影一夜的琳琳，也忍不住悄悄哭泣。

不一会儿，琳琳止住了哭泣，撑起身来用纸巾轻轻擦拭素影脸上的泪水，哽咽着说："妈啊，别哭了。哭也没有用，不要把身体哭坏了……"

次日，母女俩按预定的行程随旅行团出游港澳。

国际大都市香港，整洁的街道两旁，拔地而起的高楼大厦鳞次栉比，琳琅满目的商品挤满了富丽堂皇的商厦，还有风光旖旎的维多利亚海湾、富人山……

璀璨夺目的东方之珠，对于来自边远山区的人们而言，无疑是一场华美的视觉盛宴。同行的几十双眼睛，刹那间一起发光，惊喜之色溢于言表。

途中感染风寒正在发高烧的素影，被肌肉的酸疼和家庭的劫难折磨得头痛欲裂，泪水不争气地往外涌，根本看不见这新奇的风景。

同属亚热带气候的香港，气温至少比 L 城高 20 摄氏度，众人纷纷脱下厚重的冬装。因突发的家庭矛盾，素影出发前没有做旅游功课，只得将自己身上的红色毛衣脱给琳琳换上。

换上素影大红蝙蝠袖毛衣的琳琳，稚气未脱的小脸上，既未感染同行旅客的惊喜，也未濡染素影的悲伤，只是默默地从又肥又大的衣袖里，伸出一双瘦小的手，坚定地搀扶着腰身突然有些下塌的素影，一路前行。

母女俩到香港旅游的那年，是香港回归祖国的第 5 个年头，也是国人蜂拥到香港观光的高峰期。

那段时间，港澳同胞在春节期间也和国人一样，歇业外出旅游或探亲访友。一到饭点，为数不多的餐馆便被潮水般的旅客包围得水泄不通，就餐就像打仗一样紧张。

一到餐馆，琳琳就忙着抢在大家前面去排队，给素影占座、添饭、拈菜；住店和启程时，又赶着肩扛手提地拿行李；回到宾馆，她还赶紧端来开水招呼素影喝水吃药……

同行的 3 对中年夫妇，"啧、啧、啧"地交口称赞琳琳懂事能干，眼中更是充满了对素影的羡慕。

与琳琳年龄相仿的 5 个少男少女，则大呼小叫地戏谑琳琳为"壮壮"。

对于这些反应，当时身高不足 1.5 米的琳琳，均报以淡淡一笑，只顾一门心思地驱动自己瘦小的身躯，前后左右地呵护着心力交瘁的素影。

琳琳的少年老成，以及少男少女们"壮壮、壮壮"的声声调侃，让素影陷入阵阵辛酸和深深的自责。辛酸的是仅一天之隔，琳琳娇弱的肩膀学会这样担当；自责的是当初遇人不淑，伤害了自己，更伤害了女儿。

记得婚前，母亲及姐弟们均不看好令狐，曾一度很艳羡自己的闺密后来也告诫素影："我哥说：'婚前对女生大献殷勤的男生，成家后多半都不好！'"

哎，沉浸在令狐父兄般溺爱中的素影，耳目全然失聪失明，智商为零。

如今，琳琳肯定地说："爸爸从来就没对你好过，现在不离婚，老了你更可怜。"

素影痛定思痛，过完大年，便向法院提起了离婚诉讼。调解无效后，一纸离婚判决书，结束了素影已死去多年的婚姻。

次年夏季，琳琳进入高二。骤然加重的各门功课，让琳琳在校时间陡增为 15 个小时。

一天中午，琳琳在校门前卫生不良的小食摊上吃了碗蛋炒饭，当晚便开始发烧。素影以为是重感冒，就给琳琳吃了些清热解毒的药物。

第二天清晨，琳琳恹恹地说不想吃早餐，服过药后就背着沉重的书包上学去了。看着琳琳有气无力地硬撑着走出大院，素影整天都忐忑不安，好容易熬到下班，便急匆匆地往家赶。

打开家门一看，琳琳的鞋子东倒西歪地扔在门垫上，素影心想不好，琳琳的病情肯定加重了，就慌慌张张地叫着琳琳的乳名往卧室跑。

和衣躺在被子里的琳琳，断断续续地说："妈，我的头好痛……"

急诊医生告诉素影："你女儿感染了副伤寒，必须立即住院治疗，可现在没有床位。"

这无疑是雪上加霜的结论，吓得素影好似三魂少了二魂，赶紧四处求救。还真是"苍天不负苦心人"，当晚，她们终于找到了床位。

次日，素影忙里忙外地给琳琳做完住院检查，照顾琳琳吃完饭、洗好脸脚后，望着病房外的一地月光，苦苦地思量着走或留的问题。说实话，素影很想留下来照顾琳琳，但看着琳琳那窄小到不足 1 米宽的病床，又恐挤到重病的琳琳。可是，如果明早再来，又怎么放得下心呢⋯⋯

忽然，素影想起了科主任的承诺："你放心走嘛，孩子由我来照应。"她便俯下身子告诉女儿："琳琳，这里没有地方休息，妈妈回去了，明天早上再来照顾你。万一有事，你就给妈妈打电话或者直接找科主任。"

她叮嘱完琳琳，又转身拜托同室病友："王大姐，不好意思，麻烦您帮我照应下女儿，谢谢您了！"

"没关系，有事我会喊医生的。你走吧，不用谢。"

得到王大姐的允诺后，素影便离开了病房。才走几步，忽然想起忘了拿钥匙，就踅回去取。

她一进门，就看见琳琳趴在床上抽抽搭搭地哭。

素影赶紧跑过去抱着琳琳急切地问："琳琳，怎么了？你是不是痛得很?!"

任凭素影怎样询问，琳琳就只是一个劲地哭，不说话。

一旁的王大姐说："你一走她就开始哭嘞，可能是害怕，你今晚就别走了嘛。"

"琳琳，不哭、不哭，是妈妈不好。妈妈在这里陪你，不走了，再也不走了。"

素影双手紧紧搂着琳琳，愧疚得泪流满面。

琳琳慢慢地止住了哭泣。素影重新打水给琳琳洗完脸，看着琳琳入睡后，便侧着身子，小心翼翼地躺在琳琳脚边假寐。

想着一向隐忍的琳琳今天依在自己怀里，趴在自己肩头哭泣时，素影胸中瞬间涌动的那股母女连心的暖流，活像许许多多橙红色的、细长细长的绒毛，温暖着自己似乎已被生活的寒潮冻僵了的心窝。

之后，在琳琳住院期间，素影再也没有离开琳琳半步。

琳琳入院的头二十天，一到晚上，就烧得全身滚烫、满面通红。听见琳琳"哎哟，哎哟"的呻吟声，心急得火烧火燎的素影急忙去请医生。医生总是说："发高烧是伤寒病人的特性，只有体温超过40度，才做特殊治疗。"

无奈之下，素影只好不停地采取喂琳琳喝水、冷敷等方法，为琳琳做物理降温。

通常，都要等到东方露出鱼肚白时，琳琳的体温才会降下来。稍稍闭一下眼，就到了医生查房的时间，素影又得开始为琳琳的洗漱用餐、打针、吃药忙碌，还要想方设法地逗琳琳开心。

连续的昼夜劳顿，素影的精力开始明显下降。一次，精神有些恍惚的素影端起琳琳的水杯就喝，琳琳急得连声直喊："妈妈，不要喝！不要喝！"

迟了，杯中的水已全部被素影喝下了肚。

那天，琳琳一直很害怕，不时用忧虑的眼神打量素影。

素影更紧张，心想："完了，完了，如果自己再倒下，谁来照顾琳琳？"呵呵，还真是老天照应瞎眼麻雀，直到第二天早上，素影都没出现任何不良反应。

病中的琳琳第一次露出了开心的笑容："妈啊，你的体质比我还好哟。"

之后，疲惫不堪的素影又拿错了两次水杯，还好，都安然无恙。

为了帮助琳琳早日康复，也为了缓解自身的疲劳，入院第三天，素影默许琳琳将病情告诉父亲。

不知是令狐认为琳琳的态度是父母婚姻中压死骆驼的最后一棵稻草，还是贪玩的天性使然，直到琳琳康复出院，他连一句问候都没有。

琳琳再也没有提起过此事，只是素影从她不时眼巴巴投向房门口的目光中，体会到缺失的父爱在她稚嫩的心灵上烙下的落寞和伤痛。

素影不禁有些愤愤然地想：令狐啊令狐，你知不知道"为人父母，天下至善"这句格言？！即便是如今"猫论"颠覆了国人的价值取向，也只是老婆是人家的好，娃娃还是自己的好啊！更何况还有女儿是父亲前世的"小情人"一说呢。怨不得有的老同学会当面说你是一艘无人能够摆渡的船，更是一条无人能够抵达彼岸的阴河。

怨归怨，素影的内心还是感觉自己对不住琳琳，但又实在是无能为力，只得变着法子，小心翼翼地回避或引开琳琳的目光。

日夜操劳的素影，让前来探视的同事们吓了一大跳，大家忍不住嗔怪琳琳："你看你，把你妈妈磨成什么样子了！"可素影却浑然不觉，满心欢喜地看着日渐康复的琳琳。

两年后的夏季，琳琳收到了 L 城某高校的录取通知书。这是当年该校新兴的 6 年制本科热门专业，学生将先在北京名校住读两年，之后再回到本校住读 4 年。

新生报到前的这段日子，琳琳沉浸在对未来世界的憧憬和同窗情谊的惜别中。她一改平日的持重，放开原先用大号胶圈束缚在脑后的头发，任它绸缎般地垂到腰际，脱下蓝色的校服和球鞋，换上自己心爱的粉底白花连衣裙和白色的高跟鞋。看着琳琳迈着轻盈的步子，在家里家外弹奏出一串串欢快的音符，素影想起了春天里，自己怦然心动的一次"艳遇"。

阳春三月的一个清晨，小区门前黑油油的沥青路两旁，满树满路的樱花缀满春光，一簇又一簇甜梦般晶莹飘逸的浅粉色花朵一骨朵一骨朵地开满枝头和长路。不远处花树间，有一个剪着童话头穿着粉红花衣的小姑娘迎面而来，她一会儿仰起小脸"咯咯"地笑着，扬起双手，去追逐捧空中随风起舞的樱花，一会儿又低头在落花成阵的人行道上，摆着手跳进跳出。素影只觉花满目、香满口，问花何求！问心何求！

素影送琳琳到享有"外交家的摇篮""管理学的圣地"等民间荣誉的北京院校报到时，金桂花的清香正飘满大江南北。

一路上，素影无意游览秋日的金黄，满脑子充斥的是从未远离过自己和家乡的琳琳能否适应陌生环境的忧虑。

抵达北京后，素影急着四处拜访朋友，请他们帮忙照顾琳琳，直到两天之后，才带着琳琳去学院报到。

刚迈进学院大门，大气自然、宁静致远的校园环境，瞬间冰释了压在素影心上的担忧。

素影欣赏着带着时代特点、中西合璧风格的教学楼，以及掩映周围的绿树红墙，舒心地吸了一口沁人心脾的桂花香气，惬意地说："琳琳，学院环境还不错。你要安下心来在这里好好学习。妈妈工作忙，明天一早就回去了。若遇到什么不好处理的事，可以请妈妈在北京的朋友们帮忙。"

琳琳眉开眼笑地说："妈，你放心嘛，我会的。"

素影办完琳琳入学入住等事务后，已是万家灯火。

想到琳琳最后报到，还不熟悉同学和环境，以及亲友不能留宿的院规，素影便对女儿说："琳琳，妈妈走了，你赶紧熟悉同学和环境，不用送我了。"

一向对素影言听计从的琳琳，这次却置若罔闻，依依不舍地拉着素影的手，陪着素影走出了寝室。

看着长长的走廊，素影一再催促琳琳回寝室。琳琳把头靠在素影肩上，半晌才很不情愿地说："嗯，那么我们各走一半哈。"

不一会儿，素影又停下脚步催促琳琳。看着素影一脸不容商量的神情，琳琳只得无奈地说："那我走了，妈妈，再见。"

琳琳刚一转身，素影便觉得鼻子发酸。其实，素影更舍不得与琳琳分离。18年来，素影从不曾让琳琳离开过自己半步。如果不是想到这次分离能让琳琳有一个美好的未来，素影是绝对不会让琳琳孤身一人在这陌生、遥远的城市生活的。

想着，想着，素影不觉就回过头去看琳琳。

噫！琳琳也正在回头看自己。就在母女俩目光交汇的一刹那，俩人都突然像遭到电击般地猛然一颤，随即急忙转脸，各自向长廊的两端走去。

素影强迫自己不得回头，硬着心肠快步走完了长长的走廊，临到下楼梯时，还是忍不住躲在转角处偷看。

狭长的走廊显得有些幽深，发黄的灯光下，琳琳单薄的身影孤零零的，时而拉长、时而缩短。

看着琳琳渐行渐远的背影，素影的心情由起初害怕她回头，转变成期盼她回头。

琳琳一味地直直前行，直至消失在过道的尽头，都没有回头。

素影神情黯然地走下楼梯，内心喜忧参半。喜的是琳琳不再回头，说明她有足够的信心和能力，迎接第一次独立生活的挑战。忧的是，不知琳琳中途是否也曾回头，自己直直的背影是不是会伤了她稚嫩的心……

走出学生宿舍楼后，素影停留在漆黑一团的空地上，朝着琳琳寝室的方向就着无数个窗口的灯光寻找，祈盼着琳琳能来到窗前与自己挥手告别，让自己再多看一眼……

素影一步一回头地走出学院，泪水模糊了双眼，心痛得就像18年前医生剖开自己的腹部，将琳琳从子宫中抱出来的那一瞬间似的，空得发慌、慌得生痛、痛得泪水失控……

琳琳返回L城本校上课后的次年，出差到A城开会的素影，遭遇了新中国成立以来震级最大、破坏力最大的地震。

那天中午，素影正在房间内准备发言材料，突然听见"咣咣咣"的几声闷响，紧接着门窗就抖了几下。

从未经历过地震的素影心想："哟！是哪样重车过路，居然弄出这么大的动静。"

可接下来的情形，一下子就把素影吓蒙了。

透过窗户玻璃，素影看见整座大楼突然像重度疟疾患者似的抖了起来，门窗也开始"吱呀、吱呀"地大声呐喊。被晃荡得站立不稳的素影在慌忙中蹲在两张床的中间，双手使劲抓住床沿保持平衡。

素影心存侥幸，以为很快就会过去，喃喃自语："不会，不可能……"

"哗啦啦！"三抽桌上的果盘掉在了地上，散落的水果到处乱滚。"嘭"的一声，床头柜上的电话也摔到了地上。

楼房摇摆的幅度越来越大、越来越剧烈。墙壁上的裂缝也由一丝变成了几杠，天花板上的石膏粉末"唰唰唰"地往下掉。

素影绝望地感觉头上的天花板马上就要砸下来，身旁的墙体瞬间就会垮塌。

想到自己即刻就要变成异乡孤魂，素影的泪水不禁潸然而下，一个悲切的声音从心底冒了出来："琳琳啊，琳琳，我苦命的女儿，你自小就缺失父爱，如今妈妈又回不来了，没有了妈妈，你以后怎么过哟。"

想着，想着，泪光中琳琳明媚可爱的笑脸瞬时变得惶恐灰暗。

不！女儿不能没有母亲。母亲不能扔下女儿。

素影踉跄着扑向门边，用力拉开门探头向外看。

对面房间的门框下，三个服务员挤成一团，她们一见素影便高声喝叫："地震喽！不要乱跑，快回去躲在卫生间的门框下边。"

素影退缩在卫生间的门框下，恍惚中，一个形容枯槁的黑衣人面目狰狞地疾步向素影逼近。

死亡的冷气贯穿心底，素影无处可逃，浑身开始像周围的物体一样剧烈地颤抖。

不！如若这幢近二十层高的楼房变成废墟，即使暂时存活，生还的希望肯定也十分渺茫。与其在这等死，不如奋起一搏。素影跌跌撞撞地、不顾一切地扑向安全通道。躲在对面房间门框下的那三个服务员见状也紧随素影奔入了逃难的人流。

从宾馆大楼内逃出来的人们，面如土色地挤在楼前的空地上，身上穿着世界上最鲜见的服装，有的披着被子，有的搭着床单，有的穿着睡衣，有的只着内衣……

在素影身后几米处，有个只穿着三角内裤的中年男子，躺在长椅上不停地呻吟，据说是刚才跳楼逃生时摔断了腿。现场一片混乱……

惊魂不定的素影不停地打电话，急切地想知道远在L城的琳琳是否安全逃出了教学楼。想告诉她如果家已毁损，哪些地方可以安身。

电话老是拨不通，素影急得似热锅上的蚂蚁。

突然，耳边传来了一声欢呼："嗨！妈妈收到短信了。"

素影一听立即给琳琳发出了"地震危险，速到门框下、空地上躲避"的短信，紧接着通信网络就全部瘫痪了。

得不到琳琳平安的消息，素影感觉自己像挂在尖利的枝丫上的风筝，被暴风雨打得千疮百孔。

晚上，忧心忡忡的素影在酒店为旅客在大堂临时搭建的大通铺上辗转反侧。凌晨，素影突然惊悚地发现，自己不知怎么会在一间陌生房间里。这有20平方米左右空荡荡的房间里，四处笼罩着一片阴森森的气息。除了摆放自己躺着的这张双人铁床外，空无一物。惶恐和悚然张开血盆大口，疯狂地咬噬素影。

被这陌生恐怖的氛围吓得脸色发青的素影，一心只想赶紧逃离。谁知又发现，自己光着脚板，全身上下都不能动弹，喉咙也发不出半点声音，甚至眼睛也只能定定地对着阴沉沉的天花板。

不知挨了多久，两个又瘦又高的男人，从房间的那头径直走了过来，他们一言不发地抓起黑漆漆的床柄，一前一后地将素影连床带人抬起来，向门外的一条黑森森的巷道走去。

临近门边，素影看见门外的天空比房间内还黑、还冷、还瘆人，素影拼命地挣扎，恍惚听见喉咙里发出了一点弱如蚊蝇的呼救。可这两个男人不知是没听见还是听不见，只是面无表情地机械向前。一阵寒意从光着的双脚进入体内，冷得素影全身冰凉。天上似乎下起了雨。素影好生纳闷，这雨点怎么冷浸浸地包围着自己悬而不掉，定睛看时，竟是一双又一双失魂落魄的眼睛。

毛骨悚然间，琳琳的身影倏地出现在黑道的那头，素影心头一热，右脚猛地踹在冰冷的铁床手柄上……

霎时惊醒，睁眼一看，自己从临时避震室的通铺上，滚到了冰冷的瓷砖地面。这原本温暖的仲夏夜，却冷得素影上牙直打下牙地坐等天明。

直到第三天，收到 L 城基本无事，琳琳及亲友均告平安的消息后，素影才得以安定。

业务会议当天就被取消了，但 A 城余震不断，通信、公路、铁路和机场设施全被损坏或阻断。

本地和外地滞留的人们，恐慌得不敢进家和宾馆休息，全部露宿在街头、桥脚、广场和空地……

唉！在自然灾害面前，人类显得是多么渺小和柔弱无助啊。

滞留 A 城五天后，素影终于登上了返回 L 城的飞机。

机场忙于运输救灾物资和人员，全体旅客在机舱内足足闷坐了 10 小时，才得以起飞。抵达住宅小区时已是子夜，素影习惯性地按了一下门铃，随即就赶紧收手拿钥匙。夜深了，不能吵醒琳琳。

刚打开家门，琳琳就飞一般地奔过来，目光殷殷地布满了素影的全身。

她左手接过素影的行李，右手拉着素影急切地说："妈啊，妈，你吓死我咯……"说着说着，声音突然低了下来，长长的睫毛和着楚楚的大眼睛里的泪光，一起忽闪忽闪……

自琳琳上大二后，素影就开始着力培养琳琳为人处事的能力。在琳琳困惑时，素影不再大包大揽，而是和琳琳一起分析症结，用书本和现实的经验教训来启迪琳琳。她叮嘱琳琳："自己的事情要自己面对，妈妈的意见仅供参考。"

起初琳琳娇嗔："妈啊，你一下子不管我了，人家都不知道该怎么办才好呀?!"

素影不为所动。后来，母女俩已互为良师益友，大至理想信念、家庭事业，小至为人处事、穿衣戴帽，都能互相提点。

经常一起嬉戏、出游的母女俩，亲密无间得时常被不知就里的人们误认为是一对姐妹或闺蜜。

取得学士学位的琳琳，又要再次离开素影。不过，此时的琳琳，已赢得了老师和长辈、同学和朋友的信任和友谊，凡是认识母女俩的人，都夸她是素影的骄傲。

羽翼丰满的琳琳，反过来担忧独守空巢的素影了……

临别的那些日子，琳琳几乎不出门。

素影下班后一进家门，就会闻到扑鼻的菜香，还未换好家居服，饭厅里就传来了香甜的"妈啊，开饭喽"的声音。饭后，琳琳抢着收碗、洗碗、抹桌。

琳琳还把电视游戏和电脑影音等软件悉数安装调试好，逐一教素影应用，只要素影操作得当，琳琳马上就会俏皮地说："嘻嘻，这个娃娃好乖，好聪明哦！"

冬天里的一个清晨，素影送琳琳去机场。一路上，冬天的寒风打得路旁的梧桐树叶瑟瑟发抖，素影的心情却是晴空万里。她满心欢喜地想着，春天里自家小区门前的樱花路上，琳琳亲热地看着自己眼睛说："妈妈，我要去打造一片更好更大的天空，给您一个更新更美的生活！"

多年后，L市内一条公园林荫道旁，一张美观舒适的白色长椅吸引了游人的眼球。令人纳闷的是，人们一反常态地忽略了长椅的休闲功能，均不约而同地绕到长椅的后面，去读椅背上素影的墓志铭：

小路

——清明祭母

泥泞小路，曲折地爬向山顶。

路上，无奈青丝变白发，

新坟掩旧冢。

那些年，春节和清明，

您总是牵着比小路还小的我们

来到这里。

每一次，您总是

一边忙着点燃香蜡纸烛，

一边幽幽地把堆积成山的

无人解、无处诉的

凄苦和愿望

向地下的父亲

和泪倾吐。

那些伤心的、悲恸的

肺腑言啊，

年幼的我不懂，

年长的小路也不懂。

多年后，

我已读懂了您，

可是千呼万唤

叫不醒沉睡的您。

今天，

我已是当年的您。

小路啊，

依然如故。

月亮书[*]

近年来，每当看见皓月当空、清辉满地，我就会想起母亲。尤其是当城里的弦月被黑森森的水泥丛林挟持时，她那瘦弱的身躯和惨淡的容颜，更勾起了我对母亲的无尽哀思。

我年幼丧父，39岁的母亲拖着5个幼儿，跌跌撞撞地走上了如晓月般惨淡的苦旅。这，对于今天只养育一个小孩都叫苦连天的我们来说，简直是想都不敢想的。

据二姐回忆，母亲谋生的小面馆开业不久，每天凌晨，都会闯进一个东倒西歪的酒疯子，他先是恣意找碴骂人，紧接着就疯狂地乱摔海砸。

母亲吓得急忙搂着9岁的二姐躲到店门外，身体随着那"砰、砰、砰"的摔碗声，像风中的树叶一样，一阵又一阵地哆嗦。

每次醉汉发完疯离去后，母亲总是低着头默默地收拾碎碗和横七竖八的凳子。有一回二姐也上去帮着拾掇，凄惶的月光正映照着你那孤苦无助的泪水"啪嗒、啪嗒"地滴落在碎瓷片上。

之后，一近子夜，二姐就会和母亲一样，心惊肉跳地紧盯着路口……

古时的妇女，只要能忍受住青灯荧荧、孤眠独宿的苦楚，"立节完孤"，就能获得最高褒奖——"贞节牌坊"。可母亲啊，母亲，如果要立，母亲绝不止一块牌坊，因为就连这青灯荧荧、孤眠独宿的苦楚，对母亲而言都是幸福。

母亲每天睡眠时间不足3小时，疲倦不堪的母亲干活时经常打瞌睡，甚至连走路都会熟睡。可是，尽管母亲起五更睡半夜，捉襟见肘的事还是时有发生。

---

[*] 2012年9月19日载于《劳动时报·文艺论苑》。

有一次，我放学回家，诧异地看见平时清高的母亲脚步迟疑地在街坊的门前左右徘徊，好奇的我立即悄悄地尾随着母亲。

这是我第一次听见母亲低声下气地嗫嚅着："张妈妈，我家实在揭不开锅了，能不能借3元钱给我，买点米给娃娃煮饭吃。我明天筹到钱就还您，谢谢您了。"一阵难堪的沉默后，我看见母亲红着脸低着头，步履艰难地又踅进了右边邻居的家门……

我心里突然觉得好难受，神情黯淡地低着头、拖着脚，默默地离开。

艰难困苦的挤压，使母亲被贫血、静脉曲张、骨质疏松等病痛磨折，可为了养育我们，母亲从不舍得用一丁点时间和一文钱来调理自己。

我们家一个月难得吃顿肉，每次炒肉你都要添加许多青椒。通常，青椒肉片一上桌，一眨眼工夫，就被我们五个风卷残云似的洗劫一空，碗底只剩下几片我们谁都不吃的肥肉。

病痛劳苦缠身的母亲急需营养，可母亲却一直不动筷子，独自坐在一旁，就像天上的月亮一样，宁静长久地照顾和守望着我们。第二顿，母亲又会添些青椒，就着剩下的肥肉炒，再三再四，直到把肥肉炒得变成黑色，且没有一点油味后，母亲才开始动筷子。

这满肚子的苦水呀，作为女人，理当有一副坚实的胸膛和臂膀让母亲依靠、为母亲抵挡，可是母亲啊，母亲，同为女人，苦难的生活却逼迫你强咽泪水，甚至没给你多少擦干泪水的时间。

时光荏苒，白驹过隙，一晃几十载。当我们能挣钱来孝敬母亲时，那让母亲拼命了大半生的钱，对于母亲来说，已经成为数字了。

积劳成疾的母亲，像被寄生藤吸干养分的老榕树般空虚枯萎，脸色苍白得似破晓的残月一样。从每年住院治疗一次两次三次，直至母亲与医院都放弃治疗，丰衣足食对母亲已没多少意义。

白日，母亲蜷缩在沙发上，木然地对着窗前的电视机；夜晚，母亲孤零零地躺在床上望着窗外，如走完漫漫长夜后，即将消逝的孤月一样凄凉……

母亲唯一的期盼，就是希望我们常来看她，陪她唠嗑，带她出去观风望景。记得每次出门，轮椅里的母亲直到月上树梢都不肯回家。尤其让我难忘的是，每当我们起身与母亲作别时，母亲那依依不舍的模样，总让我回忆起小时候，我们望眼欲穿地盼母亲回家的时光。

可是，我却因工作忙和有专职保姆照料母亲的生活，而忽视了母亲对精神慰藉的渴求，没能像几个姐姐一样经常来陪母亲。尽管，母亲没说过我只言片语，但是，母亲那可怜巴巴的眼神，至今还似钢钉一样，深重地钉在我的心上……

有一次，母亲愤懑地向我们诉说我们用高价聘来的保姆如何虐待她，说话时，她浑浊的双眼里满是憋屈，瘦弱的胸膛急促地起伏。她深信与她血肉相连、被她捧为太阳的我们，被亲朋好友、左邻右舍交口称赞的孝顺儿女们，岂能容忍任何人虐待，甚至怠慢她半点，可是，她却怎么也没想到，居然没有一个人会相信她。

直至母亲走后，我看到电视剧《守望》中那位老人的遭遇，才细想起当时你那如霜的白发、半闭的眼神，就像冬夜的月光一样凄迷、怅惘。我愧疚的心呀，至今都无法宽恕自己……

保姆休假时，我们四姐妹会轮班来照料母亲。一天早上，我进门后却看见床上空空如也，我急得一边大声喊母亲，一边四处找寻。终于，我在沙发和床的缝隙里，找到了倒在地板上的母亲。

见母亲双眼紧闭，浑身冰凉，我吓得一边连声哭喊"妈啊妈，你怎么了嘛，怎么了？"一边忙不迭地把母亲抱上床。片刻，我听见了母亲微弱的"四宝儿，四宝"的声音，我惊恐万状的心才稍微平息。

那一刻，我突然感觉到，在我怀抱里的母亲，就像褓襁中的婴儿一样脆弱、无助。

我泪流满面地一边给母亲换洗，一边轻轻地揉着母亲脸上的瘀青说："妈啊，你想小解为何不等我来呢，这样好危险喔，吓死我了，下次不行哈。"可母亲却说，想给我们减轻点负担，想自己试试。

我的心不由得怆然疾呼，命运啊，命运，你这个残酷无情、不仁不义的东西，凭什么让我含辛茹苦、好强了一辈子的母亲落到这般光景！可是，当时我却没有反省——自己为什么没能一直守着母亲……

母亲啊，母亲，今晚的月亮，又来到眉间心头，瞬间，我又开始缅怀你。母亲好比天上的月亮，盈时，冷落自己，照亮我们；亏时，损伤自己，温润我们。在母亲明亮皎洁的光辉照耀下，我们美梦成真，而母亲独自承受着明亮背后的阴霾、孤寂和悲哀，却无人知晓和分解！

我现在才痛苦地醒悟到，在我心中如月光般周而复始的无尽哀思，有许多悔恨和愧疚。可太迟了，母亲寂寂地躺在冰冷的地底，已经七年了……

生命里的阴丹蓝*

这个世界的美丽和鲜妍由爱美的女人派生。

爱美，是女人的天性；花衣裳，是女人浓妆淡抹的必需。可在我的记忆里，我美丽贤良的母亲，一年365天，只有一件洗得发白的阴丹蓝布衣。

母亲中年丧夫，为了抚养五个嗷嗷待哺的幼子和年迈的娘亲，她毅然从国营单位退职出来开了个小面馆，把养活一家七口的重担，顽强地扛在了自己单薄的肩头。

最让我难忘的是1966年，全家赖以生存的小面馆关门了。为了糊口，母亲到电厂工地去卖苦力挑泥巴。盛夏的工地，骄阳似火般炙烤着娇小又有洁癖的母亲，任污秽的稀泥糊满双足，任汗水把阴丹蓝布衣贴在前胸后背，她咬紧牙关，从日出到日落，颤巍巍地挑了一担又一担。母亲那种不要命的劳动强度，连许多男人都难以忍受，她的努力深深地感动了组长和多数工友，他们顶着个别人的不同意见，坚持把母亲评为了二级工，月工资为32元。

为了节省7分钱的公交车费，母亲每天上下班，从不与工友结伴乘车往返。上班，天不亮她就得独自出门赶路，黑灯瞎火的市郊，夜风肆掠，树影斑驳如鬼魅，母亲常被突然蹿出的流浪猫狗，吓得心脏"咚咚"乱跳、头皮发麻，可一想到家中还有五个嗷嗷待哺的儿女和年迈的娘亲，她不得不硬着头皮继续赶路；下班，又拖着散了架似的筋骨，步行10里路赶回家。

每次一进家门，母亲就像稀泥一样瘫在躺椅上，等候在家的我们五姐弟，立即一拥而上地抢着给母亲捶背、扇扇、端茶、倒水……看见母亲那原本白净的双腿上，静脉鼓胀弯曲得像大蚯蚓似的，我赶紧端来张小凳子，用力把

---

* 2012年2月29日载于《贵阳日报》副刊；2014年又载于《乌江》文学第1期。

她肿得发亮的双腿抬上去，既害怕又心疼地一边轻轻地用手抚摸，一边紧张地盯着母亲的眼睛问："妈啊，痛不痛?"母亲总是强装笑容地回答："四宝乖，妈不痛……"

母亲从工地回家的路上，有个叫望城坡地方，距我们家约五里路，那儿被我们称为"望娘坡"。年幼的小弟不管日晒雨淋，每天都会提前一小时跑到那里去接母亲。一看到阴丹蓝布衫和蹒跚的步履，小弟就会立即欢呼雀跃地跑过去，亲热地牵着母亲的手欢天喜地把母亲迎回家。由于32元的月工资根本无法维持一家七口人的最低生活需求，几个月后，营养不良的小弟变得面黄肌瘦。爱子如命的母亲，每天看见小幺儿拖着有气无力的身体来接她，心如刀绞。

身心的煎熬和超负荷运转，终于把母亲击垮了。一天下午，母亲在工地上因劳累过度而致使下颌骨突然脱落。当时，母亲并没有惊惶失措，而是镇静地用自己的双手慢慢地将它推复位，可是随即就举止失常、胡言乱语了。组长见状，赶紧叫杨阿姨送母亲回家。路上，母亲拼命扑向迎面呼啸而来的火车，不停地说道："那个山洞里有好多好多钱喔，我要去拿，我要去拿，给娃娃做好饭好菜、交学费、做新衣服……"杨阿姨使出吃奶的力气，拼命拉住了几欲挣脱的母亲，阴丹蓝布衣上的纽扣都被扯掉了两颗。

在母亲的生命坐标里，抚养我们健康长大，是她刻骨铭心的中轴线。即便是重病缠身，母亲每天半夜都会跳起来开门去上班，有时，我们要一直追到"望娘坡"才能找回母亲。这段日子，奶奶害怕儿媳妇走失出事，不得不搬回家中来住，亲自守护儿媳妇直到她病愈康复。

康复后的母亲被安排在集体饮食店上班，月工资仅25元，那年母亲实在没法给我们做新衣服。看到我的衣服破旧得没法缝补了，母亲灵机一动，熬了个通宵，居然用我们襁褓时的旧被面，临时为我赶制了一件花衣裳。衣服裁剪合体，针脚细密工整，我穿上身就美滋滋地往外跑。隔壁的婶婶一见就不停地上下打量我，脱口说道："哟!廖姨妈家的姑娘们好爱人哟，看倒看倒就可以塞轿门喽。"羞得我扭身跑回了家。母亲听后，布满血丝的双眼笑成了弯豆角。

春节是我们最开心的日子，因为一年365天，只有春节，母亲才会放下劳作，和我们在一起。通常，母亲会变魔术似的给我们五姐弟换上漂亮的新衣裳，还会做出一桌色香味俱全的美味佳肴。

　　仍身着那件洗得发白的阴丹蓝布衣的母亲，看着我们吃啊、唱啊、跳啊，苍白的脸上会绽出一对盛满欣慰的小酒盅，疲惫的月牙眼也会变得明亮有神。棱角分明的丰唇内，一排整齐晶莹的小米牙闪着珍珠般的光泽，十分好看！

　　那时的年味，好浓、好厚、好美、好长……

　　我最敬爱的母亲辞世距今已7年了，可母亲身上的那件洗得发白的阴丹蓝布衣却历历在目，我，永生难忘！

母亲六周年祭

2011 年 8 月 21 日，是妈妈离开我们 6 周年的祭日，我们五姐弟连同重孙辈共 19 人，齐聚在小弟家寄托我们的哀思。17 时 50 分，祭祀品上齐后，我们在妈妈葬礼上的《白发亲娘》歌声中，向妈妈低头默哀致敬。那悲怆揪心的一声声"娘啊娘，白发亲娘"，把我们喊回到妈妈离开我们的那天那地，悲痛的气氛瞬间像空气一样蔓延开来。

小弟用低沉的声音说："妈妈，母爱的伟大万古流芳，妈妈的恩情我们永世不忘。四姐已把妈妈养育我们的恩情纪实整理成文《母亲》，我们把它作为祭文献给妈妈。下面，请四姐读给妈妈听。"

此时，已泪流满面的我，压抑悲伤努力用正常的声音告诉妈妈：

"妈妈，今天是您辞世 6 周年忌日。"

"为让妈妈的伟大恩情永世长存，我在两个来月的时间里，哭着写完了《母亲》这篇文章，分别发表在新浪、腾讯、乐龄三网上。截至今日，共有北京、新疆、河南、湖南、云南、四川、重庆等省市 480 人阅读，55 人留言。其中，您的外孙女琅琅（我女儿）的同学、战友、朋友留言 11 条。现我们把这篇文章连同博友们的关心和祝福一并作为祭文献给妈妈，告慰妈妈在天之灵，希望妈妈带着我们大家的爱戴和祝福，不管身在哪里，都永远幸福安康！"

说到这里，我已泣不成声，姐弟们也全沉浸在悲痛里，最后只得由我的女儿琅琅来读祭文。在大家的一片唏嘘、抽泣声中，琅琅读完了祭文，我接着把博友们的留言读给妈妈听：

1. 汉生　贵阳科普作家协会副秘书长：2011-08-19　10：06：21

一个伟大的母亲，像一轮灿烂的太阳，把光和热无私奉献给自己的子女，直至生命终结！我将跟你一起在这位母亲的忌日里为她歌唱，为她祈祷，为她在天之灵祈祷！

她的生命是永恒的，因为她永远活在子女们心中，永远活在认识她的所有人的记忆中！——汉生

2. 雷隆燕　多彩贵州博友会会长、贵州省当代文学学会副秘书长：2011-06-03　07：13：32

姐姐情真意切，浓浓无限的笔触把母亲写得淋漓尽致，39 岁开始守寡，一直坚持自立养育几个孩子的坚强母亲，一个催生顽强的美丽女人，这就是母亲。母亲虽然去世，但她笑容永存，那份坚韧万古长青！姐姐节哀！

3. 欧阳克俭　黔东南州政府公务员，贵州省地方志协会、民间文艺家协会、作家协会会员，中国林业文联理事，黔东南州作协副主席：2011-08-12　11：11：13

前些日子，读罢大作，曾留言："父母大爱，能存之于心，动之于情，感之于孝，述之于纸，人世间又能有几人有此福分呢？"现再读修改后的文章，觉得思路更清晰、文字更细腻、感情更充沛、流露更自然了。为之动容。文章不厌百回改，倘能围绕一个的主题来分标题写下去，是否会更好？——欧阳

4. 周大发　多彩贵州博友会会员：2011-06-16　19：30：21

父亲的不幸，把山崩地裂的痛苦留给了母亲，沉重的担子搁落在了一个女人的肩上。母亲没有倒，含辛茹苦几十年，以男人的坚韧、女人的温良，支撑起一个家。多么艰难的历程，多么伟大的母爱啊！

母亲走了，伟大的母亲走了，被她拉扯长大的儿女怎会不悲痛欲绝呢？

我母亲是在我大学毕业的当年走的，腊月二十七，走在一个冰天雪地的日子里，父亲拥着我们在大年三十的夜里痛哭。想起母亲走在中年，走在我还未尽孝的日子里，我总有止不住的眼泪！

我想慈母，我爱世上的千千万万个母亲！

谢谢兰心，赞赏《母亲》这篇好博文！

5. 金色梅花　2011-06-17　10：36：29

我流着泪水读完了你的文章，那份对长辈难以抑制的思念真的很痛很痛。如果有来生，我们不会让自己的人生有一点点遗憾，特别是对父母。

6. aa46124　2011-07-02　10：54：44

才思敏捷，情真意切，以现实主义写实的笔触，勾画出一个坚韧不拔、全心奉献的中国母亲，故事悲怆，感人至深，催人泪下……

她以一个母亲的胸怀，在逆境中养育你们成人，全心奉献，体现出中国母亲的伟大情操！也给你们留下一笔巨大的精神财富：在坎坷中坚韧不拔，在逆境中勇往直前！

"谁言寸草心，报得三春晖。"感恩和缅怀母亲的优秀品德是对她最好的纪念！

7. 留影　2011-08-18　20：54：08

朋友您好！看您的博文想起了我的老妈。我父亲是1966年去世的，我们姐弟六人，老大不到14岁，小的只有6个月，那年母亲35岁。日子过得只有经历过的人才能体会到那种苦涩，我母亲是2005年六月初三走的，也有6年了。您写得很感人！我很佩服您的文笔，21号是您母亲6周年的忌日，您把祭文献给母亲，老人家的在天之灵定能感到女儿的思念深情，老母亲会含笑九泉的。

8. 邹捷

我承认，看到《缅怀》的那节我已经是第三次擦眼泪。尽管我明白，普天之下，妈妈的爱最为伟大，最为真实，但文中伟大的婆婆，我最好朋友妈妈的妈妈，这幸福而艰难的一生却让我一再地泣不成声，就连评论也是平静许久才来留下的。因为21日时，已在天堂的婆婆您即将听到您的四宝及其余儿女对您的思念。也会听到您的四宝，我的朱阿姨将我们这些不曾见到过您的小辈们对您的敬佩——转达给您。婆婆在天之灵还好吗？您的儿女孙孩们个个争气，个个优秀。您的四宝，也是个称职又优秀的母亲哦！培养的您的外孙女是好优秀好优秀的孩子。虎父无犬子，良母有乖女！希望婆婆在天之灵，可以知道她们对您的思念。请保佑她们一生平安，幸福快乐！

9. Lynn2010109　2011-08-18　22：26：58

不得不说，这位母亲真的很强大、伟大，母亲坚韧的品质和对孩子无限的爱，让自己的孩子们度过了一个又一个冬天，温暖的春天总是在历尽考验之后到来，这是一种弥足珍贵的幸福。祝福母亲，无论您在哪里，您的生命轨迹一直永存。

10. 龙布晨曦　政府机关/干部，现居地云南昆明：2011－08－18　23：22：56

母亲的伟大，就在于她的无私奉献，在于她对儿女的哺育与呵护，在任何艰难困苦的时刻，心中都只有自己的儿女，唯独没有自己。母亲不仅给予我们乳汁，还给予我们坚韧、善良、诚实、希望和温暖。母亲对我们如海一样的深情，我们也应该给予母亲海一样的回报！

11. 菩提草　2011－08－19　00：53：15

仿佛还是昨天，可是昨天已渐渐遥远，本以为随着时间的流逝，再大的悲戚也会化作清淡的和风，可是在行文中，读到的满是化不开的浓情与思念，读到的还有深深的内疚和自责，让人不仅感到母爱的坚毅伟大，也感受到了母女间永存的深爱与牵挂，这是阴阳也无法相隔的，四宝不必太苛责自己，要相信像母亲一样坚强，相信每当您哽咽、流泪，每当您心痛到拼命呼唤挽留，却发不出一丝声音时，母亲仍在一如既往地守护着她的孩子，只为看到孩子们甜甜的微笑吧。母爱伟大，母亲伟大。谢谢四宝的文字，我要更珍惜与父母相处的时间，生养之恩，无以回报，唯有用尽心力。谢谢啊~

12. 林柏松　男，黑龙江省海伦市，曾在黑龙江省军区政治部、牡丹江军分区政治部供职，现退休：2011－08－19　12：41：28

老母亲一生坎坷，一路风霜……做儿女的，牢记慈母功德和那岁月留香！不管世情如何变淡，只有母女情长！

13. 魏丽君（又名茉莉）　新原道（联合）环保科技发展集团公司董事长，绿动网 CEO：2011－08－18　15：22：05

很感动。祝福你的妈妈！

14. mmwxw　2011－06－13　09：18：06

苦命的孩子，柔笔情长，情真意切。把母亲的伟大、无私、美丽、顽强，刻画得淋漓尽致。不仅是对亲人的怀念，更是对人生的艰辛和社会的呐喊。坚强起来，把握过好每一天，是爱你和关心你的人的共同愿望，也是你过往亲人的心愿。

15. 新浪网友　2011－06－13　11：43：27

父母大爱，能存之于心，动之于情，感之于孝，述之于纸，人世间又能有几人有此福分呢？

16. 功之　2011-08-02　22：15：20

令人尊敬的伟大的母亲！感人的亲情！

17. 恩兮　2011-08-02　22：55：57

感动！祝福天下所有的母亲。

18. 月华流照 abcde　2011-08-18　15：52：59

情真意切！

19. 梦儿遥遥　北京西城：2011-08-18　16：49：32

看得心酸，

庆幸自己父母双全。

愿您的母亲安息~

20. 墨梅　2011-08-18　18：42：06

感人的文字，催人泪下，多保重吧！你们姐弟几个过得好才是父母的心愿。

21. 黔半支莲　2011-08-18　21：05：32

　　姐，莲刚酒席回来就看见纸条进来了，再次阅读，眼泪竟然翻滚，因为你让我想起了《她病来如山倒》的邻居嬢啊，所以人走如抽丝，好生凄惨。得知 21 号是妈妈 6 周年的忌日，您仍然怀念着妈妈，并把祭文置顶献给妈妈，妈妈在天之灵已感到你的深情思念，妈妈会含笑九泉，并为你祈祷，希望你幸福如意的。

22. 灵佳果儿　河南省：2011-08-18　21：47：52

妈妈秋天来秋天走，是秋的精灵。

祝妈妈安息，姐姐幸福！

23. 琅琅（我女儿）leila59420　2011-08-18　22：06：06

祝福~希望外婆在天之灵看到您的良苦用心会开心。

24. 新浪网友　2011-08-18　22：12：24

其实并未离开，只是用另一种方式活在你周围而已。节哀！

25. 美多雅庐　2011-08-18　22：14：32

感人至深、催人泪下，母女情深、母爱伟大！

节哀保重！

26. 新浪网友　2011-08-18　22：25：06

母爱总是会一瞬间击中人心中最柔软的地方，上周给衣服换军衔时发现每颗扣子后面的线都被母亲用绿色的线加固了一下，不注意看不出来，但真的牢固了很多。瞬间就泪奔，人言"游子身上衣，临行密密缝"，古人诚不欺我。

"十年生死两茫茫，不思量，自难忘。"有这样的儿女，老人在天堂也会微笑的。

27. 地黄花的围脖　2011-08-18　22：35：44

父爱如山，母爱是海，每个人的人生都是一部带着悲伤的电影。

庆幸的是，我们还拥有未来。请坚强勇敢地走下去。

因为庆幸的是，我们还拥有未来。

28. 新浪手机网友　2011-08-18　22：45：46

祝 aunty 朱的母亲在天国安息，逝者已去，保有美好回忆是对亲人最好的告慰。

29. ANDY　2011-08-19　00：04：44

我和父母之间的那种爱，很少用言语来表达，但是我深知他们无时无刻地不在挂念我，我也在牵挂他们！回想起我小时候体弱多病，顽皮惹祸的儿时，让他们操碎了心！现在我长大了，换我来操心他们，我很高兴我能这样做！

有一天我给他们讲，如果你们要是不在了，我不会让你们再分开，更不会让你们远离我，我会把你们放在家里，我们好天天在一起！

我妈说，那种坛坛罐罐的你媳妇会不高兴的！

我说，随她，离婚都可以！

希望所有的父母和儿女都幸福！

也希望朱姐以及你的家人幸福！

（随便说句，您的文采很不错）

30. 新浪手机网友　2011-08-19　00：18：37

也许如今的优越条件让我们越来越忽略了母爱的伟大。可知在每一个成长的日子里，身边、身后、心里一直都有母亲的挂念与无私奉献。直到有一天，当我也变成了你，当每一个姑娘都成了母亲，才真正体会到这份感情。

衷心祝愿全天下的母亲都幸福安康！

31. 康巴汉子　2011-08-19　08：53：48

伟大、美丽而无私的母亲！

32. 新浪手机网友　2011-08-19　10：52：11

母亲是一艘大船，载着我驶向大海，去追寻生命的奥秘，去探索世界的神奇；

母亲是一座高山，蕴藏着万物，哺育我成长，强壮我的身心；

母亲是一曲动人的歌，带着我云游四方，用她那优美的曲调，颂吟着祖国的历史；

母亲是一缕春风，吹生着世界万物，盈盈的步履间，带来了勃勃生机；

母亲是丝丝春雨，滋润着大地万物。

啊！母亲我爱你，你是我心中永远的最爱！

33. liangxicece　2011-08-19　12：44：11

祝您的母亲在天堂一切安好！也希望您和您的家人幸福！

34. 水煮鱼　2011-08-20　01：36：23

我们在心里为您的母亲默默祈祷，希望她在天堂也过得很好。

35. wwj5937　2011-08-20　12：12：42

我们在心里为您的母亲默默祈祷，希望她在天堂也过得很好！活着的人好好地过，就是对逝去的人最好的祭奠。

18 时 50 分，悼念结束，我们集体向妈妈遗像行了三个鞠躬礼，同声说："妈妈，您的恩情我们永远铭记，您永远活在我们心里。"

再次感谢各位善良友好的博友，真诚地祝愿你们阖家欢乐，幸福吉祥。

2011 年 9 月于贵阳

我的灰姑娘

人生，总有些难忘的记忆在心底，但是，当某个诱因出现时，时空就会自然而然地切换。那天，我和一帮文友抵达下榻的遵义三合镇堰河村乡村旅馆时，女当家宋春梅放养在房前屋后的几十只鹅，让我想起了童年难忘的片段。

当时，因下雨路滑，躲在屋檐下避雨的我，身子努力向前探，目光锲而不舍地追逐着在屋旁竹篱内嬉戏的鹅群，嘴里喃喃地说："这些鹅，真好看啊，真好看！"

良久，同在屋檐下忙着炒菜的女当家抬头看了看碍手碍脚的我，不解地笑着说："这有什么好看的，早点来，满地白花花的鹅蛋才好看呢。"真是"知我者谓我心忧，不知我者谓我何求"。女当家怎知，此刻的我，心中满是童年的伙伴——灰姑娘。

我11岁那年春天，母亲托人从乡下买来了一只18斤重的大灰鹅。刚来时，它很不友好地乜视着围着它打转的我们几个小人儿。记得它站在我家小院中央，像一位骄傲的公主一般，不屑一顾地昂着头，示威似的"嘎、嘎、嘎"地向天歌了好一阵。歌罢，它见我们姐弟仍然不为所动，便伸直杯口粗的脖子，像一条愤怒的蛇一样，朝着我们冲过来。这绝活，顿时吓得我们几姐弟落荒而逃。

我家依山而居，小院南端有一个天然的山洞——孔明洞。母亲在洞口给大灰鹅做了个窝。孩童和动物天生是一家，没几天，大灰鹅便成了我的好伙伴，我的生活中，也就增加了喂鹅、放鹅、戏鹅等趣事。我给大灰鹅取了个可爱的昵称——灰姑娘。

每天放学，只要一推开院门，灰姑娘就会欢快地冲过来迎接我。还来不及放下书包的我便急忙张开双手拥抱她，两张开心的脸，亲热地贴在一块儿。有时，我会将书包扔在门槛上，骑着灰姑娘在院内乱跑。那时，满世界只有灰姑娘"嘎、嘎、嘎"的叫声和我"嘿、嘿、嘿"的笑声在回响。这欢乐感染了天上的艳阳，它坏笑着支使光辉从山坡上斜溜下来，调皮地把我和灰姑娘剪成了一个双头四脚的两不像，在地上一个劲地乱闪！有一回，不经意间，我在大灰鹅祥和、惬意的黑眼睛里，看见了一个眉开眼笑的自己。

不知不觉仲夏来临，在我们的精心照料下，长得毛光水滑的灰姑娘不仅开始下蛋，而且下的蛋又圆又大，同时，也变得愈发神气和淘气了。记得每当我们姐妹借着孔明洞内的凉风坐在小院内纳凉或就餐时，它老爱蹑手蹑脚地走到性格温和的三姐背后，出其不意地擒住她脑后的发辫向后拖。不过，只要看见被吓得失声尖叫的三姐即将摔倒时，它就会马上松开口，然后"嘎、嘎、嘎"地欢呼着转身逃跑。每次，三姐被她捉弄后的恼怒，总是被其甩着肥臀逃跑的滑稽模样抚平。

几个月下来，我和灰姑娘已成为密不可分的好伙伴。初秋的一个晚上，母亲愁眉苦脸地摸着我的头说："四宝乖，明日是我的生日，家里实在没其他东西待客了，只能用你的灰姑娘宴请亲友……"我知道，母亲确实是万般无奈。但剧痛，撕心裂肺的剧痛，整整折腾了我一夜。次日早晨，我在灰姑娘祥和、惬意的黑眼睛里，看见了一个眼圈发黑、茫然失神的自己。

灰姑娘酷爱游泳，平时只要不刮风、不下雨，我都会带她到河边去潇洒。在她生命即将终结时，作为她最亲密的小伙伴，我唯一能做的只有带着她到河里去游最后一回了。母亲原本不同意放灰姑娘下河，怕耽误下午的宴席。但又经不住我的恳求，只好嘱咐我在12点前带它回来。那天，老天的心情似乎和我一样郁闷，阴沉沉地拉长着脸，可灰姑娘却不谙人情，它仍像平时一样，一走到熟悉的河边就兴奋地张开双翅，把风扇得"呼呼"地直唱，跳起双脚，敲得河堤像架子鼓一般"嘭、嘭、嘭"作响。当她连蹦带跳地扑进水里后，清亮的河水顿时荡起了一波又一波开心的涟漪。

我的灰姑娘，在几十只大鹅一如既往的簇拥下，犹如一位高贵的公主。她快乐地一会儿引吭高歌，一会儿翩翩起舞，臣民们一会儿伴舞，一会儿欢呼。此情此景，激动了河水，也点燃了我的希望。我多么希望——灰姑娘的王子立即现身，或者灰姑娘赶紧变成白天鹅……

可是，浪漫的童话敌不过残酷的现实。时间已是中午，在姐姐的再三催促下，我不得不含泪带着灰姑娘上岸。在回家的路上，我每走一步，都承受着如赤足踩玻璃碴般的痛楚，艰难地陪着灰姑娘，一步步走向它此生的不归路。

在惶恐里挨过了漫长的 2 个时辰，我一直没有听到灰姑娘的绝唱。心想，是不是母亲又有了两全其美的良方？便心存侥幸地去找它，谁知一到孔明洞前，就见洞口的木栅栏上，直挺挺吊着我的灰姑娘……

记得那天，我坚决拒绝和大家一起吃肉，连汤味都不敢闻，仓皇地逃到屋后的山坡上，独自伤心哭泣，直至灯火阑珊时才拖着步子回家，腹中始终不曾有半点饥饿的感觉。可现在怎么我的肚子会咕咕直叫，还有些顶不住肉香诱惑？原来，今天的饭点已到，餐桌上九菜一汤的香味把我的时空又切回到现实中来了。

我恋恋不舍地将目光从鹅群中拉回，呼吸着醒脑的清新空气，再看着这幢坐落在绿意盎然的田野、青山碧树怀抱中的农家小楼，瞬间萌生出不恋城市只恋乡村的情愫，便带着羡慕的口吻，与女当家聊起了家常话。当我得知她家这个乡村旅馆可同时接待 60 人入住，全年收入逾 30 万元，还有那些让我看得目不转睛的 40 只鹅是她家特地喂来下蛋给旅客食用的，不杀也不卖时，我浑身上下顿时感到前所未有的轻松。

因为我知道，这里的孩子们，不会再像当年的我那样，痛失会淘气且爱下蛋的灰姑娘了！

2013 年 6 月于贵阳

夜风中那缕橘香[*]

　　老城早已不复存在，但人们对老城的牵挂如新。夜风依然，空气里那一缕橘香，也似乎仍在我的记忆中浮动。

　　那是暮春里一个没有月亮的夜晚。老城的街道上，几盏微弱的白炽灯似有若无地照着铺满青石的路面。道路两旁，陈旧的木墙青瓦民居内时有橙黄色的灯光从镂空的雕花窗棂内漏出。偶尔有一间灯火通明的水果或糕点店，刺眼地在古朴的街道旁招揽着顾客。

　　一个大约7岁，有着一张白净瓜子脸的小女孩，借着昏暗的路灯，低头专心致志地在凹凸不平的石板路上找寻着什么。

　　小女孩一会儿跑到路东，一会儿又跑向路西，突然，小嘴里低低地发出了一声惊喜的欢呼，紧接着就不紧不慢地跟在一对谈笑风生的情侣身后。

　　这对情侣20岁左右。女青年身穿白底紫色碎花布衬衣、米灰色长裤，身材窈窕的她步履轻盈，两条长辫活泼地在腰间甩来甩去。男青年身着漂白布衬衣、黑色西裤，身材魁梧的他步履稳健。俩人说说笑笑，一边聊一边吃橘子。不知侃侃而谈的男友说了些什么趣事，女青年"扑哧"笑出了声，乌溜溜的大眼睛，似两轮秀美的圆月。

　　跟了约莫700米路程后，小女孩的上衣包开始鼓囊起来。突然，前面的情侣一起转过身来，严肃地注视着小女孩。

　　面对两双冷峻的眼睛，小女孩显得有些慌乱。她急忙从整洁的枣红色粗布上衣口袋里，掏出一把橘子皮，怯生生地说："叔叔，阿姨，我捡橘子皮……"

　　俩人释然地相视一笑，目光顿时柔和起来。女青年眼睛里更是充满了爱

---

　　* 2012年载于《部落格·心灵牧场》散文集。

怜，她轻言细语地说："哎，小姑娘，就为这个，你跟我们走这么远啊！累了吧，来，吃橘子。"说着，就弯腰将手中的橘子递给小女孩。

谁知小女孩脑袋却摇得像拨浪鼓，双眼睁得溜圆地望着女青年，脆生生地说："我不要，我不要，我只要橘子皮。"

空气瞬间凝固，沉默片刻后，女青年莞尔一笑，便低头飞快地剥橘子，男青年随即也加入进来。约莫十分钟，俩人不仅把手中的橘子皮全部剥给了小女孩，还把纸包中的橘子也全部掏出来剥得精光。

不一会儿工夫，金黄色的橘子皮就盛满了小女孩的衣袋、裤包和双手。看着这意外的收获，想着把这些橘子皮晾干卖给药店后，可以买上好的铅笔和橡皮擦，自己的作业和考试成绩就不会再因卷面整洁问题而扣分时，小女孩不由得深深地吸了一口弥漫着橘子皮香味的空气。

小女孩的脸上露出了两个甜甜的酒窝，她开心地向叔叔、阿姨说了声"谢谢"，并深深地鞠了一躬后，便蹦蹦跳跳地转身往家跑。跑到道路转弯处，小女孩无意间回头一望，竟然看见微弱的路灯下，阿姨和叔叔仍站在原地，手捧着一堆裸橘，默默地目送着自己。

一缕弥漫着橘子皮香味的夜风，在暮春的街道上轻轻浮动，它掠过了阿姨的长发和叔叔的白衬衫，最后芬芳了小女孩稚嫩的心房。

此事已过去多年。虽时光飞逝，世事变迁，可那缕橘香，那缕暮春夜风中的橘香，在当年小女孩的鼻间，仍甜香如故……

芳草碧连天 *

生命的季节，绿草如茵。纵情远眺，万物勃发，我回想起自己走过的足迹，感慨万千……

1960 年腊月，我生命中最寒冷的冬天。病故的父亲死不瞑目，眼巴巴地望着泣不成声的娇妻和五个嗷嗷待哺的儿女。那年大姐才 11 岁。在一片"死错人喽，怎么养得活哟"唏嘘声中，我饱尝了生活的艰辛，明白了生命需要自强不息。

小小的我，课间，很想和同学们一起做游戏；放学，更想和小伙伴们一起打闹嬉戏。但我心底一直有个强大的声音："你，只有勤奋学习，才能自强自立！"不知什么时候，同学们不再等我同行，也不知从什么时候起，小伙伴们不再拉我做游戏。

书，是我的唯一。为了节省电费，我经常躲在公厕里，借着昏黄的灯光，贪婪地吸吮《红楼梦》《三国演义》《复活》《牛虻》等中外名著的精气。

我依靠街道和学校的救助，完成了九年学业，各科成绩在班上均名列前茅。小小的我让同学们疑惑："同班学习，你为什么会拥有超常的知识和思维？"他们哪里知道，体弱多病的母亲为了养活我们五姐弟，起五更睡半夜，经常晕倒在路上，苏醒后，爬起来再继续。他们无法想象，每学期，在课堂上默默承受老师催缴学费时，冷酷的表情和尖刻的话语鞭挞我心的痛楚。

为了让母亲瘦弱的身躯不再佝偻，为了抹掉交不起学费的辛酸眼泪，初中毕业后，我随成百上千的贵阳学生娃，加入了湘黔铁路建设队伍之中。我们贵阳学生团二营先遣连的驻地在清水江畔，第一项任务，便是为后来的连

---

* 2001 年 10 月 19 日载于《贵州工人报》；2001 年 12 月 6 日载于《贵州民族报》。

队搭工棚。从清晨到黄昏，男同学们在山上搭工棚，女同学们往返几十里搬运木料。在家是幺妹，身体又单薄的我，为了挑战自我，和同学们一样衬着厚厚的垫肩，扛起重重的木板，拖着直打战的双腿，咬紧牙关一步一步地扛着木板往山上爬。汗水把头发粘贴到头皮上后，又慌慌张张地跑过脸颊，钻进搭在脖子上的那条印着兰草婀娜身姿的白毛巾里。爬到半山腰，由于坡坎太陡，我用尽了全身力气，就是上不去。顿时，肩上2米长的四块木板全部向后倾斜，身体失去了重心，我吓得手足无措。眼看就要连人带板一起摔下山坡的危急时刻，山上正哼着《青春圆舞曲》搭工棚的男同学们急得大叫："快点丢木板！快点丢木板！"我心有余悸地望着静静地躺在坡坎下的木板，轻轻抚摸着被木板割出一道道血痕的双手，好半天道不出半句言语……

　　工棚建好后，我和同学们一起坐在江岸上，顶着烈日的暴晒，忍着钻心的疼痛，用打满血泡的双手举起铁锤，将坚硬的鹅卵石逐个击破，敲成道砟。半年多的修路生涯，我用不再被压破皮的双肩、不再累得打战的双腿、不再磨起泡的双手，和同学们一起，托起飞速的列车，给祖国母亲的繁荣富强供氧输血，让山里娃的梦想随着道路建设的成功而成真……

　　大地银装素裹的时节，我离乡背井500多里，到一个矿厂当了一名电工。这里，山牵着山，山抱着山，没有商店、没有街道、没有路灯……只有农人耕作的吆喝声和老牛的哞叫声此起彼落。

　　花样年华的我没有怨天尤人。我们帮助农民架设的银线，跨过田间，越过山脊，伸向天际。起初，师兄们在电杆上架线，我在地上放线、拉线。目睹师兄们在蓝天下、电杆上的英姿飒爽，我不甘当"二传手"，想证明男女都一样，于是，就套上师兄的脚扣，鼓足勇气，抱着电杆，战战兢兢地往上爬。我好不容易爬到了杆顶，刚想喘口气，一定神，只见高天浩瀚，风起云涌，我和电杆仿佛在急剧晃动，顿时，儿时蹚水过河时面对湍急流水的恐慌又涌上心头。一阵心悸，脚扣掉了下去，吓得我抱紧电杆哇哇大叫。此后近半个月，我的腿都直打哆嗦。但我没有畏葸不前，我认真地向师傅求教，反复练习。终于，我也骄傲地和师兄们一样，顶着蓝天，披着白云，把亮亮闪闪的银线嵌在了电杆上。

　　电路接通后，淳朴的农人们看着银晃晃的灯光装满堂屋，白花花的大米从欢快的打米机嘴里吐出，乐得合不拢嘴，笑呵呵地洗净了带着泥土芳香的蔬菜和油光透亮的老腊肉，捧出了香喷喷的米酒，与师傅、师兄一起举起盛满米酒的土碗，"碰、干……"一张张开心的脸，一句句真心的话，使我淡忘了周身酸痛，深深陶醉在劳动创造社会价值的欢乐氛围里。

入夜，皎洁的明月温柔地依偎着窗外的山峦，月华似水。我熄了灯，把月色迎进宿舍里，然后，轻轻地闭上眼睛，恋着月色，用舒缓的琴声，梳理心头浓浓的乡情和朦胧的希冀……山上的草木和我，随着月意，忽隐忽现又忽明。

厂领导和同志们对我的不懈努力给予了充分肯定，厂部的表彰大会上，我领到了荣获嘉奖的纪念品——一本盖着红彤彤的公章、记录着荣誉的笔记本。

师傅以我为荣，脸上笑容熠熠生辉。分别许多年后，在师傅的追悼会上，师母紧紧搋着我的手，哽咽着对我说："兰心啊，兰心，你怎么才来？师傅好想你！他走之前，一直含糊不清地叫着你。"扑通一声，我双膝着地，趴在师母的膝头抽泣，语无伦次地说："上月探视时，师傅还谈笑风生。我不知道呀……"

12年后，我回到了魂牵梦萦的故里，已近而立的我，直面从"读书无用"到"唯有读书高"的鸿沟，铭记"书山有路勤为径，学海无涯苦作舟"的古训，推开都市光怪陆离的文化生活对一个长期待在山沟里的"乡下妹"的巨大诱惑，一头扎进学海里，荡起辛勤的双桨，撑满执着的风帆，一路上过关斩将——备考，中考，高考……

机遇总是青睐有准备的人。10年后，我被选拔到管理岗位。这是我人生旅途上最富挑战的里程。已近不惑的我，顶着高标准、严要求的新任务和周围高资历、高素质群体的层层压力，"咬定青山不放松，……任尔东西南北风"，迎接挑战，风雨兼程。8年来，我的整个脑海里只有一个念头——"争创一流"，全部生活中有一件事——"一流工作"。我的足迹遍布全省市、州、地，熟悉我的人都叫我"工作狂"。

我多少回灰尘扑面，泪往心里流；无数夜辗转不眠，忧患生蓝图。我的辛勤、执着、业绩，终于得到了各级各部门领导的肯定，赢得了周围"双高"群体的信任。

如今，已走入金色秋季的我，不想舔着"长身体时'饿饭'，长知识时

'造反'，年少时只准'沿袭'，年长时要求'创新'"的伤痕呻吟，不想为年龄发愁，不想在春花前害羞，更不想在曾经的伤痛中窒息。只想用自己丰富的阅历和年轻的心深深地呼吁："朋友，不要为年龄发愁，不必在春花前害羞，春华秋实各有美好，芳草青青连天宇。"

石头城里"石头记"*

——写在遵义县平正仡佬族乡

这里所说的"石头记",不是我国古代四大名著之一《红楼梦》的"乳名"。而是位于国家 AAA 级景区,遵义县平正乡仡佬石头城里的一位特立的"居民",它在我心中形成的一个犹如天坑似的记忆……

遵义县平正乡的仡佬石头城(贵州原生态仡佬文化博物馆)总投资 4.3 亿元,占地 380 多亩,目前有仡佬文化博览园、陈列馆、仡佬始祖九天天祖、潜祖、月、达贵、宝王等 20 多个景区,300 多处石景。

那天,我随文友们信步园中,比比皆是的奇石居民们,有的像一头温顺的牦牛在散步,有的似一只忠厚的义犬在守望……每一块石头,都明明白白地张扬着我省原生民族仡佬人的"合和文化"精神;每一处空间,都清清楚楚地散发着仡佬族民众淳朴善良的味道。

不仅如此,这些特立的石头居民们,还按天干地支列阵,形成一座神秘莫测的文化迷宫,一下子就能让你找到《红楼梦》中刘姥姥初进大观园的感受。但是,最令我震撼的还不是它们的奇异和天成,而是其中一块中规中矩的、人工打造的巨型石头。记得当本地的老师把它推介给我们时,默默地蛰伏于门边的它,瞬间便催生了我心中的"石头记"。

何出此言?因为这块中规中矩的石头所塑造的,是一本对页翻开的书籍。它宽约 10 米、高约 5 米,斜倚山坡,静静地矗立在石头城边。就其伟岸的身躯、厚实的体形而言,已经令你我刮目相看,更何况其敞开的胸襟上,还密密麻麻地镌刻着约 0.3 米大小的、像云朵一样飘逸的陌生文字。

---

* 2014 年 8 月载于贵州省写作学会《大美平正》散文集;2014 年 9 月 30 日载于贵州省写作学会内刊《遵义写作》。

　　姑且不论这些据说是仡佬族古文字的符号是何等的神秘莫测，也不论同行的专家和学者们所产生的一连串的惊讶和疑问，单就其独立厚重、一如"天书"般的形状，我便以为这足以把热爱书籍的人们，从头到脚、从里到外彻底征服！

　　这本"天书"让我想起了高尔基热爱书籍的格言——"热爱书籍吧！书籍是知识的源泉，只有书籍才能解救人类，只有知识才能使我们变成精神上坚强的、真正的、有理性的人。唯有这种人能真诚地热爱人，尊重人的劳动，衷心地赞赏人类永不停息的伟大劳动所创造的最美好的成果。"也让我想起了被誉为"欧洲的良心"的法国现代著名文学家罗曼·罗兰"和书籍生活在一起，永远不会叹息"的名句。更让我想起了一本曾改变了我后半生轨迹的名著——《世界上最伟大的推销员》。

　　这本书，是前些年省军区一号首长强烈推荐给全区干部战士学习实践的。说实话，仅凭这书名，在平素喜欢罗曼蒂克情调的我这里最初是受排斥的，但囿于首长的威严，只得委屈地去读这么一本"俗书"。可当我懒洋洋地翻开这本"俗书"，才看完第一个章节，整个人就被吸了进去。

　　《世界上最伟大的推销员》记载了一则感人肺腑的传奇故事：一个名叫海菲的牧童，从他的主人那里，幸运地得到十道神秘的羊皮卷，遵循羊皮卷中的原则，他正确地对待财富和幸福，执着创业，最终成为一座浩大的商业王国和精神王国的主人……

　　其实，这本书中的主人公海菲就是作者奥格·曼狄诺，这位美国杰出的企业家、作家和演说家本人的化身。

　　奥格·曼狄诺在书中说道："我选择的道路充满机遇，也有辛酸与绝望。失败的同伴数不胜数，叠在一起，比金字塔还高。然而，我不会像他们一样失败，因为我手中持有航海图，可以领我越过汹涌的大海，抵达梦中的彼岸。我要用全身心的爱来迎接今天。我是自然界最伟大的奇迹。今天是我生命中的最后一天。"

　　这些简朴的理念振奋人心，激励斗志，成功地改变了成千上万人的命运，也给了我推开一直以为可望而不可即的文学圣殿之门的神奇力量！

　　少时就十分喜爱阅读的我，时常会似懂非懂地陪着我国名家曹雪芹笔下的多愁善感的"林妹妹"以泪洗面；和俄国名家列夫·托尔斯泰书中的安娜，这个品格高雅、敢于追求真正的爱情与幸福的"叛女",一起失魂落魄;随着英国名家夏洛蒂·勃朗特处女作中的孤儿简·爱,这个"灰姑娘"在各种磨难中不断地追求自由与尊严,最终享受到爱情的橄榄入梦;有时,我还会挥着"俄国文学之父"普希金的诗歌翅膀,让思绪飞翔……

英国著名史学家托马斯·卡莱尔说:"书籍,当代真正的大学。"法国著名哲学家笛卡尔说:"读一本好书,就是和许多高尚的人谈话。"在许多既凝集着昔人的思想精髓,又吸收了今人灵慧的力量,蕴含着激活人们的思想火花的书籍浸润下,我混沌的心逐渐变得通透起来。

多少年来,我总爱把日常生活中的感动记录下来,夹在日记本中,留作往事的书签,一如普希金诗中的小花。尽管如此,我却从不曾有过把它们变成铅字,让自己也成为一名文学工作者的奢望。直至我邂逅了奥格·曼狄诺的充满智慧、灵感和爱心的励志书——《世界上最伟大的推销员》后,我才终于把奢望变成了现实。

在书中主人公海菲"只要决心成功,失败永远不会把我击垮!""今天是我生命中的最后一天"等格言的激励下,我一头扎进浩瀚的文海,笔耕不辍地开始了"我手写我心"的旅程。

我孜孜不倦地学习、创作,那些曾经令人抑郁的孤单变成了创作的温床,满身的疮痍,也化成了文章。我不再忐忑暗夜的降临,也不再被赋闲后的灰网所困扰。渐渐地,生我养我至油尽灯枯的母亲,在我的文字中复活:一位年轻寡母,含辛茹苦地抚育五个幼儿成长的感人故事在网络、报纸、杂志上传颂。

在人们的认同声中,有一天,当我打开电脑准备写作时,竟然看见了已逝去五载的母亲转着圈儿对着我欢笑……这灵异的现象,我一下子就惊呆了。如今想来,这或许是自己成天足不出户地写得太投入了,以致出现了幻觉。

慢慢地,我的笔下,不只有陆游的千古绝唱《钗头凤》的倩影,还有鲁迅小说集《呐喊》中的些许思考;不只有李清照顾影自怜的"知否?知否?应是绿肥红瘦"的一缕哀婉,还有范仲淹"先天下之忧而忧,后天下之乐而乐"的使命感和责任意识。

如今,面对这本矗立在我眼前的仡佬人的"石头记",看着那些不知出处的密密麻麻的符号,我纷飞的思绪瞬间凝聚,脑海中出现了"书山有路勤为径，学海无涯苦作舟"的意境。于是，我情不自禁地抬起手触摸那些神秘的符号，在这本特立独行的石头上探路。

　　因为，我想用心感恩书籍，与书籍同在；并且，也想以此感恩——曾指引我进入文学殿堂大门的恩师和那些为我照亮前路的师友！

琴弦上的月光

半空中的明月舞动着一把漂亮的银剪，"咔嚓、咔嚓"地将一幢幢高楼裁成一个个、一队队浓厚的矩形方阵，而后又拂袖将零星的边角漫天倾抛，让原本黑魆魆的青石板通道，铺满光怪陆离的希望，挑起昨日的琴音，在月夜里柔柔地飘荡……

多年以前，一样的月光，漫过毗邻住房的山坡，步入一座破旧的小院落，看见一个梳着翘八角的女孩，端坐在低矮的木板房前，随着她双手的按揉、推拉技法，腿上的二胡欢乐地唱起了《让我们荡起双桨》。

月光给身着粗布上衣的女孩一袭梦幻的霓裳，轻舞的琴音和着月光，托起一个个鲜活的五彩梦，在夜空中自由地飞翔……

春去春又来，长成的女孩离开了娘。似曾相识的月光翻过矿山的脊梁，来到姑娘的宿舍旁。月光殷勤地注视着窗户内聊天、打牌、看书的人们，弄起清影期待着姑娘，可还未曾看到姑娘，刺目的灯光就狂野地张开十指，搡了月光几个趔趄。正沮丧中，突然，晚风送来一阵悠扬的乐曲，月光旋即收拾起失落的心情，牵起素色的裙角循声前往。

月光听见，一个男青年纳闷地自言自语："奇怪，有人吗？为何没有灯光？无人吗？门窗洞开还有琴声飞扬？"月光不禁一阵欣喜，立刻飞身入窗，席地而坐，静静地聆听着琴弦上流淌的思想。

忧郁幽怨的《知青恋歌》倾诉着：在一个大雪纷飞的夜晚，几十个少男少女告别了家乡。清晨起来的第一眼，让这些城里娃对荒山野岭有了难以磨灭的印象。这座躺在深山老林里的小矿山，员工总共只有百余号，其闭塞的风气让你难以想象。这里的女人不能露小腿和臂膀，这里的人们只知日出而作日落而息，饭后散步也被视为资产阶级思想。

　　还有一位身着长袍大褂、胸前满是白须的老爷爷，他一辈子都没有离开过这巴掌大的地方，直至其年逾九旬的某天清晨，他那智障的孙儿发现他已不知何时站着死在堂屋中央。可至死，这老爷爷从不知也不问山那边是个什么模样。

　　尽管异乡寒夜呀，冷落了一颗又一颗火热的心肠，哪怕工余支农时，镰刀偏爱手指，痛得钻心、鲜血直冒，薅秧时，长裤挽成了短裤，吸血的蚂蟥咬得少女们哭的哭、叫的叫，一言难尽的艰辛和凄惶。忆难忘！可活泼欢快的《花儿与少年》仍然流淌着少女们对维纳斯的青涩期待和仰慕。催人奋进的《众手浇开幸福花》依然高调，它承载起青葱儿女对美好未来的追求和向往，似金色葵花，朵朵向阳……

　　阴晴圆缺十余载，月光依然好模样，人却已沧桑。陌上的岑寂尘封了琴弦忽而推进忽而拉长的过往，琴弦上的月光也凝结成了霜。时常在子夜后，站在姑娘床头的月光，跟着抑郁的梦呓走进梦乡。

　　这是一个什么样的梦啊，没有疏影横斜的枝叶，没有薄如蝉翼的纱窗，只有一片无垠的荒漠和一间支离破碎的板房。房内躺着僵死的山盟和膝盖，辛酸的汗水和泪滴挂满了阴暗的东墙。门外，朔风卷着黄沙掩埋了斑驳的门窗，唯有一只郁郁的眼睛，悬悬地挂在房顶的破洞上，惶惶地与苍天对望……

　　这阴郁的梦境，让月光蓦地忆起，昨日曾经倦过伤过的姑娘总是雨过天霁满面阳光，发梢上的蝴蝶结像蓝色的精灵似的欢畅。今天，是什么样的创伤，让姑娘变成这般模样?! 月光难过得躲进云里，旋即又走出来拿起银笔，在她的梦里梦外涂满亮光。

　　翌日，姑娘容光焕发地将二胡从琴袋中取出，精心地擦净尘灰，拧紧琴弦打上松香。

　　入夜，姑娘灭掉了灯光，坐在卧室内，对着窗外广场上如繁星闪耀的灯光，舒心地拉起了欢快的《青年友谊圆舞曲》。生疏的指法影响了音色，但却清楚地回放出昨夜明亮的月意：请允许我仍站在你的琴弦上，陪着你一起去迎接明天的朝阳，哪怕清晨我会黯然失色，或是月初没有我的信息。只要我们打开信念的天窗，就有日月星辰闪耀；只要我们努力张开友谊的翅膀，幸福就会来到你我身旁。

2012 年 9 月于贵阳

今夜有人等你吗

下班了，同事们带着对明日的期待，揣着新年的祝福，笼着一盏盏温馨的灯光，连着一串串亲人的牵挂，消失在车水马龙里……我，独自待在空旷办公楼内，对着电脑上的白底黑字……今夜，没有一盏灯为我点亮，没有一个人等我回家。

我漫无目标地在黑夜里奔跑着，累了倦了，只得推开家门，那熟悉的黑暗和冷寂从眼睛浸染至神经末梢。多少年来，多少个这样的日子，多少回这样的感觉，多少个冷落的节日，多少次孤单的假日……

从6岁那年父亲病故后，母亲忙于生计，孤单和落寞就长在了我的心头。好想有亲人牵挂，好想有亲人唤我回家，这个念头它好重好重，压得我气喘吁吁，泪、汗交流如注。

记得8岁那年酷暑里的一个下午，放学后，我期盼像其他同学一样，会有人来找我回家。我就站在学校大门边上，直着脖子看啊看，直看到天黑得像锅底；盼啊盼，直盼到喧闹的校园再没有一丝声响。可还是没有人唤我回家，我只得低着头，拖着步，独自走回了家。

长大后，到了该婚嫁之时，我想有人等我回家，选择了相貌家世平平的他，可思想放纵的他，更无情地打破了我梦中温暖的家。那些年，家里经常熄灭的灯光，一次次暗杀我殷切的目光。

明天是2010年新年，今夜又是一个万家团圆的日子，又是一个人的新年、一个人的晚餐、一个人的空宅、一个人的情节、一首没有读者的小诗、一场没有观众的演出、一杯无人对饮的老酒、一滴悄然滑落的酸楚。

"丁零零"，电话响了，电话那头，女儿关切地问："妈啊，你今天怎么不出去玩呢？"我说："女儿，妈没有想去和可去的地方。"女儿说："妈，去和姨妈及朋友玩嘛。"我说:"女儿呀,这样的节日,这样的夜晚,想邀请的早就邀约,不邀约的就自有安排,现在去哪儿都多余。哎,妈妈自幼就期盼有人等我回家,可,至今也还是个愿望……"

电话那端,女儿沉默了。片刻,她笑着说:"妈妈,明年我回来,天天等你回家……"刹那间,电话两端,爽朗的笑声好亮好响……

2010 年 12 月于贵阳

黑与红

钢筋混凝土构建的车站，像一锅煮沸的水，翻滚着太多的希望与失望，夭折了太多的起点和终点。

柳烟带着妹妹雨荷赶到火车站，售票大厅内人头攒动。当她们终于挤到窗口时，售票员却当头抛出一句硬邦邦的话："没票了!"顿时，姐妹俩感到人声鼎沸的大厅，瞬间好冷落，好冷落。

正在一筹莫展之际，她们突然听见有人在耳边说："美女，我们现在有事不走了，硬座票，你们要不要?"俩姐妹抬头一看，见是两个身着黑T恤的看起来还比较稳重的男青年。心想，能走就不错了，连忙答道："要啊! 要啊! 多少钱?""黑T恤"们笑了笑说："你们放十二个心喽，我们又不是票贩子! 原价，谁叫你们是美女呢。"

"黑T恤"们热情地帮助姐妹俩，从便道快捷地上车。姐妹俩感觉运气真是太好了，忙不迭地说："谢谢，谢谢!"并由衷地感叹："这世上还是好人多啊!"

列车徐徐驶出了车站，月余未见的俩姐妹长舒一口气，亲切地依偎在座位上，相互嘘寒问暖。

雨荷与柳烟本是一对孪生姐妹，长相酷肖的姐妹俩连熟人都经常认错。

有一次，柳烟发现好友高山突然冷落自己，就嗔笑着问："你是哪根筋不对哟?"高山沉着脸说："我昨天下午路过你家时，见你在门前打羽毛球。我连声招呼你，你却只用眼角扫了我一下，让我被朋友们好一阵嘲笑!"柳烟听完温婉地笑着说："我昨天下午根本不在家，你看到的是我妹妹雨荷。对不起，她性情有点冷淡。"

今年，两姐妹双双高考失利，同时进入社会，只不过，一个远走他乡谋生，一个留在本市待业。

靠在姐姐身上的雨荷，想着自己高考失利后，放下深爱的书本，应聘到远离家乡的一座沿海城市工作。不承想，这家论资排辈的公司，让自己和近百名没有大学文凭的新人，轮班去一个荒山野岭中搞基建。

荒山野岭中的太阳，似乎格外欺负人。一个多月来，头顶的太阳，像一柄蘸着炭火的巨笔，随意地在皮肤上涂鸦。她肩上的木头，像沉重的大山一样，压得浑身酸痛。手上血红的水泡，开了又谢、谢了又开，雨荷时常从梦里痛醒过来。粗糙的食宿，又让雨荷与肠胃炎结下了不解之缘……这林林总总的压力，让雨荷度日如年。

五天前的下午，雨荷收到了母亲寄来的包裹，更是勾起了满腔思亲想家的情绪，只觉积压在心底的辛酸和愁烦翻江倒海。下班后，雨荷拖着累得散架似的身子，独自爬上工地旁的山顶，坐在锄把上，对着天边的白云，伤感地唱着思乡的歌曲。

为了不让年迈多病的母亲担惊受怕，雨荷满腔的苦水只能向姐姐倾诉。

柳烟看完书信，心想，这或许是自己娇气又多愁善感的妹妹"为赋新词强作愁"的又一篇习作。不过，洇染着泪渍的字迹，还是让柳烟心里十分不安，她便告诉母亲，她要去把妹妹接回来。母亲一听立即就泪眼婆婆地催促柳烟立即启程……

看着窗外疾速隐退的树木，想着马上就要结束这段苦难的生活见到慈爱的母亲了，雨荷的心里又充满了欢乐。突然，一句"请让开，这是我们的座位"的话打断了姐妹俩的叙谈。噫！这一对年轻情侣的座位，居然和我们姐妹同号。

一番争执引来了列车员，她一边比对车票，一边询问各自的购票点。当得知姐妹俩的票不是来自窗口后，她随即板着脸说："你们的车票是假的！"接着便不由分说地在众目睽睽之下，押送着姐妹俩去车长室处理。

平生第一次遭到押送的雨荷，感觉人们的眼光像一把把锋利的匕首，狠狠地切割着自己的尊严。她默默地低着头，跟在柳烟后面机械地前行，脸涨得通红通红。

车长打断了姐妹俩急切的解释，面无表情地说："好了，补票吧。"听到这句话，姐妹俩只好自认倒霉。可是，柳烟的手在挎包里里外外地翻来翻去，却就是找不到钱夹。在一团不祥的阴影笼罩下，雨荷回想起柳烟摸出钱夹付票款时，"黑T恤"们眼中闪过的贪婪。"啊，完了！"一阵寒意从头凉到足底。

万分沮丧的姐妹俩，一再恳求车长允许她们到站后再补票，可所有的语言都苍白无力。中途，姐妹俩被无情地赶下了车。

流落街头的姐妹俩，茫然地看着这座陌生的县城。时间已至傍晚，她们没有一元钱可用，也没有一个熟人朋友可助。饥渴尚能忍耐，可今晚何处栖身？

平时心思缜密的柳烟，此时心急如焚，她想起刚才在工地上看到的令人心酸的一幕：在家时，太阳一大就紧蹙眉头不愿出门，一见灰尘就赶紧捂住鼻子，连家务事都不会做的妹妹，站在尘土飞扬的工地上，顶着晃得人睁不开眼的烈日，弯着腰吃力地挖着坚硬的泥土，汗水雨点般地从脸颈上纷纷跌落。想着，才一个月不见，妹妹就变得又黑又瘦，听到自己心疼的呼唤时，妹妹那惊喜的模样和姐妹俩含着泪、紧紧地拥抱在一起的心痛。想起临行时，母亲混浊的眼睛里那伤心的期待和风中的白发。天哪，如果今晚露宿街头或有什么不测，我怎么向年迈的母亲交代，怎么对得起我可怜的妹妹。

长时间站立在路边的姐妹俩引起了过往行人的注意。一群"古惑仔"走来走去地对着姐妹俩一阵"美女""小妹"地胡喊乱叫。他们闹了半天，见姐妹俩连眼皮都没动一下，又只得讪讪地离去。

天色越来越暗，行人越来越少。暮色像青灰色的铅块，沉甸甸地从四面八方挤压过来。

生性胆小的雨荷此时很紧张。她感觉身后灰暗的山上、田野和公路上随时会出现一些凶残的恶魔，不由得紧紧贴着柳烟。感受到妹妹恐惧情绪的柳烟，赶紧伸手抱住她。

就这样，两姐妹无助地站在县城边上，相互依偎着，眼睛里写满了惶恐和不安，像两只即将被送入屠宰场的羊羔，绝望地等候着屠夫的发落。

突然，一个身穿红T恤的瘦高男青年从县城里快步走来。他在距姐妹俩约五步之远处停下了脚步，然后发出了一个亲切的家乡口音："同学，你们遇到什么难处了？需要帮忙吗？"见姐妹俩满脸狐疑地怔着，他便又接着说："我和你们坐的是同一次列车，我看见你们被叫下车的。你们文文静静的，肯定是有难处。不过，素不相识，又不好多问，就先走了。刚才，我听见几个古惑仔在街上大声议论，猜想是你们，就赶了过来。"

见姐妹俩还是不说话，那青年发急了："我叫白杨，天快黑了，你们两个姑娘家，遇到坏人咋个办！我们都是同一个城市生长的，这里是我姑妈家，不信，我把身份证拿给你们看。"

白杨的出现，让姐妹俩又高兴又害怕。高兴的是，白杨不仅言行和善而且还是家乡人，俗话说得好，美不美家乡水，亲不亲故乡人嘛，有他帮忙，今晚就可以摆脱困境了；怕的是，如今世风日下，人心不古，担心又遭不测。

最后一抹夕照，在姐妹俩的踌躇中蹑手蹑脚地溜走了，随之而来的是阴森森的肆无忌惮的黑。

看着一直执着地站在原地等候姐妹俩回应的白杨和深重的夜幕，柳烟悄声对雨荷说："这人看起来像是个好人。如果我们此时不跟他走，今晚的境遇只会更糟！要不这样嘛，请他先借钱给我们买今晚的车票，如果他肯，就跟他走。再说，他是一个人，我们是两个。"雨荷一想，也只能这样了。

赶到车站后只买到次日早晨的车票，白杨便领着姐妹俩来到一家饭店用餐。白杨慷慨地点了五六个菜，用茶水涮了涮碗筷，添好饭递给姐妹俩，然后一边用公筷大箸大箸地给姐妹俩拈菜，一边笑着说："你们担惊受怕了一天，来，多吃点。"听到这，一路上从未正面看过白杨的雨荷，不由得认真地打量了一下这个救星：他长得很白净，偏瘦的瓜子脸上有着一只挺直的鼻子和两条浓黑的箭眉，含笑的眼睛里透出一股清纯、睿智的波光。尤其是他身上那件鲜亮的"中国红"T恤，很醒目，也很温暖。雨荷感觉他好像有点面熟，可又想不起在哪儿见过。

白杨和柳烟似乎聊得很投缘，当得知他也是本届高考失意的学生后，姐妹俩心中的戒备自然而然地又少了几分。

看着白杨热情的笑容脸，雨荷想，他可能看上姐姐了吧！哟，他和姐姐长得还有些像哦，怪不得刚才会有似曾相识的感觉。饭后，白杨把姐妹俩送至姑妈家，说了声"你们今天累了，好好休息，我到朋友家去借宿"，就转身走出了门。

白杨走后，在8小时内历险两次的姐妹俩感觉十分疲惫，可当她们准备锁门睡觉时却惊恐地发现，房门不仅没有装锁，而且还不能完全关闭。天哪！

柳烟马上联想起白杨的姑妈，这位年过半百的老人家，侄儿随随便便地带着两个陌生的女孩来借宿，居然不拒绝，还不闻不问，实在是太有悖常理了。完了！姑侄俩要么是拐卖妇女的惯犯，要么是流氓团伙，这一发现吓得柳烟心惊胆战。雨荷也嗅到了凶险的气息。跑吧，门外有人把守，而且户外黑漆漆的空无一人，更恐怖。待在这儿吧，房内除了一张木床和桌子外，没有一件可以自卫的东西。完了，今夜肯定又是凶多吉少了！

欲哭无泪的姐妹俩只好把床和桌子搬来顶住门，然后，紧张地守在门边竖起耳朵，屏声息气地听着外屋的动静。一更、二更、三更，五更天过去了，柳烟让实在撑不住的雨荷和衣在床上小憩，自己仍不敢闭眼。

天快亮时，柳烟也倒在床上就睡着了。突然，姐妹俩被一阵"嗵、嗵、嗵"的声响惊醒，两人同时慌忙地跳下床来，警惕地站在门边，仔细一听，原来是白杨在大声地敲门叫早。

在赶往车站的路上，白杨笑着说："你们昨天太累了，我敲了好半天的门，才把你们喊醒。"只顾说话的白杨没注意，姐妹俩的脸突然一下子都红了。

白杨将姐妹俩送上车并找到座位后说："你俩起晚了没吃早餐，我下去给你们买些吃的。"姐妹俩看见白杨一溜小跑地在站台上的食品车位前穿梭。不一会儿，他便气喘吁吁地把买来的食品和饮料递给了两姐妹，然后，又拿出200元钱递给柳烟，不好意思地笑了笑说："我没工作，这点钱给你们在火车上用餐。"说完，还像大哥哥一样地叮嘱姐妹俩一定要提防坏人，注意安全，到家后报个平安。

姐妹俩感动得一时找不到话说，柳烟双手将写好的借据和联系方式递给了白杨。

列车徐徐开动后，姐妹俩努力将头、手伸出车窗，不停地朝着站台上向她们挥手的白杨告别，直到再也看不见他那醒目而温暖的"中国红"……

姐妹俩到家的第一件事就是赶紧给白杨打电话，一是邀请他到家中来做客，顺便还回借款；二是转达母亲对白杨的谢意。

白杨一直没来。一个月后的一天上午，柳烟终于盼到了白杨的电话，白杨在电话里兴奋地说，他应征入伍了，现在在运输新兵的列车上。柳烟还没来得及细问，白杨就匆匆挂断了电话。之后，他就再也没有消息，她们再打电话去，电话语音提示"已停机"。

不久，在母亲的授意下，姐妹俩按照地址去寻找白杨的家。

盛夏的街上，路旁的梧桐树叶一动不动地待在枝头，路面的柏油被骄阳烤得出油，强烈的阳光穿越头上的花伞，把柳烟和雨荷的脸烘得通红。姐妹俩汗流浃背地在人民路上来回找了三遍，又不甘心地来到居委会打听，居民委员十分肯定地说："我在这里工作了几十年，这条街上从来就没有10001号，也没有一个姓白的住户。"

姐妹俩这才明白，白杨，不，这位不知名的青年，就像他身上的"中国红"一样美好，她俩这是遇见活菩萨了！

1996 年 7 月于贵阳

变　脸

　　黑咕隆咚的写字楼里，拐角处的一间办公室内，荧光灯恨恨地翻着白眼，冷冷地打量着一动不动地倒在椅背上的小草。

　　小草百思不得其解，这水泥丛林般的写字楼，为什么就那么轻易地扭曲了人们的灵魂，异化出无数张诡谲的"三花脸"来呢？

　　小草的五官皱成一团，想着刚才在楼道里发生的令人心寒的一幕：

　　皮经理用一双急不可耐的手，拿过小草手中的有关 110 次人事调动的全部存档资料。皮经理在再次确认小草没留下复印件后，如释重负地扔下一句话："110 次人事调动严重违纪，上头要追究责任。记住，这事我不知道。不管你采取什么措施，必须在明天下班之前，收回成命并处理好善后，否则，另谋高就。"然后，连正眼都没瞧一下小草，就若无其事地转身消失在黑暗的楼道里。

　　满脸委屈的小草十分迷茫，他好不容易集中起来的大脑细胞，一天内就被这突如其来的暴风骤雨浇成了一锅稀粥。他怎么也弄不明白，皮经理那张平时线条分明、表情生动的笑脸，怎么会刹那间就变得如此扁平、僵硬？调动方案是黄总交办的，且主管领导意见栏，还有皮经理自己的亲笔签署，这，怎么能说不知道呢？！

　　小草缓慢地走回自己的写字间，满耳朵充斥着自己散乱而沉闷的脚步，在空荡荡的楼道里四处碰壁而激起的无尽回音。

　　昨天，公司黄总那双深不可测的小眼睛，在看过小草呈报的 110 次人事调动方案后，他冷峻的脸上露出了难得一见的笑容，之后，满意地在总经理意见栏内签署了"同意"两字。

　　当天，小草赶紧东奔西跑地办完了全部调动手续。

想着自己是一个入职才不满周年的新人，能得到为老总效劳的机会，且干得如此漂亮，不由得打心眼里高兴！

下班途中，小草发现，平时只会蹦跶的麻雀，今天居然一点也不怯场，在人行道上迈着四方步，直到小草距它一步路远时，才扑棱一下，飞上路旁粉嘟嘟的樱花树枝头。

这高兴劲一直延续到今天上午，小草一改平时的唯唯诺诺，一进写字楼就满脸阳光，主动上前和同事们朗声打招呼。

同事们的表情似乎有些莫名其妙。小草还未来得及思量，就听到"丁零零"的电话铃声急促响起。他的眼睛刚触及来电显示，马上就变得神采奕奕，迅捷地拿起、放下听筒，兴奋地把头一甩，便昂首挺胸地向皮经理的办公室走去。

楼道里，小草矫健的脚步声好像军乐队的架子鼓一样，节奏分明、音色响亮地敲打着褐色的大理石地面。

然而，仅10分钟后，小草就垂头丧气地回到了写字间。同事们似乎都很忙，除了个别人在他进门时从玻璃隔断内扫了他一眼外，之后，就再没有抬头或是抬眼了。

小草觉得，一时间空气凝重得让他呼吸有点困难。

突然，电话铃声又大作起来，垂头丧气的小草着实被吓了一大跳。他惊魂未定地看了看来电显示，又是皮经理。踌躇了一下后，他慢腾腾地拿起听筒，脸色开始发青。

愁眉苦脸的小草，急匆匆地走出写字楼，回来时已是晚饭时分。同事们锁好抽屉纷纷离去，邻座的小乔起身时略显迟疑地低声说："小草，下班了。"听到今天这第一声也是唯一的招呼，小草感动得差点失控，随即苦笑了一下说："谢谢，我还有事。"

小草没有一点食欲，他的胃里撑满了110次人事接收单位老牛所长那张幸灾乐祸的脸。对着这张脸，自己说了几笺筐的好话，兜了一下午的圈，到头来，不仅人事档案没能调回来，还被他阴阳怪气地狠狠奚落了一顿。

哎，换位思考一下，110次人事调动方案对接收单位带来的负面影响，牛所长满腹怨气也在意料之中。

精疲力尽的小草想着自己的无辜和皮经理平时和蔼可亲的笑脸，心想，经理一定会想方设法帮自己渡过难关，他便整理好 110 次人事调动资料，静静地坐在写字间内等候，直到刚才楼道里发生的那一幕上演……

现在，所有的努力和希望都破灭了。想着阴森森的一如黑洞般的潜规则，想着灰蒙蒙的像蜘蛛网似的关系链，想着我国戏剧宝库中的璀璨明珠、被称为"国粹"的"变脸绝活"，小草虽然对自己明天就要出局的结果感到无奈，但似乎也有些轻松。

次日，小草平静地收拾好自己的物件，向邻座的小乔作别，并拜托其把钥匙转交给经理后，看了看前后左右的玻璃隔断内似乎都在埋头苦干的同事，便无言地走出了写字间。

他经过皮经理办公室时，那扇赭红色的门突然打开，皮经理的那张中年发福的脸，笑得像一朵金丝菊。他朗声说："小草，你办事很得力的，不错，不错，很不错！"

小草一头雾水地愣在原处，半天没回过神来。

他自然也没听见，更没看清，在逼仄的楼道里来来往往的同事们得知黄总今天一上班就肯定了 110 次人事调动方案和小草的能力后，那些个圆圆满满的软语和一张张阳光灿烂的笑脸。

写字楼啊，写字楼，你真是个邪恶的潘多拉盒子……

2000 年 6 月于贵阳

死神的味道

秋高气爽的日子，多情的阳光把天地涂抹成一幅热烈的油画。湛蓝的天幕上，几朵窈窕的白云，慵懒地躺着不动。天空下，长长的黑色沥青路，蜿蜒在连片灿黄的稻田中。黑、白、红、蓝等色的大小汽车，欢快地在宽阔的八车道上奔驰。

一辆满载柴油的深蓝色货车驾驶室内，坐着三个20岁左右的青年。左边的男青年林林，聚精会神地把握着手中的方向盘；中间的男青年江江，拘谨地将身体坐得笔直；右边的女青年素素，反复用手指把齐腰长辫一会儿卷起一会儿又放下，一双水灵灵的大眼睛目不斜视地注视着前方。三人都不吭声，车内的气氛显得单调而沉闷。

车开出城来到郊外，路旁的田园风光激起了素素的兴致，她先是欣喜地观赏着前面的风景，而后又把目光转向侧面。车窗外，道路两旁整齐的行道树像精神抖擞的士兵，列队迎着过往的车辆。金灿灿的稻田里，好似乐弯了腰的稻秆，承载着饱满的稻穗迎风低语，一如幸福的母亲与其背上的儿女在亲切对话。

一阵清风掠过，稻田荡漾起一圈又一圈开心的涟漪，行道树茂密的绿叶，也随着清风的节拍"沙沙"地唱着丰收的歌谣。

广阔的金黄中，一个黑色的人头从齐腰深的稻田内冒出来，她快步来到路边的一块收割后的稻田里，将脱粒后的稻草捆扎成两米左右的草垛，而后再一担一担地挑走。

忘情地欣赏着农人丰收喜悦的素素突然感到车身在猛烈地颠簸，惊慌地回头一看，立即被林林和江江的模样吓了一大跳。只见原本五官端正的他俩，此刻面目变得十分狰狞，特别是享有"美男子"之称的江江，五官扭曲，脸色铁青，一字一顿地从牙缝中挤出五个字"这个死菜农！"

江江突然发现身旁的素素一脸茫然地任身体随着车身颠过去簸过来，平时的矜持荡然无存。他赶紧腾出一只超出常人5厘米左右的大手，撑住被撞得晕头转向的素素。

车子"呼"的一下冲出公路，闯过行道树，飞越公路旁一米左右宽的排水沟，"砰"的一声闷响，左侧翻在离公路15米左右的稻田里，不再动弹。

半晌才缓过神来的素素发现，三人像叠罗汉一样叠在一起，自己在最上边。

左边的车门被稻田抵死，右边的车门像天窗一样立在2米左右的高处。在江江的大手托举下，素素爬到了"天窗"边沿，刚一探头，就听见有几个人在问答："死人没有？死人没有？""没有！没有！爬出来了！爬出来了！"

素素低头一看，发现车子两个轮子悬空，自己好像挂在一堵离地3米左右高的摇摇欲坠的峭壁上，吓得赶紧趴在门边不敢动弹。

江江和林林一上一下地把素素接回地面，三人相互询问，好在均无大碍。江江连忙向惊魂未定的素素解释说："刚才，有一个农妇挑着稻草在路边等候横穿公路。可能是稻草影响了视线，前面的车刚过，她就冲上了公路。林林为了救她，只得猛打方向盘，将车往稻田里开。即使这样，那农妇还是被车挂倒在地，不过，估计问题不大。"

满脸愁云的林林检查现场后发现，货车的大梁断裂成两截，几十个装满柴油的铁桶，破的破、扁的扁，七零八落地四散在田间和排水沟里，泄漏的柴油把金黄的稻田浸成深棕色，土褐色的排水沟也变成了红色的柴油沟。他不由得双手抱头，蹲在地上唉声叹气地说："哎，真是屋漏偏逢连夜雨呀！我不单是心痛今天才保养出来的车和破损的货物。最要命的是，我是不听调度强行出车，谁知又发生这么重大的事故……"

闻讯赶来的几十个农民，嘴上叼着香烟跳入沟中，边吸烟边舀柴油，还大呼小叫地喊家人赶紧拿容器过来；有的径直奔向侧翻在田内的车子，围着车身转悠……远处，还有农民在陆陆续续地向这里飞奔，现场十分混乱。

林林的小平头急得快要冒烟了，他焦头烂额地走到素素跟前说："你快点帮我去说服下舀油的农民。柴油容易着火，让他们赶快灭掉所有火源！"素素一听，也感觉事态严重，她快步走到沟边，朝着沟底的农民反复大声说："请大家赶紧将烟灭掉，杜绝所有火源，否则将引发火灾，危及大家的生命安全!"农民们终于先后将烟灭掉了，尽管有些人的脸上分明写着不情愿。素素心想，不知是他们听明白了，还是被我的话震慑到了。

等待交警出现场的时间有些漫长。江江让素素坐在树荫下小憩，自己站在5米开外处维护现场。阳光下，身高180cm的江江，显得十分伟岸、俊朗，声音洪亮而坚定。

江江转头向素素这边张望，看见坐在树下的素素左手矜持地扶着膝盖，右手优雅地轻摇白丝帕扇风，两条发辫自然地垂在纤细的腰间，身上白底蓝花绵绸衬衫随着扇风的节奏律动。

江江感觉，即便坐在路边，素素也还像个骄傲的公主，就没敢走近。素素也有些感觉，心想："江江好像有点怕我，呵呵，他刚才英雄救美的气概哪里去了?!"

林林又苦着脸快步走到素素跟前说，自己分不了身，请素素帮忙带伤者去医院诊治。素素连忙起身，一边拦车，一边上下打量着眼前这个酿成重大事故的农妇。她大约40岁，身高1米5左右，皮肤黝黑，说话时厚厚的嘴唇下露出几颗黄板牙。素素心想，她会不会是刚才在田间挑稻草的农妇? 哎，如果是，那我们都应了那句"欢喜不知愁来到"的俗语喽。

太阳消失在遥远的天边，暮色从四周笼罩过来。素素搀着农妇搭乘农用车就近诊治，一路上，农妇靠在素素肩头不停地呻吟。素素想，看来伤势不轻，这下林林的麻烦更大了! 哎，都是为帮江江送自己造成的。内疚和自责让素素的眉头紧锁……

夜幕在农妇闹心的呻吟和农用车"嗵、嗵、嗵"的噪声中越来越重，此时的行道树像两道黑森森的望不到头的高墙，堵得素素的心直发慌。

到达乡卫生院后，不知是素素的心情过于紧张，还是农妇那一声高过一声的呻吟，素素的心就像夜半听到猫头鹰的叫声一样，一阵又一阵地发慌、生忧。

黑漆漆、空荡荡的卫生院一派死寂，素素壮着胆子四处寻找，终于找到了一位30岁左右的男值班医生。经诊断，农妇的伤情仅为软组织擦伤，可她却坚持说这儿疼那儿疼。不经意间，借着昏暗的灯光，素素看见农妇满脸"痛苦"竟然是跟着医生的视线，变得时轻时重。联想起报纸上的"碰瓷"

报道，她紧张的神经顿时舒缓了下来。经医生再次确认为软组织擦伤后，素素请医生出具了一张疾病证明书。

林林单位派车接三人返城时已是子夜，江江留下来陪惶恐不安的林林。只身回家的素素感觉到头有些晕晕乎乎的，路灯也有些晃悠。

听完素素的遭遇，母亲一把将素素搂入怀中，双手颤抖地轻抚着素素的头，嘴里不停地祷告："菩萨保佑、菩萨……"依偎在母亲怀里的素素，这才感觉头好昏好昏、腰肋好痛好痛。

医生诊断，素素轻微脑震荡，腰部软组织轻微压伤，出具了一个月的病休证明。

江江来看素素，白色的雪纺衬衣和米黄色西裤笔挺，脚上的皮鞋光亮照人。一见到素素，他就用富有磁性的洪亮声音说："素素，你在乡卫生院请医生出具的那张诊断证明书在事故处理中帮了林林的大忙，林林非常感谢你，想买东西来看你，我想你身体不适，可能不喜来访，便没同意。"见素素没言语，就压低声音说："被吓坏了吧，你们女生还是胆小。不过，林林说，你是他所认识的人中最有头脑的女生。"

见素素还是没反应，江江便开始局促不安起来。

素素正在想：江江的脸，好俊朗、白净哟，而翻车时，却是那样狰狞、铁青。那一分钟，如果撞上行道树，抑或多翻俩跟斗或者起火燃烧……天哪！这毛骨悚然的联想，让素素不由自主地接连打了几个寒战，禁不住深深地感叹，死神啊，死神！你的味道，太恐怖了！

江江看到素素打冷战，赶忙急切地大声说："素素，赶快加衣服，你穿少了。"回过神来的素素，眼神变得好柔好柔，江江惊喜地发现，之前的距离感消失了！顿时，他心中一阵欢呼：死神的味道，实在太好了！

2010 年 10 月于贵阳

翻　船

这段时间，平时侠义豪爽的潇潇有事没事就往小兄弟山子的姐姐薇薇家跑，每次一进门，就一反常态地静坐在写字台前，盯着玻璃板下一女孩的照片出神。照片上的女孩，匀称的瓜子脸上长着一个微微上翘的鼻子和一张棱角分明的小嘴，尤其是那双美丽的大眼睛，让潇潇怎么看都看不够。潇潇想：这个女生与其他漂亮女生不一样，她的眼睛里边有东西，具体是什么，自己也搞不清楚，反正从未见过，很吸引人。

潇潇迫切地想知道她是谁，可又不好意思问。平时爽快的薇薇看在眼里，却缄默不语。有一天，潇潇乘山子外出时，鼓起勇气期期艾艾地问薇薇："姐，这个女生，她……她是谁？"薇薇听后略微一怔，白皙的鹅蛋脸上露出些许怜悯的笑容，想了想说："这个女生叫雪茹，今年19岁，在县城上地质队工作，家是省城的。她家想把她调回来，正托我帮她找个有能力的男朋友呢。你呀，没得这个能力。"潇潇一听，顿时哑然失笑，心想：她们家真搞笑，怎么会把这个作为谈朋友的条件，这是两个人自己的事情嘛！又想到自己的小兄弟张强的姐夫正是省有色金属局局长，于是便喜滋滋地对薇薇说："姐，我行的！"

生性爱说爱闹的山子，这段时间遇见了一件烦心事。他和潇潇、强强是铁哥们，近半年来，大哥潇潇总是有事无事地带着他往新朋友冬子家跑。可每次去，俩人又只是有一句无一句地敷衍客套，让枯坐一旁的山子感觉很无聊。不过，今天潇老大打扮得焕然一新，上身着一件淡紫色衬衣，下身穿一条象牙白色长裤和同色的凉皮鞋，特别是脸上流露出的那股按捺不住的兴奋劲，很使人惊讶。山子想，看样子，这哥们今天肯定有故事。果然，一进门，山子就看见了静静倚在客厅沙发一隅看书的雪茹。

冬子的姐姐雪茹，最大的业余爱好就是阅读。此刻，她正沉浸在名著《简·爱》的主角罗切斯特和女教师简·爱两人童话般唯美的爱情故事里，直至听见脚步声停在了自己的面前，才慢慢地抬起头来。

她蓦地发现客厅中站着两个大约20岁的男青年。靠前的男青年让雪茹眼前一亮，他五官端正大气，身形健美，服装熨帖，整体给人一种潇洒帅气的感觉。此时，他正专注地看着雪茹，那眼光似两道炽热强烈的光束。从未近距离承接过异性灼热目光的雪茹，脸颊一阵地发烫，本能地低头垂眼回避。

潇潇好开心，终于将雪茹从照片中请出来了。尤其是眼前的雪茹，一条真丝白底青花连身裙，安静地套在她窈窕高挑的身上；一串白色的珍珠项链，围着她盈润的脖颈柔柔地闪着光；长及脚面的裙角下，露出十个圆润的脚趾。她白皙修长的双手，优雅自然地放在膝上，浑身上下散发着的一股似有若无的清香，给人一种清新脱俗、出水芙蓉似的感觉。潇潇被这超出预期的美妙激动得喘不过气来，心里感动得直喊：天哪，我终于找到了我生命的另一半了！

清高恬静的雪茹今天也很开心，这么多年来，雪茹从未与任何异性交往，洁身自好地默默等候着心中的他。潇潇的出现，让她感觉这些年的等候没有枉费。

心高气傲的潇潇，虚荣心得到了极大的满足，因为无论他带着雪茹出现在任何场合，雪茹清新优雅的形象和得体的言谈举止，总会引来朋友们艳羡的目光。在朋友们一片"知性丽人"的赞美声中，潇潇终于读懂了雪茹眼中的东西——那是文化底蕴的沉淀与结晶。可欣喜之余，潇潇也感到了前所未有的困惑。自己与雪茹恋爱已近一年，可每当潇潇满眼深情地注视着雪茹时，雪茹却总是低头垂眼回避。潇潇想：哎，雪茹啊雪茹，你这模样的确让徐志摩"最是那一低头的温柔，像一朵水莲花不胜凉风的娇羞"的名句活灵活现。可老这样下去，感情怎么发展？！

平时情商智商都堪称一流的潇潇，这次可真伤透了脑筋。无论是为雪茹办理调回省城的事情进展有多迅捷，还是精美的巧克力糖和鲜艳的玫瑰花，抑或是自己弹起吉他，用自己浑厚的男中音热情歌唱都攻克不了雪茹的这道自然的、矜持而娇羞的防线。

一天夜晚，皓月当空，潇潇邀雪茹到公园散步。从未夜游过公园的雪茹，自小就对月亮十分迷恋。雪茹常想：那美丽的明月，一定是世间最神秘莫测的精灵，不然，为什么每当自己仰望着它时，心中就会升腾起一股朦朦胧胧的像雾一样缥缈的感动，而且，这种感动随着年龄的增长越来越浓。

由于园内与街上的明暗反差太大，刚一迈过公园的大门，雪茹就被地上的鹅卵石路绊了一个趔趄。似乎早有准备的潇潇一把扶住雪茹，并顺势将她拉过来靠在自己的身上。还来不及反应的雪茹，突然感觉有一股热流从潇潇的手心流进自己的心里，只觉得周身一阵发热。

潇潇和雪茹并排坐在河边的长椅上。此时的公园，万物在清亮的月辉下变得斑驳迷离，潺潺的小河浮动着波光，恍若在轻声地唱着苏联歌曲《莫斯科郊外的晚上》。岸边，碎浪拍打着游船发出微微的梦呓。郁郁葱葱的林木像一道天然屏风，营造出一个幽静的时空。整齐茂密的灌木又把这幽静的空间隔离成多个独立温馨的私密空间。再加上那若有若无的灯光，把一份轻松自如的浪漫气息，演绎得有些神秘。

初恋的雪茹深深地陶醉在这甜蜜温馨的国度里。她心想：崇高而宁静的明月啊，你原来就是爱的使者。过去自己仰望你时，心中升腾的那些莫名的感动，其实就是这么多年来，自己孤高寂寞的心在回应、在期盼……想到这里，雪茹悄悄地看了看潇潇。月光下，潇潇那张棱角分明的脸，变得十分柔和、美好。

雪茹放心地把头靠在潇潇宽厚坚实的肩上，闭着眼睛细细地感受着前所未有的舒心和温馨。想着这多年的祈祷终于成为现实，不由得对仁慈的上帝充满了深深的感激……

看着雪茹像小鸟般依偎在自己身上，潇潇心里乐开了花，心想：终于冲破你的警戒线了，我的女神！他就情不自禁地低下头来轻轻地吻着雪茹的头发，然后慢慢下移。雪茹被一种痒丝丝的感觉弄得全身酥软，可当潇潇的嘴触及自己后颈窝时，雪茹突然感觉全身像被高压电流击穿一样战栗，她猛地一把推开了潇潇。潇潇立即贴着雪茹的耳朵轻声说："别怕，我不会做你不情愿的事。"

青春甜蜜的恋爱让人觉得时光过得飞快，再过两天，雪茹又要返程了。

这天晚上，雪茹一提起归期，潇潇声调就突然低了下来。他凝视着雪茹，然后用自己宽阔的前额顶着雪茹的头说："雪茹，我明天约几个朋友来陪你去公园划船，为你饯行好不好?"见雪茹温婉地笑着点了点头，潇潇猛地一把抱住雪茹深深地亲吻。最令他感到欣慰的是，雪茹的那张棱角分明的小嘴居然也在热烈地回应着自己……

潇潇揣着爱情的幸福大步流星地离去，他不知道，雪茹一直在身后依依不舍地目送着他，直到他完全消失在夜幕里。雪茹喃喃地说："潇潇啊潇潇，其实我只想单独和你在一起。答应你邀请朋友聚会，是不忍心拒绝你的好意。"

第二天一早，潇潇身着一套米黄色休闲装，开着一辆白色的奔驰车接上雪茹、冬子、山子及山子女友雯雯5人一起来到公园。公园的早晨，明亮的阳光照耀着年轻的树木和草坪，遍地的碧绿枝叶上，一颗颗晶莹的露珠鲜活灵动。雪茹只觉得神清气爽，心情十分舒畅。

在翡翠似的河流岸边上，潇潇向雪茹介绍了站在杨柳树下等候的婷婷、强强和强强的女友芳芳。强强的女友芳芳，肤色白净，身体丰腴，雪茹在潇潇的口中听到过不少芳芳的率真趣事，便走上前去和她握手。不知是不习惯握手礼还是其他原因，雪茹感觉芳芳的手有些冷硬。

又过了片刻，一辆黑色的奥迪停在了岸边。潇潇赶紧上前打开车门，不一会儿，一位雍容华贵的中年妇女，带着一对5岁左右的儿女走出车门。潇潇连忙一边用手示意一边说："雪茹，这是你们有色金属局李局长的夫人张姐。"雪茹刚握住张姐伸过来的手，立即就接收到她那润滑美丽的手指传递过来的热情和友好。雪茹心想：看来，潇潇的人缘挺不错，功课也做得很足。果然张姐一开口就说："雪茹，你真有眼力，潇潇既帅气又大气，工作单位好，家境还不错，有这样的男友，你真是好福气……"雪茹被张姐说得有点发窘，俯下身子去和张姐的一双儿女说话。

山子和强强将水果、食品、饮料等搬上船。安排大家就座后，潇潇换上游泳裤站在雪茹旁边，身着游泳裤的山子、张强和刚子，分别立在船头和船尾。雪茹从未如此近距离地直面身着泳装的异性，一时间只觉得眼睛不知该往哪儿放，心中一阵发慌。

正慌乱中，她突然感觉船身开始左右摇晃，定睛一看，前排的张姐双手死死地搂着一双儿女，双脚拼命抵住船板，怀里的一双儿女吓得小脸发青，闭着眼睛直发抖。左面的船舷已贴近水面，每个人都慌乱地紧紧抓着船壁，惊恐的叫声随着船身摇晃的幅度，越来越大。不会游泳的雪茹，眼睛里和耳朵里全是惊恐。潇潇大声喊叫："大家坐好，保持身体平衡！"可在一浪高过一浪的惊叫声中，船还是翻了。除潇潇外，其余的人，全都被扣在了船底。

慌乱中，雪茹接连被呛了好几口水，咕嘟咕嘟地沉到了河底，好在头脑还算清醒。冷静下来的雪茹，想起船并未划出多远，就用足尖猛地蹬了下河床，蹿出了水面吸了口气，又憋住气往前蹿，就这样一蹿一蹬地挣扎着，回到了岸边，岸上围观的人，赶紧伸手将雪茹拉了上去。

全身湿透的雪茹十分狼狈，黑亮的长发滴滴答答地淌着水，白色的丝质连衣裙紧紧地贴在身上，就像一个凹凸有致的人体模特。众目睽睽之下，雪茹羞得赶紧低着头往更衣室跑。待十来个人都陆续到齐后，雪茹长舒了一口气，心想：幸好全都有惊无险。不过，脑中却生出一个大问号：翻船时，原本站在自己身旁的潇潇，在哪里呢？

平静下来后，男生们继续去游泳。脱下湿衣服晾晒的女生们，一时间无处可去，便七嘴八舌地说着翻船时的感受和各自脱险的经过。

文静的雯雯满脸都写着幸福，她柔声柔气地说："我没呛着水，山子叫我吸好气，就托着我的头把我送上了岸。"野性的婷婷高声大气地笑着道："哈哈，我会水。游到岸边后，一把抓住岸上一个看热闹的男生的脚，那男生'噫！噫！噫！'地惊叫着往后收腿，我就这样被他提上了岸。"张姐不紧不慢地说："我抱着孩子，是强强把我们救起来的。"从洗手间出来的芳芳满脸骄傲地大声说："我是潇潇抱着送到岸上的！潇潇真的太好了，每次有事都是他最先帮我，今天又是他！"此言一出，全场顿时鸦雀无声。雪茹略微一怔，但马上又笑了笑说："应该的呀，你是他好兄弟的未婚妻嘛。"话音一落，芳芳就沉着脸说："翻船时都不管我，还是什么未婚妻！"

张姐用异样的眼神看了看芳芳，没有再说话转过脸去，看见身旁的冬青树上放着一堆男装，便指着潇潇米黄色的长裤说："潇潇真有品位，这裤子质地和颜色，看起来都十分上档次哩！"芳芳立即说："哦，潇潇的裤子呀，正好有点冷，我来穿。"就径直走过去，拿起潇潇的裤子便往腿上套。这时间，全场一片死寂。雪茹只觉得大家的眼光都盯着自己，灼得脸颊火烧火燎，生痛生痛的……

回家的路上，潇潇兴高采烈地说："雪茹，张姐说你很知书达理，让我们晚上去她家拿调动函哩……"

雪茹的一颗心此时就像顽童手中的纸一样，被撕得七零八落，一种剧烈的绞痛和空洞感，把她压得弯下腰来，用双手紧紧顶着心窝。她觉得，眼前全是灰蒙蒙的一片，潇潇的声音仿佛来自遥远的天际，模糊而又虚幻。

潇潇发现大家都不说话，心想今天肯定都受了惊吓，还是早点休息为好，就轰着油门风驰电掣地往回赶。

第二天一早，潇潇将雪茹的调动函仔细折好，揣入胸前的衣袋里，左手提着泰国水果，右手提着澳大利亚饼干，一路吹着口哨，迈着潇洒的步子来送雪茹。

一进门，潇潇就赶紧从上衣口袋中拿出调动函来，一迭声地喊雪茹。冬子上前告诉他，雪茹走了。潇潇一听，转身就往外飞奔，却听见冬子跟在后边大声地说："我姐说你们有缘无分，你不用追了……"

冬子走出门外，看见潇潇高大的身躯突然矮了一截，手中的调动函掉在脚边。一阵风过，地上的调动函像一只断了线的风筝，腾空翻了几个筋斗后，刹那间就消失了踪影。

2010 年 8 月于贵阳

简 爱

　　走廊的射灯慵懒地乜斜向坐在客厅粉色布艺沙发上的她。她俯下身去，慢慢靠近趴在沙发上的它。

　　它杏眼圆睁，一眨不眨地注视着几近贴上来的脸，而后，试探性地伸出柔若无骨的手，轻轻地触摸了一下她的左右面颊，略微停顿后，又将自己的脸凑了上去。

　　她低眉顺眼，一动不动地静候着。不承想，它用粉色的鼻孔嗅了嗅后，便果断地伸出双手，猛地将她的脸推开了。

　　她略一发怔，道："哟，你还嫌弃我呀！"随即便爆发出一串银铃似的笑声。

　　它的到来，让她漂泊的心找到了回家的路，似遭霜打的绿植般蔫头耷脑的日子瞬间变得生动鲜活。

　　淘气的它，经常在她迈开舞步时，跳起来，张开双手腾空捕捉她变化的脚步；还时不时在她练习胡琴时，一个箭步从暗地里飞奔过来，扯一下琴弓，便转身逃跑；抑或将身体躲在门后边，只留出一只右眼在外面窥视她。她好奇此举是否有意，便挪动身躯，避开它的视线。不承想，任她移动到何处，仍有一双机警的眼睛盯着她，她顿时开怀不已。

　　数次被它腾空偷袭，有一次，她便用抱枕抵住又张开双臂迎面扑上来的它，它随即如临大敌般将背部高高拱起，头臀扭曲朝前，踮起前脚，步步为营地蟹行着向她逼近。乍见这怪异之举，她心下一骇，紧接着便用抱枕快速出击，直打得它狼狈地落荒而逃。她笑出了泪水，经年的寂寥在不知不觉间飘散。

　　有一夜，不知何故，已过三更，她仍在床上辗转难眠，便索性起床去客厅看电视。刚下床，对面卧室便传来它热烈的呼唤。

　　万籁俱寂的夏夜，它安静地坐在她的膝盖上，陪她一同看电视、喝酸奶。

一阵凉爽的风掠过窗纱撩动发梢，栀子花的清香满室，她莫名地想起莎士比亚的《仲夏夜之梦》。

某天，看着正张嘴撒娇的它，她突然童心大发，一把将它抱到膝盖上，双手捧着它的头，面对面33厘米左右时，便效仿它将嘴慢慢张大，直至估摸能看到扁桃体。见它被这怪异的动作闹得发蒙，陡然发出一声大叫，吓得它浑身一颤，猛地挣脱身子，一溜烟地逃得无影无踪时，她足足笑了5分多钟。好一阵子，她都时常独自发笑，忍不住与女儿分享，女儿听后也忍俊不禁地说"你真坏！"

面对那如小狐狸一般无二的乖巧做派和娇媚模样，她一沉到底，不仅将家中最宽敞明亮的健身房让给它做卧室，席地给它搭建温泉小屋，还首次为它在窗台上种草。

当它紧紧地围绕着她，在她的足边蹭来蹭去，胖乎乎的圆脸上，张得好似古亭翘顶似的粉嘴里，绵绵地吐出一个又一个软糯之音时，她便知，这是乞食，或是求安抚。她用心烹调一日三餐，蛋黄、羊奶、鸡肉、上粮和零食。驱虫、驱毛、体检、防疫、缝制衣裳、更新玩具、互动嬉戏。生活中满是大写的它、它、它……

女人天生爱美，自从有了它，她居然把每天晨起的梳妆打扮，排在了为它清洁卫生和早餐之后。原本不喜应酬的她，愈发深居简出，即便必须外出，心也如彩云追月般牵挂着它。当同伴明白她绝尘而去只为家中的它时，不由得啧啧惊呼"天哪！"

前段时间，因要事繁多，早出晚归的她刚落座，它便赶紧走过来趴在她身上，还不时地回头，对着她久久地凝视。见他金色的双眸里的依恋一如深深的海洋，她尘封多年的柔情瞬间决堤，波光粼粼千里万里。

闺密知她用情至深，便戏谑地说："你若对我这般就好了。"她不假思索地说道："如果你也这般，无怨无悔。"

它是一只两弯金色眉毛长在大眼睛下边，白绒绒"手套"戴在指尖的帅气"英短金渐层"男猫。女儿安排它在她生日当天来到她身边，时年0.2岁，现年0.5岁。因它着一身如阳光般灿烂的毛发，再有性别属阳，得名"阳阳"。

2022 年 7 月 8 日

爱的真谛

今天，是我的小珍珠和她的如意郎君喜结连理的大好日子。

作为母亲，看着我的掌上明珠有了自己温暖的小家庭，我感到十分幸福而又激动。

一夜无眠的我，心里有着千言万语想和我的女儿、女婿说。其实，我此时此刻最想说的话，也是天下母亲此时此刻都想说的一句话：衷心地祝福我们的孩子，生活幸福、家庭美满、夫妻恩爱、白头偕老。

不过，当婚礼司仪让我把花尽毕生心血所孕育的、满心骄傲所期许的——我的小珍珠的手交付给女婿之前，我还是想将自己几十年来对婚姻及家庭生活的一些感悟告诉给女儿和女婿，希望他俩能从中得到一些启迪。

希望我的女婿能用男子汉山一般的肩膀、海一样的胸怀，让我的小珍珠变成他的骄傲和他幸福的源泉，变成我们共同的骄傲和共同幸福的源泉！

希望我的女儿，能用水一样的柔情、冰雪一样的聪明，把你们的婚姻保养得像今天婚礼上的花儿一样美好纯净，经典百年！

有一首颇为流行的歌曲，歌名我已忘记，但其中那句"相爱总是简单，相处太难"的歌词，我至今耳熟能详。它通俗地诠释了"恋爱不等于爱情"这个道理，恋爱只是一种短暂的行为和现象，是较片面和肤浅的，而爱情则是一种长久的情感寄托和精神升华，是全面和深刻的。

所以，你们一定要明白：今天，你俩携手并肩步入神圣的婚姻殿堂，只是证明你们相恋成功，但这绝不是你们爱情的终点，而是你们爱情的起点。

为什么这样说呢？因为婚姻是爱的彼岸，而爱情则是婚姻的万能保护伞。可是，爱情讲缘分，一如鲜花，需要人们用心培育与养护。若要将你们的爱情培育成自然界中最坚不可摧的物质——钻石，强烈的责任心和温厚的宽容心，便是保障你们美好的爱情生活的两条腿，缺一不可。

血浓于水这个成语，定义了亲情是人世间最珍贵的情感。亲情与其他情分的最大区别，则是成员间的相互关爱、珍惜和包容成分的最大化。

而婚姻呢，则是一座把爱人培养成比亲人还亲的城堡。前几年我就说过：有人、有情、有亲情才有家。

换而言之，就是说对婚姻和家庭而言，这是个只讲情义、不讲道理的地方。所以，难得糊涂和互相珍惜及奉献，是呵护你们今后幸福美满爱情生活的手，同样缺一不可。

我亲爱的孩子们，妈妈用"舍得"二字来结束今天这番话。"舍得"这两个字，拆开来读，是有舍有得，是爱与被爱，是付出与收获。也就是说，爱的互动和奉献才是婚姻的诺亚方舟和家庭幸福美满的真谛！

爱你们的母亲

2013 年 12 月 13 日

后　记

被誉为花中君子的兰花，经年在心中散发清香，故将此生最真的珍藏命名为《兰心涟漪》，兰花心里的事，也是我的笔名。

英国著名史学家托马斯·卡莱尔说："书籍，当代真正的大学。"法国著名哲学家笛卡尔说："读一本好书，就是和许多高尚的人谈话。"

我从小就喜欢阅读，多少年来，总爱把日常生活中的感动采撷下来，夹在日记本中，留作往事的书签，一如普希金诗中的小花。尽管如此，我却从不曾有过把它们变成铅字，从不敢有成为一名文学创作工作者的奢望。直至2001年10月19日，《贵州工人报》总第2053期刊发了拙作《芳草碧连天》，时至今日，我还记得与女儿争抢报纸，一起左看右看就是看不够的激动。

细想起来，《兰心涟漪》这本散文集得以面世，首先得感恩母亲。是愧疚和追思母亲的心，给了我笔耕不辍的能动力。

其次，真诚感谢曾指引我进入文学殿堂大门的恩师和那些为我照亮前路的师友！

贵州省散文学会会长秦连渝（时任贵州工人报编辑），是他首次圆了我让文字变成铅字的梦，并将我引进散文学会这方天地。

之后，我先后加入贵州省写作学会、贵州省作家协会和贵州省纪实文学会。其中，我最热爱的是写作学会，因为这里有好多我敬重的专家教授。

最让我受益匪浅的是省写作学会顾问张劲老师。记得在张老师介绍我加入写作学会之初，面对众多教授学者，我明显缺乏自信。见状，张老师经常给予我鼓励和指导，让我文学创作的主观能动性得以日益鲜活。

"娟"，在汉语词典中的释义是秀丽美好。人如其名，身为第一副会长的喻莉娟教授，论资历和外貌稳居C位，可不论合影还是座次，她总是甘居一隅。"娟"卓尔不凡的文化人风度，总是让人信服。我的这本《兰心涟漪》散文集，如果没有"娟"的启发和帮助，或许不会问世。

还有多位且歌且行的师友，囿于篇幅不再——列举。

最后，我要隆重感谢的是享受国务院特殊津贴专家、贵州省省管专家、二级教授、原贵州日报报业集团副总编辑张兴老师。2020年元月16日，原贵州省青年联合会会长田原的新书座谈会上，我慕名请张总编作序时，心中十分忐忑。因我们只是在公众场合见过几面，并无私交，张总编爽快地答应，让我很是喜出望外。可随即，贵阳市就开始防疫"封城"。张总编不会电脑，所有的电子文档必须打成纸质文档才能审阅，"封城"又导致多家打印店关门歇业，张老师戴着厚厚的口罩冒着凛冽的寒风，从城北跑到城东才找到一个打印店。十来万字的文稿打印出来的重纸累札，不知张总编是怎么拿回家的……。

张总编用了近一个月的时间，为我的散文集作出了《与爱同行的美和痛》的序言，文末寄语："真心希望《兰心涟漪》激起的涟漪乃至浪花，在更大范围延伸扩展，有更多的人看懂作者的心路历程，学着去爱，学着去发现美，学着去剖析和反思痛。这样生活着，会有更多新意。"

由于自己从事文字创作的时间不长，书中早期文笔难免稚嫩，但此书基本涵盖了我的人生经历和精神世界，且均发自心底。当您开始阅读此书时，就遇见了真实的我，朋友！

2022年8月8日